NIANLUN LI DE
DAJIA

邱华栋选本

邱华栋　著

新疆人民出版社
（新疆少数民族出版基地）

图书在版编目(CIP)数据

邱华栋选本 / 邱华栋著. -- 乌鲁木齐 : 新疆人民出版社(新疆少数民族出版基地), 2025. 6. -- (年轮里的大家). -- ISBN 978-7-228-21543-0

I. I217.2

中国国家版本馆CIP数据核字第2025F860S7号

邱华栋选本

QIU HUADONG XUANBEN

出版人	李翠玲	策　划	李翠玲　可　木
出版统筹	陈　漠	责任编辑	陈　漠　王金枝
装帧设计	王　洋　杨世新	美术创意	饶力文　姚竣译
责任技术编辑	杨　爽	责任校对	古丽热·穆合塔尔

出版发行	新疆人民出版社(新疆少数民族出版基地)
地　址	乌鲁木齐市解放南路348号
邮　编	830001
电　话	0991-2825887(总编室)　0991-2837939(营销发行部)
制　作	乌鲁木齐市向好文化传媒有限公司
印　刷	北京富诚彩色印刷有限公司

开　本	787mm × 1092mm　1/32
印　张	13.25
字　数	220千字
版　次	2025年6月第1版
印　次	2025年6月第1次印刷
定　价	78.00元

目 录

诗 歌

小 说

诗歌

嫩　芽

那一片嫩黄的叶芽太调皮了
等我走到近处
却又消失在
乍暖还寒的春风里

1984年

零的形象

卵石
鸡蛋
眼球
恒星和行星
句号
碗和盆
车轮
现在我看见了车轮

1984年

季节河

季节河
会奔腾
谁看见它
谁的心便飞起来
季节河
会兀立不动
谁看见它
谁就会成就一尊
原始与蛮荒的雕像
季节河
是天山流的泪呀
血红血红
流过的是它封闭的岁月
流过的是它古老的传说
血红血红的岁月

悲歌行进
把封闭的岁月
祖露给太阳
祖露给我们的眼睛
季节河
渴望芬芳岁月到来

1985年

西部风骨

那于古铜钟轰响着豪壮的西部汉子之胸膛上
那于郁血张扬奔驰于无人漠野的厉厉之罡风中
那在江南少女千万泪湿之钟情的手帕里
昂然走出来的
是西部的风骨吗
那洗涤了八千里天山万丈洁白的冰川之崖
那潇洒于百万匹扬鬃跃蹄的烈马之背脊
那脱胎于天宇地宙野合的忘川之所在
那净身于血泪碾压的岁月阵痛之变更季节的
是西部的风骨吗
那使史前之古恐龙、猛犸象默然惊悸
那使烈焰中涅槃之凤之凰
仰慕般匝绕三千圈的
那使阴柔古月铮然奏响
铁夯般沉重之几千年古琴的

是西部的风骨吗
那刚烈的炎灼的大度的凛然的
那旷达的啸傲的气吞黄沙横贯万丈天霄的
那如琚玉之灿然生辉
如黄金般埋藏于硬锐之山石中的
是西部的风骨吗
那令浩浩沙海荡气回肠
那将亿万簇红柳盎然生发于死亡之窟
那使长江黄河咆哮着奔逃于碧海澄天的
那以昂扬之毅然定格于
凝练如血之心房的太阳眼帘中的
是西部的风骨吗

1986年

西部群山

九十九条龙绞杀在这里
以血肉搏击成铮铮硬黑之铁骨
厮杀声呐喊声疯长成青葱葱的松林
以挺直的傲然
变成向往天宇的热望
而所有的血泪以涓涓细流渐成哗哗然的呐喊
向所有的平原展示心酸
九十九颗心锤击在这里
大地一时颤震成哀怨
搏杀的身影漫漶为永不甘心的匍匐千里的黄沙
不屈的信念以冰冷的雪山之祖之飘零的白发
向所有的眼睛昭示痛苦
而每一根坚锐的肋骨间都生长出绿色的蒿草
衍生成漫漫往事的悲惨
九十九颗桀骜的灵魂

于此蒸腾为一万朵悠然的白云
岁岁年年以雨露之泽
向所有的生灵展示愧悔
以自由自在的流浪
启示于世界永恒的归宿
九十九颗昂然的头颅
生发为一万只苍黑的鹰鹫
旋飞于天宇地宙的唇吻间
向所有的人生展示孤苦
以积雨云为呼吸
离开氧气层傲然于太阳的眼帘
以锐利的目光切割大地心灵的图版
呵,西部群山
中国的脊梁隆起
人的启示与宣言

1986年

西北高地

你，因渴望接近太阳而高高隆起
逶迤的走向，因幻想而延伸
由于痛苦你分泌出黄色晶体
呵，远方，有我母亲忧愁的目光
我，在你的北部肩膀上出生的儿子
渴望拥抱穹空渴望开掘大地渴望疏浚河流
因干渴而跪向夕阳
在我的双臂中，腾起鸟翅扇动的风响
人们不会总是原谅自己
就像马，总想在风中扬起鬣鬃
就像鱼，总是摆动优美的尾
我们的意志疯长成楼厦
我们的血管被种植成森林和花草
在这片土地上
风沙，因嫉恨而遍撒荒凉

理想因勤劳而繁茂生长
是的,我的血总带着亮光
就像飞萤,我来到了太平洋边上
但是我的热心肠的兄弟们
要把你塑造成,壁立的水晶
在他们的膝盖碾过的地方
显现着水源和蓝天的倒影
在远方,有我母亲
深情的目光

1987年

在西部，我听到了贝多芬

在西部，在一片荒凉还有秃鹰的地方
我走在一阵风沙扑面而来的街上
你，贝多芬，像是一只猫头鹰
突然在夜空中鸣响
一阵惆怅，震落了我心头的霜
你头发凌乱，飞扬而起
在音符中腾越，在旋律中奔忙
像一头狮子，在铁笼里走动与幻想
寒冷的西部听不懂你
回答你的是风
是风中候鸟颤动的翅膀
此时我仍旧走在荒野般的大街上
测量月光
我和你离得太远了，贝多芬
在这黑夜铺展弥漫而来的时刻

你从暗处像火苗一样飘出,闪现
惊惧于我幽灵一般的面孔
而陷于喑哑 陷入纯粹
可明天一早,这座充满着欲望
汽车奔驰的城市
将是一片喇叭的轰响。命运
已紧紧握在我自己的手上

1987年

遥望西天山

打马向你,我的泪水全无
一百个梦在山顶盘旋
天山,比物质要高
它属于精神的刻度
是宇宙的手臂
从地球里伸出
那样一种雄伟和浩大
无边无际
那样一种冰雪的洁白
那样遥不可及又近在咫尺
我疯狂地奔向它
它也飞快地迎向我
以一种亲人相见的速度

1987 年

大雷雨

闪电的根须猛然飘吐，而后又飘然陨落
紧接着这一刻是雷声碾过头顶
起风了，风将皮鼓奏响
十万种声音一起呐喊
像狼烟一样弥漫
呵，大雷雨，大雷雨，青春的大雷雨
若一阵骚动、紧张、迷乱、狂暴的大风
以太阳的名义，迅疾地从黄昏那里
卷向我们蓝色的年龄
一千亿颗雨滴，像葡萄一样铺展下来
在天空，在山谷，在森林，在我们的脚下
砸碎、碰裂成闪光的晶体，渗入土地
到处都是蜜的气息
到处都是生命的呼吸
而我们向前走去，肩膀上有风
手心里有汗，眼睛里有虔诚

三百种激情在我们的血脉里奔涌
八千个愿望在我们头顶成熟
我们向前走去,胸膛里有风
祈祷吧!奔跑吧!倾听吧!高叫吧!
天空,响过奔腾的百万匹烈马
世纪的琼浆,浇灌我们青绿的年轮
我们,一齐开放出绚丽的面孔
在我们胸中,岩浆奔涌
洋流澎湃、壮观,血与火的交融
在我们的手掌和额顶
勇敢和智慧这两种金属元素
摩擦出铿然作响的电火花
所有的河流都在醒来,鹰都在高飞
所有的喇叭都在喧响,火车在风中疾驰
我们的手臂都在挥舞,旗在天空中飘扬
我们,挺直成满山的塔松
用坦荡的胸怀,迎接这激昂的青春
在天和地之间,在水和泥土之间
在时间和空间里
大雷雨,劈砍出颂歌的闪电
大雷雨,大雷雨
大雷雨!

1988年

我应该把你比作什么植物

我应该把你比作什么植物?
比作雪莲花?比作小甘菊,还是花苜蓿?
你纯然的蓝色,纯然的黑色
纯然的白,你比聚花风铃草还要坚韧
比刺头菊还要热烈
比异子蓬还要明亮
比柳兰还容易成活,容易被我所照看

我应该把你比作什么植物?
比作高山龙胆?比作戟叶鹅绒藤,还是五福花?
你热烈的舞姿,清新的歌喉
美丽的顾盼,你比天山翠雀花还要骄傲
比麻叶荨麻还要难以接近
比腺齿蔷薇还要精致
比野草莓还要亲切,耐心地被我照看

我应该把你比作什么植物?
比作中亚天仙子? 比作天山羽衣草,还是毛蕊花?
你洁净的梦,被黑色的乌云笼罩
你单纯的红,比山蚂蚱草还要柔软
比簇花芹还要稳固
比裂叶山楂还要醒目
比淡枝沙拐枣还要甜美,并被我采摘

我应该把你比作什么植物?
比作小花荆芥? 比作黄花软紫草,还是垂花青兰?
你遥远的呼唤,一声坚定的期盼
使岩石都松动了,你比丝叶芥还要善良
比耳叶补血草还要实用
比林生顶冰花还要柔媚
比四裂红景天还要葱郁,并成为我的明灯高地

2009 年

小说

汗血马奔向太阳

一

那匹枣红色的汗血野马已经是第七次晃过君玛德力的眼帘了。

从第一眼见到那匹野马时，他那颗已日趋平静的心就再也不能安安稳稳地待在他的胸腔里了。祖先遗传下来的桀骜不驯的血性重新在他的体内复苏和高涨起来。他终于想起了父亲的遗训。父亲由于终于捕住了这匹野马的父母——它们也是一对枣红色的汗血野马，因劳累过度，咯血而死。而它们的儿子却逃进了那片原始的胡杨林里。临死时，他向年纪尚幼的君玛德力讲述了那匹野马的故事。

据说它祖先的祖先的祖先……曾是驰骋亚洲东西南北的英雄胯下的坐骑。这位英雄在一次作战中负了伤，才与坐骑分开。但那匹有灵性的马为了不受擒俘之辱，毅然在寻找主人七天七夜之后，闯进了古尔班通古特大沙漠边缘的原始胡杨林。那是从来没有人敢进去的地方。

多少年了，它的家族与君玛德力的家族结下深深的仇怨。谁不知道，君玛德力的爷爷和爸爸是整个卡多斯大草原上最最优秀的牧人：挥动套马杆，任何一匹暴烈的马都将乖乖就范于他们的胯下。

五十年前，君玛德力的祖父就是用这根浸了熊油的红松木套马杆捕住了它的祖父。当君玛德力的祖父踌躇满志地用一只烧得通红的烙铁，在它的祖父身上烙下了一个象征征服的黑色的蹄形烙印之后，它的祖父整整三天不吃不喝，一直面对着那片胡杨林的方向，悲声长嘶，力竭而死。

而君玛德力的父亲在二十年前还是用这根套马杆捕住了它的父亲。但也就是在这厄运般的套马杆套上它的父亲的刹那，它的父亲狂跳起一丈多高，悲嘶一声，肺裂而死。临死时，还踹了君玛德力父亲一蹄。这愤怒的最后一击也使他的父亲从此再也没有醒来。但它却在那片浩浩荡荡莽莽苍苍深不可测的胡杨林里，孤独但却顽强地长大了。

而君玛德力也在大草原冬不拉的乐曲声中和奶茶的浇灌下，倔强地长大了。

但是如今，它再次挑战般地出现在卡多斯大草原上的时候，所有的人包括君玛德力都再次热血沸腾。连着一周，已经有五个卡多斯大草原上最好的骑手因为追捕这匹汗血野马而受伤了。只有君玛德力面带微笑地对别人说："你去捉吧，你肯定是捉不住的，它是我的！"

果不其然，如今所有的牧人都不想去追捕那个要命的家伙了，眼巴巴地指望着他出手，长长大草原上男人们有点儿萎缩了的志气。他也因此大言不惭地宣称："我不用套马杆，就能揪住那家伙的长鬃。"

为了捉住它，君玛德力已经在阴冷的月下蹲了大半夜。它总是在后半夜踩着哗啦啦掉着露珠子的合头草，悄悄地独自到这眼咸水泉来饮水。而只有趁着这个机会，君玛德力才能靠近它。因为凭着他那匹黑走马的脚力，是无论如何不能够在广阔无际的草原上赶上它的——它总是旋风般地把他和他的黑走马远远地落下，消失在远处飘起的黄色烟尘里。

它的出现使君玛德力怎么也不能心平气和。他想：自己得对得起祖先们啊！他们的英名，绝对不能被自己玷污！

忽然，凉风送过来一阵细碎而清冽的响动。君玛德力立刻竖起耳朵，仔细捕捉着那个声音的每一个细节。显然，那声响是冲着这眼泉水来的。正是它！君玛德力的心狂跳起来。他赶紧拍了拍伏在他的脚旁的那匹忠实的黑走马。借着月光，他发现黑走马的目光里闪着几丝怯懦。混蛋！君玛德力在心里骂道。他用力顶了一下黑走马，终于使黑走马在那声响越来越近之际壮起了胆子。

那细碎而清冽的响声越来越近……

一丛浓密的白梭梭林后，君玛德力的眼睛一眨不眨地越睁越大……

终于，君玛德力眼前一个活物一闪，从苍黑的夜幕中跃入了这个只有十步见方的咸水泉边。君玛德力感到他那颗心仿佛马上就要从风箱似的鼓动着的胸腔里跳出来了。他那只拍着黑走马的手也感到了马的身体的颤抖。

它欢快地走到泉边，伸出潇洒的长颈，痛快地饮起来。啧啧的饮水声使得夜空里显出一种生命的波动。多少天以来，它都是痛苦地在摆脱了众人的千般追捕之后，来这里饮用使它能够在第二天重新以挑战者的姿态出现在大草原上的咸水。

真是一匹好马！君玛德力那双藏在灌木丛后的大眼睛放着羡慕和贪婪的光：它全身枣红色，唯有四条小腿关节处围有一圈雪白的毛，胸廓宽阔，腰背有力，马鬃高长，腿关节精壮结实。这绝对是一匹剽悍战马的后裔！就连它饮水时微微颤动身体的时候，都好像有无穷的力量，傲慢和潇洒在它体内咯咯爆响。君玛德力双眼喷着热切的占有之光！

它忽然感觉到气氛有些异常。猛然抬头，见一丛梭梭林后，有一双炯炯放光的眼睛正在热烈地盯着它！它刹那间明白，敌意已经有预谋地浸漫在它的周围了，它转身扬蹄便跑。不料，没跑上几步，脚下一软，便扎到了一个大陷阱里——这正是君玛德力的杰作之一。但就在狂喜的君玛德力赶到坑边的时候，它却出人意料地腾云驾雾般飞旋而起，跳出了这个在君玛德力看来是任何马都逃脱不了的大坑。而在它跳起的刹那，机敏的君玛德力已然从黑走马身上跃起，直扑枣红马，稳稳地落在它身上。

它暴怒了！它简直不能够忍受这样的欺侮和征服。它四蹄翻飞，扬声大嘶，嘶啸声如古铜钟般回响于冷寂凄凉的夜的空间里。可任凭它如何驱动浑身的力量，君玛德力就像是牢牢地焊在它的背上了。

它开始在大戈壁上狂奔起来。它那雨点般的蹄声激烈而愤怒地叩响沉睡的大地。一定要摆脱这个危险的征服者！

它以最快的速度奔跑着。而它背上的君玛德力心头掠过一阵阵狂喜：自己终于骑在日夜梦想的对手的脊背上啦！嘿！这一次得抓住它，明天一早叫整个大草原的男人女人们羡慕得死去活来！他感到脚下那一丛丛红柳、一蓬蓬沙棘像箭一样地射向身后。太快了！它的脚力真是无与伦比！

猛然间，它一个驻足。背上的君玛德力如出膛的炮弹飞向前方——他被它甩下来啦。

等到他揉揉钻进沙子的眼睛之后，茫茫大戈壁就再也没有了它的身影。只有那如释重负般的擂动大地的远逝的蹄声，在寂寞空旷的空间里回荡。值得他庆幸的是，他的一双手上，沾满了那匹汗血马血红血红的汗水——这就足够在明天让那些男人们瞧个够了。他微笑起来。

在离他们不远的山崖上，一只独眼岩羊冷漠地盯着刚才发生的一切。阴风吹动它腮下的长须……它心中那个泯灭的信念正在一点一点复苏……

二

第二天一大早，整个草原上的牧人们都知道君玛德力曾经骑在了那匹“神灵”的背上——以君玛德力双手上的血一样颜色的汗为证——为了这个，君玛德力硬是一整天没有洗手，为的是叫方圆千百里的牧人都能瞧个清清楚楚明明白白心服口服。

当月上中天，朔风轻吹，草原上为他破例举行了一次阿肯弹唱会的时候，在那个老女阿肯现编的对他的家族的赞歌声中，他骄傲地向牧人们宣布：他要独自一人，用家传数代的套马杆，生擒那匹汗血马。草原人热血沸腾了。没有哪一个汉子不为他的豪言所折服。为此，他的妻子努尔古丽特地宰了七只羊来庆贺和祝福。

但接下来的几天实在令他绝望——它再也没

有出现在大草原上。更让他感到忧虑和心惊的是，他最疼爱的一匹漂亮纯白的小母马，两天前突然失踪了。很难说不是它——那匹神奇的野家伙干的好事。如果是这样的话，那么它是要传宗接代了。后来种种迹象表明，那匹小白母马确实是进入了那片胡杨林里了。嘿！反正都逃不出我的手心。更何况我儿子海萨尔已经两岁了，他想。

他开始组织人，准备进入那片死亡一般的神秘的胡杨林，预想如果捕住了那匹小母马的话，就很容易捕住那匹“神灵”了。当他好不容易拉起了进入那片林地的队伍时，突变的天气使他不得不改变了这个冒险的主意。整个部族开始迁向冬牧场了。这场大迁移也就使得他改变了计划，也就是说，至少半年内，他几乎没有时间去追捕那个能给他带来巨大声誉的神奇家伙了。临行前，他大口地喝着马奶子酒，恨恨地对着老林子说：“等着瞧，半年后，我再收拾你们！祖宗的英名是绝不能在我手上断送的！”

…………

卡多斯大草原上长达半年的漫长而寒冷的冬季，终于如噩梦一般过去了。君玛德力一行人再次驱赶牛羊马群，重返故地。那个纠缠了他许久的念头像再次燃烧起来的火苗，熊熊地烧着他的理智。

于是，在毡房安置好四天之后，他就拉着一队人马进入了那片古怪的胡杨林。

这片胡杨林无边无际，莽莽苍苍，人进去简直像进入了迷宫一般。到处都是横七竖八散发着腐朽气味的木头。所到之处，成群的筷子粗的蚊子嗡然而起，向着这群盲目的不速之客狠命叮咬。到处散落着动物的白色骨头，触目惊心。古怪的盐蓬、白刺、红枸，摇动手臂，磕碰着这群心惊胆战的人。有灰旱獭、子午沙鼠的眼睛在密林后盯着他们，又有长尾黄狼倏然消逝的影子引起他们一阵阵的战栗。

然而，他们总算如愿以偿——几乎弹尽粮绝之际，于一丛浓密的柽柳林中，他们终于包围了这一家三口——它们又多了一匹小马驹。在紧张的围捕中，那匹"神灵"叼着那匹生下来没多久的小马驹风一样地逃走了。而他们则捕住了那匹已做母亲的漂亮的白色顿河马，并把它带回牧场，关进了大棚栏内，以期等到那个野家伙前来相救。

但是，连着许多天都没有动静。

它这一段时间可气坏了！本来，由于人的杀

戮，它的祖辈们一生被烙上了受征服的烙印！但随着儿子的问世，它那种对人的仇恨也因为享受着天伦之乐而日渐淡薄了。它几乎想在这片胡杨林里与世无争，了此一生。而那可恶的永远该诅咒的人，又一次找上门来，逮走了自己心爱的妻子。这不能不使它放弃妥协的打算。要抗争！没有抗争就没有活下去的力量和理由！

这天，暮色如火，它又一次出现在大草原。它要去救自己的妻子！随着离那座大栅栏越来越近，它的眼帘上出现了那个纯白的娇美身影……它的眼睛有些湿润了……它飞快地不顾一切地向大门冲去……

大栅栏的门开着。周围静悄悄的。进不进去呢？难道这不是另一个陷阱和圈套吗？终于，它心一横，冲了进去。

当它焦急地气喘吁吁地到达忧虑的妻子身边时，回首一望，那扇木栅门已经关上。一个熟悉的人影——君玛德力正得意地望着它们。它的眼睛火一样地烧了起来。它的妻子一声不响地偎在它身边，凉凉的夜色立刻淹没了草原的一切。

等到天亮，你就会知道我的威力了！它想。

这一夜，它安安稳稳睡得很香。即便是在睡

觉的时候，它的血管里也流着不安分的血液。

三

“咴——！”随着一声野性的长嘶，它在整整等待一夜之后，在太阳悄然从一望无际的大草原那边猛地跳出来的时候，高高地扬起四蹄和头颅，毅然而果断地向高高的栅栏冲去！

它要冲断那栏杆，踩断那囚禁了白马一夜的、切断了白马与自由世界相连的羁绊！

又是一声高傲而潇洒的长啸摇曳而起，飘荡在充满生机的整个大草原。与此同时，它箭一般地奔跃而出，前蹄高高一纵，后蹄猛然一松，漂亮地在空中画过了一条蔑视一切的弧线，跃出了高高的栏杆。也就在它将跃出栏杆的刹那，后蹄用力向下一磕，结实的栏杆轰然断裂——它，这骄傲的不羁的精灵，欢快地奔向那刚刚升起的仿佛还带着倦意的太阳！

而它的小白马和其他马则在惊愕了足足三分钟之后，才争先恐后地从那个缺口冲出去！

君玛德力慌慌张张地从毡房中跑出来。他手搭凉棚看去，只见那一片弥漫的烟尘里，那匹击溃了他的自尊心的“神灵”正以潇洒的步态，带领着他的那群马，飞快地奔向远方……

他赶紧跨上黑走马，喊了几个人，拿起猎枪追了上去……

离那匹小白马越来越近了。君玛德力大叫一声：“开枪！”数声枪响过后，那匹哀鸣着的小白马，在看了这个世界最后一眼之后，慢镜头般倒了下去。

与此同时，它悲声长啸，戛然刹住飞步，毅然转身，飞旋到受难的妻子身旁。它的心中只有愤怒和悲凄！

当它凄然凝立于妻子身边的时候，那套马杆已经紧紧地套住了它的脖颈儿。而持杆人正是在黑走马背上微笑着的君玛德力。

而那只瞎了一只眼的岩羊王，依旧站立于突兀的山石之上，漠然地看着这一切……朔风吹动它长长的胡须……

四

接着五天，它都被君玛德力关押在那个磨坊里。他用暴怒的皮鞭抽打它，呵斥它。它被蒙上了眼睛，被逼迫拉着磨，一圈又一圈地磨着时光。它的肩头渗出鲜血，四蹄由于在石磨上磕碰而鲜血迸溅。但黑布蒙不住它那颗永远不屈的心。它拉呀拉呀，就是不停下来，它怕一停下脚步，那强烈的反叛意识也会萎缩。

这一天，它终于累得趴了下来，呼哧呼哧地喷着气，舔着身上的鲜血。忽然，它感到有个人走近它。它迟疑了一下，没有去分辨，仍旧舔着自己的伤口。

有一双手伸了过来。那双手是那样的纤软温柔，解开了蒙住它眼睛的黑布。它只觉眼前霍然一亮，等适应了光明之后，才看清楚——那个让它重见光明的、用同情和温柔的眼光注视着它的，正是君玛德力美丽的妻子努尔古丽！

它漠然地看了她一眼，打了一个响鼻，用蹄子示威般地刨了几下沙地，将头扭开。良久，它感觉有些异样，转过头来才看清，努尔古丽抽出一把长柄砍刀，一步步走近它。它一下子警觉起来，毛发耸立，怒眼圆睁，挺直了脖颈儿，望着渐近的手持雪亮砍刀的努尔古丽，用目光告诉她：来吧！我才不怕你那柄刀呢！

努尔古丽走到它的身旁，迟疑片刻，猛然举刀向下砍去！

它的眼睛猛地一闭，但立刻觉得自己身上的绳索突然失去了约束力——啊！原来她砍断了那捆绑着它的绳索！它霍地站了起来，立刻向门外冲去。跨出门槛之际，它欢快地转身向努尔古丽打了一个感谢的响鼻。

君玛德力正和几个大汉喝酒猜拳，忽然眼前一个红色影子一闪。他惊恐地站起来，只见那匹野马箭一般地冲向了茫茫大草原……

他一下子甩开手中的酒瓶子，冲进磨坊，却见呆立着的努尔古丽，手里握着一柄砍刀。

他一切都明白了，大吼一声，用力扇了她几个耳光。但妻子毫不畏惧的目光使他的心里有些发毛。他二话没说，立刻牵出那匹黑走马，拿起那只套马杆追了上去……

啊！前面终于出现了那家伙的影子，君玛德力一阵狂喜。看得出，它的腿有点儿瘸——这一定是石磨的功劳。嘿！我一定要抓住你！我的英名，我父亲、爷爷的英名不能就这样毁了！他策动马鞭，飞快地追上去……

它已经听见对手那紧迫的声音了。怎么办？难道自己就永远也逃不脱被人追杀和被烙上屈辱印记的命运吗？它毅然转身向喀斯那亚山而去——它不能回到那片胡杨林里，因为那里面还藏着它的儿子……

见它冲出山林，他更加用力地挥动马鞭，催马追了上去……

终于，他离它越来越近了。一阵阵狂喜涌上心头。他又抽了几鞭子，黑走马猛提精神，向它疾速靠过去。

就在他离它三步之际，他倏然腾身一跃，从黑走马身上飞起，猛地向前一扑，轻轻地落在了它的身上。

而他们前面二十米处，则是一个千丈大断崖！

它绝望而又略带希望地长啸一声，疾步向前，面对浩浩的蔚蓝天空，跃进这满山的苍翠里……奔向那一轮自由的红艳艳的太阳！

而一群野鸽，惊慌地飞起来，在他和它粉身碎骨的山林上空滑翔……时不时为他和它的命运而鸣叫不止……

太阳沉重地跌入了地平线……

五

黄昏。

那头独眼岩羊王领着君玛德力的几百只羊，向远方暮色火烧处行进。岩羊王终于实现了它的梦想：使那些早已被人驯化了的可悲的同类们，做一次大自然的回归……

努尔古丽怀抱着儿子海萨尔，任野风吹散长发。她目送着那群她根本不可能阻挡住的远去的羊群，低声地对怀里的儿子说：

"快快长大吧……儿子……"

而在那片寂寞、恐怖的胡杨林里，那匹野马的后代——小野马长得跟父亲一模一样，也正在孤独而顽强地成长着。

1986年

火狐狸的爱

布拉提追赶那只火狐狸，已经整整一天了。

那是一只有着一身漂亮的火红色皮毛的母狐狸。布拉提追赶它，正是为了获得那一张珍贵的火狐皮。

两年前，布拉提举行"银奶洗手宴"的时候曾经宣布，他再也不操起那杆跟了他三十年的猎枪，而且还发誓："只要再操起那杆枪，就把它砸了！"布拉提可是一个能把猎物打个眼对穿的优秀猎人，并且还是一名养的牛羊数不过来的牧人。可他为什么要违背自己的誓言，冒着毁枪的危险（毁掉了枪也就意味着他大半辈子狩猎英名的毁灭），而去获取那么一张火狐的皮呢？

他的儿子拉吉因为被人走后门挤掉了名额，而没能进入高中，但那所中学的校长洛依私下表示，假若布拉提能给他弄一张火狐皮的话，那么拉吉上高中的问题就好办了。

布拉提是多么地爱他的儿子啊！他就知道养马养羊，钱从来都数不清。每次外地的或是本地大城市的一些生意人拿一些小玩意儿，如玻璃弹儿、项链啦，就可以换走他的牛羊。但他却并没有感到吃亏，相反倒挺高兴。而且布拉提买卖牲畜时都是看一叠钱的厚度来决定生意的合算与不合算的——他只认多。

自从儿子上学以来，布拉提才知道了自己的愚昧和无知。为了对得起塔林娜娅——拉吉死去的母亲、自己心爱的妻子，他要让儿子继续上学，从而摆脱无论是物质上还是精神上的贫困。

这时，他正趴在一丛红柳之后，紧紧地盯着左侧那只漂亮火狐的一举一动。火狐正在掏挖着一丛骆驼刺下的沙鼠洞。只见它飞快地用前爪往外扒着沙土，期待着能捕到它渴望得到的东西。然而，这个被认为很狡猾很聪明的狐狸没有料到，有一个最危险的敌人，正暗中监视着它，以求得它那张只有它停止了心跳才能被人夺得的美丽的皮毛……

他为什么不开枪呢？他在寻找机会。因为火狐狸非常罕见，所以也就格外珍贵。只有把火狐打个眼对穿——子弹从一只眼进从另一只眼出，狐皮才是真正有价值的。

然而，这个机会是多么难寻啊！布拉提就这样等待着令他无比快乐的时刻的到来……

火狐也丽做妈妈啦！这是它平生感到最快慰和有意义的事儿！然而值得一提的是：它的丈夫毛瑟在孩子降生十天后，便被一个人开枪打死了。从此，也丽便担起了丈夫的责任——去寻找食物。它既要像父亲一样严厉管教孩子们，又要以温柔的母爱来温暖孩子们，使它们尽快成长。

值得它高兴的是，几个孩子长得都很结实，一个个食欲旺盛，使得也丽不得不跑远路到沙鼠多的地方寻觅食物，因而它也就不自觉地进入了它们狐类划定的危险区。

这时，也丽已经刨开了沙鼠窝。好家伙！有十几只硕大肥圆的沙鼠！也丽欢叫起来，用闪电般的速度，把它们一一击毙，然后叼起它们的尾巴，轻快地炫耀般地抖动着火红的美丽毛皮，准备返程。

就在此时，那双机灵的耳朵忽然捕捉到了异常的响动，它立刻意识到了身旁巨大危险的存在。它本能地倏然往下一趴，而同时，一粒子弹带着呼啸，擦着它的头顶飞过。也丽蓦地打了个滚，撒开腿奔逃而去……

刚才布拉提好不容易等到了一个绝妙的机会，然而，这只火狐没有他想象的那么愚笨，机智地躲过了那致命一击，这使布拉提非常懊恼。他捋了捋胡子，提起那杆老枪，循着沙地上非常清晰的脚印追去……

这个时候已经是半上午了。太阳残暴地蹂躏着大漠，似乎大漠欠了他无数的债务。新月形的沙丘一座接一座，连成一片无际的莽莽沙海。偶尔有一阵干枯的风吹过，才把那些要死不活、蔫溜溜的铃铛草、沙棘什么的推得摇几摇。远处的热风流溢着，颤动着，继而扩展，扩展，扩展成苍茫的死一般的寂寥……

几个小时的追踪，使布拉提心焦气躁。他已经不知不觉地进入了被人们称为死亡地带的沙漠的腹地。这是他没料到的。猛然间，他感到肚子一阵抽搐，立刻明白这是饥饿造成的。于是，他赶紧趴在一片枯草上，从背袋中掏出一块干粮，用力地嚼了起来，嚼得很响。几分钟后，他的肠胃感到了充实，一股股活力从肠胃涌向每一个汗孔和每一条血管。

那只火狐能跑到哪里呢？他望着也丽留下的一直延伸到远处的脚印发呆。

又休息了一会儿，他突然感到焦渴难当，慌忙中摸遍全身，才发觉水袋早已空了。猛然他又醒悟：自己已经陷入了绝境。他正在不知不觉地走向死亡，而这却是他自找的。

如果趁现在循着踪迹返程的话，一定可以摆脱大漠无情的宣判。假若突然起了沙尘暴的话，这一切又仅仅只是幻想。

是追还是归？他问自己。这可是个生死存亡的关键啊！他想踏上返程，而儿子拉吉那张焦虑的哀求的面容立即浮现在眼前。终于，他决定：追下去！一定要得到那张能改变他们家命运的毛皮！

也丽跑得累极了。它纳闷，怎么自己跑多远，身后都会响起匆匆而来的充满着恐怖与敌意的脚步声呢？它感到死神正向它狰狞地笑。其实死倒没什么，它想，可那四个可爱的小宝宝谁来照顾呢？它心急如火，真想立刻飞到孩子们身旁，看看它们是不是都饿坏了。可是，它又不敢那样做。因为，不停地追赶着的脚步声告诉它，如果那样做了，后果将不堪设想！它不敢再想下去。

这会儿，它才感到饥渴难耐。当它翻过一个小沙包时，沙包下赫然生着一大丛沙棘，缀满了红色的浆果。然而，也丽感兴趣的不是浆果，而是沙棘下洞穴内的沙鼠。

它悄悄到了洞口，立刻用爪子刨了起来。突然，一个活物冲出来，它飞快地捕获对方，才发觉猎物不过是一只它平常最讨厌的血蜥蜴。求生的本能促使它必须吃掉这个东西。于是，它竭力忍着血腥味吃了蜥蜴，才感到了体内能量的复苏。它有信心来摆脱敌人要命的追踪了。它是多么热爱这片土地、多么地爱它的孩子们啊！

恐怖的脚步声又追踪而至。也丽起身继续向远方——苍茫的大漠腹地奔去……

布拉提气喘吁吁地追上来。他觉得渴极了，似乎生命正一丝一丝地被太阳那焦灼的光芒抽走。

突然，他的视线触到了那丛沙棘上缀着的亮闪闪的浆果，高兴坏了，一个蹦子跳到跟前，大口吃起来。红色的浓浓的果汁沾满了他的胡子，溅上了他那古铜色的脸。少时，他感到沁人心脾的凉意正从每一个毛孔中释放出来，追赶中的焦虑和饥渴立刻被惬意代替了。吃饱了浆果，他倚着棘丛，准备小憩一会儿，但一眼瞥见了一只翻着血色烂肉、散发着腥臭的蜥蜴，猛然感到了恶心，哇的一声，大口大口地吐了起来……吐过之后，他埋住死蜥蜴，又吃起浆果来。

还得追下去吗？得追多久？能追上吗？他一时又怀疑起自己来。但渴望的力量太大了，他又一次打消返程的想法，追了下去……

也丽这时感到非常的焦虑和不安。而离开了自己的孩子，对任何一个母亲来说都是放心不下的。也丽的右眼皮老是跳，跳，是不是孩子出了什么事？是不是？它害怕起来，感到自己的心仿佛要从风箱似的胸脯中跳出来。得回家看看！得回家看看！

有了这个信念的驱使，也丽箭一般地奔向自己的家。而它却忘记了此行对它来说意味着什么。它心中只是在呼唤：孩子！我的孩子！

终于望见那一大片红柳了！也丽非常激动。它快速跑到近前，忽然，一群黑鸟从红柳丛中惊惶地飞走。也丽察觉：不好！

它飞快地跳进红柳丛。眼前的景象使它呆住了：四个孩子直挺挺地死去了。它们的脸上带着笑意，似乎在期待和憧憬着美味和母亲温柔的爱。而它们的眼睛都被鸟儿啄去了！

泪水！泪水！泪水立刻挂满了它的脸，浸透了它的心。这个打击，是任何一个母亲都难以承受的。

该恨谁呢？谁是凶手？是那个敌人——布拉提？不，不。他只是要我，而不是去杀我的孩子们。是我自己！是我为了自己的安危而舍弃了它们的！我苦命的孩子们啊……

然而，那脚步声又响了起来。也丽猛然愤怒地转过脸，用仇恨的目光盯着那个从沙丘后一点一点探出身子的黑影，心里想着：我要报仇！来吧！我什么都不怕！

随着布拉提的靠近，也丽这种想法立刻萎缩了。求生的欲望又在它心头升起。

它最后望了一眼死去的孩子们，隐入旁边的密丛中。它要看看对它的逼迫将会到什么程度！

布拉提追上来。他瞧见了这片红柳丛，快速跳进红柳丛。

呈现在他面前的景象并不像想象得那么美好，他呆住了，片刻之后，他掉下了泪。人有爱自己后代的天性。他感到了一种深深的罪责！

当他挺立于苍茫之中独自忏悔的时候，忽然

听到了一种异样的响动。他慌忙转过身来，这才发现火狐也丽——自己追捕已久的猎物，正饱噙着泪水，用极怨毒的目光盯着他，并且一步一步无畏地向他逼来！

布拉提一下子将枪取下来，瞄准了也丽。枪上的准星告诉他这会是一个怎样的奇迹。他惊喜地想：这难道是天赐的吗？

但是，正要扣动扳机的刹那，一种怜悯，或者说是一种由慈爱、宽容及人类许多最美好的天性混合的感情涌上心头。他瞬间觉得，难道自己间接地杀死了火狐的四个孩子，还要杀死孤苦伶仃的母亲吗？

他迟疑了，枪口渐渐低垂……双方以包含着无比复杂感情的目光互相凝视着！

这时，远方大漠之中，一个大大的棒槌似的沙柱立了起来——那是龙卷风沙尘暴！眼见那龙卷风沙尘暴带着摧毁一切的架势向这儿扑来，并且，它们的先锋队——一些小风已经开始掀动这儿的沙土了！

人兽依然对视着！这两个生灵啊！

布拉提发现了那龙卷风沙尘暴，不禁猛地一跺脚，大吼了一声："快走！"随即便俯下身子，把四只小火狐一只只摆好，又颤抖着从四周的红柳丛中折了一些缀着淡粉色小花的枝条，轻轻地将它们的尸身覆盖，然后用力推动沙土，把它们掩埋了。这个世界上又多了一座小小的饱浸着泪水的坟茔，一个归宿，一个象征生命完结的句号。

当他再次转过身时，也丽已经不在了。布拉提急忙向安全的地方奔去……

幸好，沙尘暴的中心并不经过这个地带，否则，一切不堪设想。眼见浊浪排空，那势头，似乎要把一切吞没！布拉提眯着眼睛，背向风沙之来势，艰难地向安全处奔走……风沙好几次都推倒了他，把他埋起来，但他又站起来，继续与风沙搏斗……

为了生存！布拉提心中喊着："我不能死！我还有儿子！我还有儿子！"

…………

夜。一切归于寂静。沙尘暴精心策划的"暴动"宣告失败。就像邪恶永远不能战胜正义与真理一样，现在它们现了原形：一个个没有脊梁似的软软地趴在了那儿。也许，它们仍死心塌地地等待着狂风——那个暴虐的野兽，虽然等待着它们的依然是失败。

月亮阴冷地拉下了面纱，发泄着莫名的愤懑。在整个苍白、寂寞的夜中，世界被涂上了一层阴暗的色彩。

死寂。冷漠。也许这就是宇宙的原样！

也丽逃脱了这场灾难，从一片胡杨林中走了出来。它迷路了。

当它环视了一圈之后，清楚地发现，离它四十米的高坡上，有个黑影伏在那里。经过判断，它明白，那是它的敌人——布拉提。他死了吗？为什么不动弹呢？

也丽想过去看看。但它又害怕敌人是在装死。也许是被一切生物所共同具有的好奇心驱使，终于，也丽走到了布拉提身旁。

布拉提没有死，他只是暂时的昏迷。肯定是缺水！也丽想。救不救他？也丽犹豫着……它想起了刚才那渐渐低垂的枪口，想起了他掩埋小火狐尸体的情景，最终它决定搭救布拉提。

也丽这才发觉，它正处于一个大沙丘顶部，而沙丘底下，就有一个小湖，也丽不会费多少力气就可以将布拉提沿斜坡拖下去。

也丽迅速行动起来……终于，也丽几乎是费尽了全身力气，把布拉提拖到湖边，并且将布拉提的半个脸浸在水里，让他吸取必要的水分。而后，才躲进湖边的一大片胡杨林中，期待黎明到来……

布拉提渐渐醒了。他的嘴唇动了几下，触到了一阵甜润。他把眼睛睁开一条缝，猛然发现自己躺在水边。于是他大口大口地喝了起来。一顿牛饮之后，他翻过身来，而呈现在他面前的景象又一次使他呆住了！

这时候，早晨的太阳刚刚升起。四周是一片血红的苍茫和寂寥。也丽——那只母火狐正对着刚升起的太阳，亢奋并且愤怒地带着无限怨艾地长嗥着。拖长的声调在半空中嗡然轰鸣和回响。那声音似乎是在发泄着郁积已久的愤懑，又像在倾诉着狐类多少世纪以来所经受的种种磨难……太阳仿佛也听懂了它的话语，用血一样的光芒，把这个沉寂的大漠抹上了一层血淋淋的恐怖……

顿时，一种恐惧和寂寞在布拉提心中蔓延开来。他感到了惶恐、焦虑和不安，一种原始的沉重积淀下来的痛苦重新在他心头涌出……这时，他又想起了儿子那企望的眼神，猛地，他从身上取下枪，这正是一个最好的机会！

砰的一声，对面的美丽影子倒下去了。惶恐

和不安也立时消失。布拉提兴奋地跳起来，但又跌倒了。突然，他想起了什么：我怎么到了这个地方？我记得清清楚楚，倒下去时是在一片沙地中啊！

当他的视线扫到了从对面那个大沙丘上拖下来的痕迹，呆了半晌，终于明白——是火狐也丽救了他的命，是也丽把他从死亡里拽了出来！

他发疯似的吼了一声，慌乱地跌撞着跑到也丽倒下去的地方，一把抱起也丽。但那个漂亮的眼对穿却告诉了他这个悲惨的结局。他大声诅咒着自己的枪法！然而，一切都晚了！

茫然？惆怅？痛苦？他不知心中是什么滋味……之后，他把也丽的尸体连同那支猎枪放在一起，用胡杨枯枝燃起一堆火……

忽然，随着烟柱的升腾，一大群阿库洛鸟飞了起来，围绕着这被太阳涂上了血色的孤烟，长久地哀鸣着，声调凄厉而苍茫，古朴而悠远……袅袅上升的垂直的烟柱似乎是在默哀，又似乎是一个浸满了鲜血的巨大的感叹号，宣示着一个循环的中断。

太阳的目光依然惨淡、血红。光束把布拉提凝固的身影一点点地缩短，缩短，成为一个点……

1987年

雪豹的足音

一

当他偶然发现那一双手电筒般的眼睛从一块岩石后贪婪而又热烈地窥探他的眼睛时，不禁打了一个冷战。

这是严黄生命中第几次打这样有关生和死的冷战，他已经记不清了。

他闭上眼睛，让身体内骤然沸腾的血液归复平静。继而他又睁开眼向上望去：头戴永恒的冰冷的白色王冠的汗腾格里峰依然高高在上。这个时候夕阳斜下，而只有在这样四五千米的山腰间还能抚摸到那胭脂般的阳光。

严黄竭力让自己不去想那双眼睛。他不知怎的突然又兴奋起来。自己眼前的积雪和千百年堆积而成的冰层，此时被太阳镀上了一层瑰丽的色彩。那种晶莹、玲珑剔透的五彩，在他的眼前呈现出一幅无比美妙的清纯画面。忽然，一种圣洁的音乐在他胸腔里回响起来。啊！多么美妙的世界，多么美妙的人生！

他解下那沉重的背包，心想可以做饭了。他支起充气帐篷，用特制的炉子烧开水——八十度，将肉罐头熬了熬，就狼吞虎咽地吃起来。匆匆地吃了饭，他从背包中掏出一面镜子，梳着自己那四面飞扬的长发。

那双眼睛已经离去了。他想，它还会继续跟踪我吗？他下意识地摸了摸那杆双筒猎枪，后悔没听那位哈萨克族牧人的话：多带几发子弹。因为他嫌那金属玩意儿太沉了。两天前他开始爬这座山的时候，就已经用掉了六发子弹——为了打松鸡和雪兔。现在只剩下四发子弹了。而那双很不友善的眼睛又时时威胁着自己。他又收拾好东西，将帐篷放了气，叠成手帕大小装进背包，又继续前进了。

雪山上冷气四溢。严黄裹了裹自己的登山服，听着碎冰在自己脚下发出痛苦的碎裂声，心中充溢着自豪——他脚下的山体以前还没有人类从这里走过呢！他知道正是这种自豪感使得他征服了一座又一座高山——包括从北坡登上珠穆朗玛峰。当然，那一次是与别的人一同干的。而这一次是他一个人，独自向横亘中国大西北的天山汗腾格里峰峰顶进发！

一阵小风吹过，他愣了一下——他闻到了一种清香，这清香是那样的纯净，带有一种淡淡的甜味。他寻找了片刻，才发现在一块黑色冰岩的夹缝间，长着一朵白色的花。正是这尤物在向这个世界散发着它的清香。严黄小心翼翼地采下这朵雪莲——他准备将它作为礼物送给年迈的母亲。当然，这要在他征服这座海拔6995米的山峰的胜利以后。

天色昏暗下来。天空仿佛是一块藏青色的古玉，而那太阳已沉了下去，为明天再次复出进行新的积累——人类就在太阳更新的过程中，孤独而寂寞地成长着，严黄想。

他发觉该找个地方休息了。在一个山坳处，他再次支起帐篷。一切弄停当，他打亮手电，钻进去，轻轻铺开日记本，用那支2H铅笔写了起来。

这个时候，许多往事快镜头般地从他的脑际一一闪过。他的心头倏忽间泛起一种暖暖的东西。跋涉之旅是充满着艰辛、痛苦、希望和再生的，就像他的历史。有时候他感到自己仿佛已成长了五千年。而面对那冷傲的未知的高峰，他还需要坚韧地攀登、跋涉……

突然，一种奇异的怪响让他从遐思中惊醒。他立即操起那杆双筒猎枪上好子弹，紧张地听着帐篷外的声响……

它小心翼翼地向那座乳黄色的小帐篷走去，尽量让自己的脚放得轻一些，从而避免发出响声惊动敌手。

有一线白色光亮从帐篷中流泻出来，投射在它认为属于它的领地上。它探出爪子，狠狠地抓扯着射在地面上的灯光——它多么仇恨这蛮横霸占它领地的灯光啊！然而无济于事，它的爪子已经将冰面抓出一个小坑了，那光依然不友好地待在原地。这使它有些心惊肉跳和义愤填膺。

它是一只中亚西亚高山冰川所特有的雪豹，皮色浅黄，上面布满黑色斑点和开放性环状图案。强健的四肢支撑着威武的身躯，以其所占据的空间，向雪山冰川辐射傲气。从什么时候起它开始憎恨人类了呢？它自己也说不清楚。多少次它立于冰崖之上，向远在山脚的人类群居城市眺望——那里楼厦林立挂满人的潇洒，高耸的烟囱向大自然喷吐乌黑的语言，它就咆哮起来：人啊！你们侵占了平原和低丘，侵占了湖泊和洼地，侵吞了绿洲和森林，还不算，你们又一次次地向我祖祖辈辈生活的土地落下你们的脚印，来证明你们才是世界的统治者。不！我决不屈服！它想着，喉咙里滚过一阵低沉的雷声，眼睛里喷出了火焰！它一步步向那座小帐篷走去。

月亮停悬于中天，以其光辉沐浴着这个令它感到无比美好、却又寒冷异常的世界。它停下脚步，无比慈爱地环视着周围，一切都令它感到那么亲切。这一瞬间，它的心头闪过这片土地春、夏、秋、冬所呈现出的最美好景象，眼睛里涌出了一些湿湿的东西——那被人类称之为眼泪的东西。而此刻，却有世世代代同它们豹类搏斗的人类中的一员，公然躺在它的领土上……它已经跟踪他整整一天了，但他背上那杆枪，它早已领略过那玩意儿的威力，那是三年前的事儿啦，那杆枪使它即使丧失了理智都没有在阳光下向敌人猛扑过去。

它将前腿一屈，趴了下来，将耳朵贴到地面上，倾听距离十米左右的那座帐篷里发出的声响。

有一种细碎的声音在它耳际回响。这声音仿

佛在示威，又仿佛在嘲笑它的胆小无能。它再也不能抑制自己了，大吼一声，只一纵就扑到帐篷前。它将前爪猛一探抓，“刺啦”一声响，帐篷就被抓破了。

也就是在这个时候，只听“砰砰”两声枪响，它猛然觉得自己的左前腿一震，一股热乎乎的液体流了出来。紧跟着，一阵剧烈的疼痛在腿上出现，继而蔓延到整个体内，冲击着它的脑神经。它大吼一声，转身快速逃跑……

他慢慢地从地上爬起来，身上那几片泄了气的充气帐篷飘然落地。他咕噜着骂了几句，又压上两颗子弹——这是最后两颗子弹了。他慢慢向前走了几步，发现在月光照射下，那只雪豹已经逃走了。雪地上有几处暗黑色的痕迹，严黄心头滚着一阵狂喜。看来它被打中了。可打到哪个部位了呢？是轻，还是重？他又紧走了几步，转过一处山坳，睁大眼睛搜寻着。哪里又有它的身影？

远处是一片迷蒙的幽黑。山脚下的林涛声澎湃不止，显示着一种恐惧。他感到一种生命的困惑顷刻间在他周围弥漫开来。他生平第一次感到了一种旷世的孤独！

是啊！自己一次次向高山进击，攀登，不就是为了证明人的伟大与不可战胜吗！什么样的困难自己都曾遇到过。风骤然大了，吹起了积于地面的一些雪，一些雪花落进他的脖子，慢慢融化，变成了水滴。得把这一夜对付过去，明天太阳出来后再说吧。他这样想着，又回到原地，将能穿在身上的衣服全部穿了起来，提着枪，找到了一个背风的岩凹处，躺下来……

二

他突然被一阵巨响惊醒。眼睛睁开许久，才发觉还在半夜里。他感到浑身上下冷极了。天空中一片迷雾，而那巨响正是雪崩的声音！这个时候天空阴暗，狂乱的风在所有的空间里闯荡厮杀。漫天飞着大雪。他感到每一个毛孔都在往外排出热量——他简直受不了了！

猛然间，一阵揪心的沉痛感让他变得清醒起来。他开始考虑自己的抉择是否正确。还有两千米的路程——所带的干粮也不多了。还能坚持爬到峰顶吗？他有些后悔了。耳际依然回响着风的巨大声响，它代表着冰冷、恐怖和死亡。而自己不正是一步一步地主动地走向它们吗？这难道不是一种自杀吗？干吗要离开家庭、离开父母去爬这鬼山！天哪，我怎么会为自己的抉择产生这种懊悔情绪？这是怎么啦？难道我真的怕死吗？难道我真的将会是一个走回头路的、让别人耻笑的懦夫吗？不！严黄坚定地咬紧牙关。他又将所有可能覆盖自己的东西盖在身上，活动着睡袋里的四肢，使自己免于冻伤。

忽然，他又听到一阵低沉的吼声。这吼声具有那么强的威慑力和震撼力。严黄有些害怕了，忙摸索着找到那杆猎枪。这是那只雪豹发出的。它还在寻找他。它不是已经受伤了吗？看来它并没有受多大的伤，只是点轻伤，触及皮毛。这真是一大威胁啊！

不知过了多久，雪突然停了。月亮又从云层后阴沉地踱了出来，冷冷地注视着他。刹那间，严黄看见对面的一座冰峰的峰顶，那只雪豹暗色的身影，如石雕般凝立于冰峰之上，它就是以那样的姿态在向冰山、向月亮、向大自然倾吐着心曲！猛然间，又一阵低沉的豹吼声如闷雷般滚了过来。这声音在空气中震荡着。又有一种断裂声随着这吼声一起响了起来。严黄抬头望去，一下子惊呆了！自己上方一大片突出的雪山，由于受到声音、风力的震荡，正吱吱地发出断开的响声，眼看就要发生大雪崩了！

严黄呆了三秒钟，抱头向山的左下方跑去。由于惯性，他跑得飞快，一下子跌倒了，向山下滚去……幸亏他向山体的左侧逃去，而那场规模不大的雪崩正面向山下奔去，大块大块的雪疙瘩轰隆隆带着巨响，以冲垮一切的气势，排山倒海般冲向山下。

扬起的雪雾顿时弥漫起来，组成一片迷蒙的大网。严黄正要庆幸自己躲开了这一场劫难，突然，一块方桌般大的雪块呼啸着砸在了他的身上，他“嗯”了一声就倒了下去……

许久，他慢慢地醒过来。一切都变得平静了，静得仿佛只有他的心跳。他挣扎着爬了起来。真好！自己的大背包居然安然地躺在身边。忽然，他又感觉到有些异样，这使得他把目光转向了左脚。天哪！登山鞋不知怎么裂开了一个大口子，三个脚指头露在外面。他有些担心，就试着站立起来，向前走了一步，一下子跌倒了。一阵钻心的痛叫他明白了：左脚的三个脚指头已经不顶事了——它们脱落了。他摸索着打开背包，取出一些药品，仔细地包扎好脚。喘了一会儿气，他思索起来。左脚算完了，只剩两个指头了。这是怎么搞的！难道这就是上天对我这次行动的警告吗？不！我不能屈服！不能！想到这儿，一股热血又点燃了他奋发向上的欲望。他颤抖着把三个脚指头放进衣袋，满脸悲壮。他面对着东方，久久地沉默着，思考着。

东方露出了鱼肚色。

三

严黄决定继续攀登。还有一千多米的高度。这个时候，太阳已经完全升起来了。它以巨大的热能让这个世界变得纯净了许多。严黄缝好登山鞋，匆匆吃了些压缩干粮，又继续攀登了。

清晨的空气让他感到异常舒畅。那种可以征服一切的自豪感重新在他的心头复苏了。

他感到有些气喘，就停下脚步。这时，他正站在一块巨大的山体突出处。他向远方眺望，千百朵白云轻淡地浮动。而在右下方，那一片闪亮的地方该是一个湖吧？他察看了一下地理方位，最后确定下来，那是一个大湖，这使他联想到湖面轻轻扬起的薄雾，联想起鱼儿跃出湖面所溅起的明亮水花，联想到湖边辛勤的人们，织着渔网唱着好听的歌……生活真该大声赞美才对啊！

他继续攀登了。他仿佛已经看到了自己傲立于天山的主峰上的青春姿态……

到下午了。他感到左腿又酸又疼，这才决定休整一下。他吃了些干粮。

突然间，远处一阵长嗥声闷闷地传了过来。严黄一惊，猛然间发觉，猎枪不知怎么不见了。对了，在昨夜发生的雪崩中遗失了，这可怎么办啊！

那吼声昂扬、激奋。由于这吼声的震动，远处接连响起了巨大的雪崩声。因为在高山多积雪处，稍有响动就会使空气震动，从而引起雪崩。严黄的脚心有点儿发凉。他预感到了什么。

天色暗了一些的时候，起风了。这风起初很小，渐渐地变得粗暴有力了。雪山上的风就像是千万把冰冷的刀子一样，叫所有生命忍受其无休止的刀刮。严黄正歇息在一个背风的山坳处。突然，一阵猛烈的风一下子将他的最后一块帐篷给扯走了。眼见帐篷像布片一样一下子消失在一片阴影里，而他像被谁扯去了遮羞布。

他的心情一下子沉重了。他刚刚起身，又一

阵猛烈的风吹起来。他向前倒去。慌忙中他抱住一块突出的冰岩——而他的脚却寻找不到支点!

眼看着他所抱着的冰岩由于承受不了他一百多斤的重量而开始松动时,他有些相信命运了。也就是在他的脑海里升腾起一阵黄色烟雾的同时,他同断裂的冰岩一起向山下滚去!

“啊——”山谷间响起惨叫!

不知过了多久,慢慢地,他睁开眼睛,眼前是些什么?怎么一片金花在闪耀!他摸索着让身体靠在一块岩石上。还好,往下滚了几十米就被这一片缓坡上的岩石群挡住了。这么说,自己有救了。风又吹了起来。那种尖厉的恐怖声音,使严黄的呼吸急促了起来。他觉得自己身上少了点什么。当他哆嗦着用发僵的手摸到脑袋上时,猛一震——天哪!自己的两只耳朵不知道到哪里去了!他一下子晕了过去。

良久,他才醒了过来。完了!这次算是彻底完了。脚趾和耳朵竟接连丢失了。真是背了运。他的心头闪现出母亲那一头白发。脑海正进行着激烈的斗争——继续攀登,还是走回头路?这是一生中碰到的最难的一道题了。

风还是那样大。只一会儿,他的身上就覆盖

了一层冰霜。而此时,有一种寒冷也正侵蚀着他的心——那里曾沸腾着多么滚烫的鲜血啊!

终于,他决定回头了。面对这永远冷漠的雪山,面对那一直伴随着他的雪豹的吼声,他不得不做出违心的决定。

客观条件有时会影响一个人的一生。哪怕这个人有多么过人的智慧和胆魄都无济于事。他一下子站起来,狠狠地向冰层猛砸一拳。他说,你等着,汗腾格里峰,我终将征服你的!

他开始依着月光,摸索着下山了。这时,突然风平浪静,静得几乎能听到他的眼泪落到冰层上的声音。

四

又是清晨。

它抖了抖身体一下子跃上一块岩石,像平常那样巡视自己的领地——它每天都这样用目光抚摸一遍它的领地,这样做使得它充满自豪和骄傲。

突然,它愣住了。就在它对面的那一片陡峭的山崖中,挂着一个黑影。那人正是它连着追杀了两天的严黄!它一下子明白是怎么一回事儿了——他被冻死在冰川上。哼哼，你们人类想要霸占我的领地，是不会有好下场的！雪山之祖是不会饶恕你们的！

它第一次充满敬畏地正视着它的对手。因为他再也不能扣动扳机了。它看见严黄四肢展开，挂在那面光滑的冰壁上。他的头发在微风吹拂下轻轻地拂动着。他那突出的前额依然坚挺，反射着太阳的光芒……他的眼睛是睁着的——他至死都不想向雪山屈服！而他的左手，分明攥着一朵雪莲花！

这一切它看得十分清楚。它似乎感到了内心的震动。

它伸长脖颈儿，喉咙里滚出了一阵闷雷般的吼声。这吼声在四面冰山上撞击和回荡。有一群野鸟受了惊吓，呼啦啦地飞了起来……猛然间，只见挂着严黄的那面冰崖开始在它的视网膜上晃动起来，接着一阵阵刺耳的咔嚓声使它明白了将要发生什么——那半个雪山连同严黄的身体一同倒了下来！

轰隆隆一阵巨响，那座雪山崩塌了……那座小山不见了，耸立起来的却是一座坟墓般的山包！难道这就是雪山给严黄筑造的坟墓吗？它默默注视了好久。

一切重新明亮起来。远处，又有一座雪山带着雷鸣般的巨响，倒了下来。严黄留在冰川上的脚印，在太阳的照射下，越发熠熠闪光。

1987年

大额尔齐斯河

嘎子和他的父亲以前生活在乌图布拉克小镇,约莫八岁的时候他们一家人跟随父亲搬到了布尔津城。布尔津小城位于布尔津河和额尔齐斯河交汇的河口,一些红砖房子和红松木房子就这样散乱地沿着河边分散开来。他父亲搬家的理由是可以由此接近阿尔泰山去打熊了。

父亲是一个好猎手,总领着嘎子去城外的水洼地区打野鸭。他的嘴里能发出一种奇异的叫声,这种叫声促使那些野鸭从水洼草丛中探出头而不离开,等到他离它们很近的时候,他再刺耳地叫一声,鸭子便会慌乱地飞起来。腾空而起的刹那,父亲手中的霰弹枪响了,嘎子总是看见它们像电影中的慢镜头一样斜斜地落下来。然后,他踩着水洼边沿的青草地,把它们一只只捡起来。有时候,嘎子用木棍把垂死的野鸭从水洼中捞上来,野鸭悲哀的眼神促使嘎子扭过头去不看它。父亲总是很满意地看着嘎子拎着野鸭，脸膛泛红，然后咧开嘴笑了："好样的，儿子，咱们可以回家了。"

他们沿着布尔津河走回家时，可以看见许多穿黑色条绒衣服的哈萨克族牧民，骑着枣红色或是黑色走马从山上下来，头上歪戴着皮帽子，怀里插着一个酒瓶子。他的父亲会说维吾尔语、哈萨克语和俄罗斯语，这个时候父亲总是用大嗓门问那些哈萨克族牧民打着熊了没有。

"没有，它们都躲到树洞里睡觉了，你先去叫醒它们吧！"有一个大红脸膛的哈萨克族牧民在马上哈哈笑着回答说。

"等着瞧吧，我一定去用手拍醒一只熊，然后再把它一刀宰了。"嘎子的父亲用手中的枪向他们扬一扬，"我连枪都不用开。"

嘎子非常喜欢他的父亲，因为嘎子也长了像父亲一样的红脸膛。父亲喜欢喝酒，有时候甚至就用一大碗酒直接泡干饼吃，让嘎子吃惊得都快傻了。等到他上了大学，他才隐约知道，父亲的祖先是清代末期从兄弟省区发配来新疆的囚犯，也就是说，嘎子是囚犯的子孙。可问起他的爷爷及他爷爷的父亲，父亲总是用不耐烦的口气说："我很小的时候，他们就死了。"

在布尔津城，嘎子特别迷恋黄昏时太阳渐渐被阿尔泰山脉淹没的情景。这种时候，橘红色的阳光铺在布尔津河上，四周泛起了清凉的雾气，大地是如此神秘和苍茫，一些更为遥远的召唤，促使嘎子用手支住头，去想象远方的事物。嘎子是在乌图布拉克上的小学。学校是那种用黄土块垒成的房子，到了布尔津嘎子可以在红砖房里上课了。嘎子实际上一直很内向，这使得父亲在嘎子很小的时候就对他的未来产生了深深的忧虑。

嘎子迷恋的季节是布尔津的夏天。每年的七八月，阿尔泰山的冰雪融化，便汇聚成山地季节河，沿阿尔泰山的山谷流泻下来，最后汇聚成布尔津河和额尔齐斯河，河水清亮而冰冷。

因此，嘎子十分喜欢夏天额尔齐斯河的凉爽气息。多年以后嘎子离开布尔津城，在乌鲁木齐读高中，进一步确认了额尔齐斯河是唯一注入北冰洋的中国内陆河。额尔齐斯河非常宽阔，但水不急，也不深，有些地段的水清亮到你可以照见自己的脸。他觉得额尔齐斯河是亲切的，因此叫它大额尔齐斯河。

夏天来临，父亲便领着嘎子去河里打鱼。他打鱼的方式十分奇特，因为他实际上是个陆地上打猎的人。他不像其他人那样乘坐一种桦木和松木做的木船，而是坐在一个大木桶里。

这个大木桶足足装得下三个人，而嘎子则抱着木桨。父亲向后撒一张小拖网，然后就从嘎子手中拿过桨，向河的上游奋力划去。有时候嘎子也帮他划划桨。嘎子母亲爱吃鱼，所以他们必须去打鱼。

嘎子知道父亲很爱自己的母亲，虽然他很粗鲁，但他总是不停打鱼向嘎子母亲表达感情。在嘎子母亲一次偶然地抱怨说淡水鱼不好吃之后，约莫8月的一天，嘎子父亲便带上嘎子，去离布尔津城四十公里的乌伦古湖捕捉一种叫作“五道黑”的咸水鱼。

据说这种鱼只有新疆的几个内陆咸水湖才出产，个小刺少，味道微咸而鲜美，身上总有五条黑道。有一天，他们下午骑马出发，到达乌伦古湖时天擦黑儿了，父亲叹了口气，便在鱼贩子手里买了十公斤“五道黑”。他默想了一会儿，面带羞色地对嘎子说：“儿子，别对你妈说这是我们买的。”

嘎子想，自己当时是答应了父亲。可约莫在

1982年，嘎子十四岁的那个傍晚，他将这事告诉了母亲。

可就是那个夏天，改变了他们一家人的生活，从此他们家便走上了另一条道路。

嘎子一直弄不清他父亲为什么那样急切地梦想着要打一只熊。很久以后，他叹着气对嘎子说：“我父亲有一张熊皮，那是他自己打的。这张熊皮后来铺在他的棺材里和他一同下葬了。所以，我也要打一只熊。”父亲曾经告诉嘎子，在他很小的时候，他的父亲曾领着他，在巴里坤草原，沿着天山在木垒、奇台、吉木萨尔和阜康一带生活过，刚到乌图布拉克一个露天盐场不久，他就死了。

那一年，嘎子的父亲也才二十岁。

嘎子出生于1968年。实际上嘎子有些不太喜欢母亲，他身上继承得更多的是父亲的粗鲁性格，这在多年以后才在嘎子的生活中显现出来，成为嘎子生活悲剧的一个重要原因。

他母亲的皮肤非常白。那种颜色像月亮的颜色，非常美丽，然而也显得阴冷。他们一家人的生活自从由乌图布拉克搬到布尔津之后略有改观。母亲在一家皮革厂做工，每天回来，都要在那个大木桶里，用嘎子父亲烧好的，用苦艾、薰衣草和一种叫依斯迈尔的带着奇香的草熬成的水洗澡。这样，她身上那种皮毛的气息便被一种苦涩的清香所代替，屋子里到处弥漫着这样的香气。

他母亲喜欢哼一种声调很软的歌曲。她告诉嘎子这是她母亲教的。多年以后嘎子到达江浙一带，才在那里听到类似他母亲当年唱的歌。在这种时候，他父亲总是一遍又一遍地擦他的三支猎枪，一支霰弹枪，一支双筒大号子弹猎熊枪，以及一支单筒连发的小口径枪，脸上有一种沉浸在幸福里的微笑。他们一家三口人的生活就是在这样的气氛中度过的。

到了1982年，嘎子的性格似乎变得越来越内向，不太爱说话，只是说“是”或者“不是”，这使得他的父亲很着急。这年夏天，父亲发誓说一定要打一只熊了。父亲也许一直担心嘎子不会处理自己将迎来的复杂生活。那一段时间嘎子进入青春期，身体的一些部位在日新月异地起着变化，这使父亲有些慌乱。嘎子知道父亲很关心自己的成长，猜测也许父亲对自己今后的性困惑都有所担心。在嘎子十四岁那年夏天，父亲说：“我们沿着额尔齐斯河去上游吧，我们要打能吃一冬天的鱼。”

夏天，蚊子和蜻蜓都飞舞在额尔齐斯河两岸，河面上总是浮着一层雾气。一种清凉的气息让他们直想打喷嚏。

那一段时间，嘎子开始了青春期的梦遗。他很想将这件事告诉父亲，但是又不敢。父亲似乎看出了嘎子想对自己说点儿什么，只是拍着嘎子的头：“孩子，我真不知道你怎么这么内向！变得爱说话点儿不行吗？”

他们划着木筏，向额尔齐斯河上游而去。嘎子知道，如果一直朝上游前进就可以到达萨尔布拉克，甚至还可以到达可可托海。嘎子一直梦想能够到可可托海去看看。听当地人讲，那里的水清得吓人，而且河面又宽又平，你甚至可以挽起裤腿一直蹚过去。

那里到处都是淘金人。他们光着脊背，有的穿着特制的皮裤，有的甚至就赤条条站在河边洗那些含有金子的矿砂。然后，嘎子父亲就给他讲起了传说中嘎子爷爷和曾祖父淘金的故事。

嘎子爷爷曾经挖到过一块狗头金，像人的拳头那么大的天然金块，但却被人抢走了。“至于我，我就梦想能亲手打一只熊。阿尔泰山的哈熊比天山里的熊要多得多。到今年秋天,我要亲自去打一只熊了。"父亲说。

父亲想为母亲准备过冬的腌鱼。可嘎子在想,母亲为什么那么爱吃鱼。嘎子的父亲和母亲之间似乎有一种奇特的契约。

嘎子的母亲是个读书人,但父亲则不认识几个字。嘎子母亲的那只木箱中装满了竖排的繁体字书,总是一个人看。当嘎子好奇地靠近她时,她总是把他轰到一边:"去找你爸去吧,你也是个只想打熊的料。"

十四岁那年夏天,他一定可以认得那些竖排书上的一些字了,可母亲为什么仍然不叫他摸一下?难道那是她父亲、嘎子未曾见过的外祖父留给她的,嘎子就不可以看吗?嘎子意识到母亲并不喜欢他。她从来不拍嘎子的头,而嘎子的父亲最爱拍他的头了。有一次他病了,她摸了一下他的额头,他幸福得几乎都要哭了。她说:"好啦,你什么病也没有,快去玩儿去吧!"

额尔齐斯河的水非常凉,那种刺骨的凉。这是因为河水全是阿尔泰山上的冰雪融水汇聚而成的。嘎子坐在木筏上，看着岸上哈萨克族人骑马奔驰而过的身影，非常忧郁。父亲到了鱼多的地段，就会下拖网打一次。网上来的鱼总是挑一些大个儿的留下，把小鱼又放回水中。

“这叫网开一面。”他乐呵呵地说。嘎子一边帮父亲干活，一边想问他和母亲是怎么认识的，但一直没有开口的机会。嘎子知道父亲非常爱母亲，甚至超过爱嘎子。每次打上鱼来他的眼睛就会发亮：“这下你妈会高兴了。”

他们逆流而上，用两天时间，打了一大木桶鱼。就是嘎子母亲经常用来洗澡的那个大木桶。她从来不让嘎子进去洗澡。她也许并不担心嘎子会被淹死，实际上嘎子也不会被淹死。

他们把木筏停在塘巴湖水库的水与萨尔布拉克方向的水汇合的额尔齐斯河交叉口处，歇了一夜，然后就顺流而下了。他们是在下午往回赶的。到了布尔津城时，天上已到处是星光了。

在嘎子的记忆中，星光总是那么灿烂、密集而忧伤。他们租了一辆马车，拉着装满鱼的木桶，向家的方向而去。离开布尔津三天了，嘎子猜想母亲一定会为满满一木桶鱼而高兴。

他们到家门口的时候，看到院子里亮着灯。红松木的房间里，似乎马灯都点亮了。嘎子想，也许母亲想到他们会回来，深夜仍旧亮着灯等着他们！父亲情绪非常好，甩了几下马鞭，卸下木桶，拎出两条大鱼，抠住鳃向家门大步走去。

嘎子像温顺的狗一样跟在他身后。但他们旋即发现门口还停着一辆带篷的马车，四匹黑色和枣红色的马在喷着粗气。是谁来他们家了？

父亲刚要去开门，门自己开了。

灯光之下，母亲和一个男人站在一起，他们手中拎着两个大箱子，正打算离开屋子。所有人都愣住了。父亲把鱼递给嘎子，冷冷地问母亲："他是谁？你们要干什么？"

嘎子这才看清楚那个男人的脸。他看上去十分年轻，约莫二十六七岁，两道眉毛又黑又密，眼睛也很大，露出了羞怯和焦躁的神情，嘴唇很厚。他穿一件蓝色牛仔服，腰间别着一把长柄镶了玛瑙的匕首。母亲的脸比平时更白了。她将额前一缕头发拨开："我要走了，跟他一起走。我不想在这里生活了，就是这样。"

她冷静而又坚定的样子真让嘎子和父亲吃惊。也许她一直就期待着这么一天。嘎子注意到父亲的手在轻微地抖动。他像一块冰冷的石头一样说:“我想单独和你谈一谈,十分钟。”

母亲想了想:“好吧。咱们在屋子里谈。”

她叫那个小伙子出来,父亲走进去。他们把门关上了。

嘎子和那个小伙子愣在门外。嘎子担心父亲拿打野鸭的枪冲母亲开枪怎么办。嘎子的眼前浮现起被父亲击中的那些野鸭悲哀的神情。

十四岁的嘎子心情很乱,甚至都不明白发生了什么。他向院外走去。空气十分潮湿、寒冷,似乎有狼在很远的地方嗥叫。他走到院子外头,一拳砸在红松木桩上也不感到疼。他没有注意到那个小伙子也跟了出来:“嗨,小孩,我要把你妈妈带走了。她要和我一起生活了。”

嘎子冷冷地问:“你们要去哪里?”

“乌鲁木齐。你知道乌鲁木齐吗?一个到处都是高楼与汽车的地方。你妈妈可不愿待在这个鬼地方。”他的嗓音平静,仿佛一切顺理成章。

“你为什么要带走我妈妈?我爸爸怎么办?”

“哈,你妈妈并不喜欢你爸爸,知道吗?你妈妈的爸爸最近死在东边几千公里外一个大城市了。她要去看看,也许连乌鲁木齐都不待。你妈妈的爸爸是个大官儿,她从来没对你讲过?”

夜空传来了额尔齐斯河特有的凉爽、凄清的气息。嘎子感到胸口也很凉。他说不出话来。嘎子并不懂得这一切到底是如何发生的。他知道母亲就要离开这里了,就是这样。可他该怎么办?他应该跟父亲走还是跟母亲走?他很想哭,可他不能哭给这个家伙看,因为他要带走自己的母亲,嘎子想也许他应该恨他。一些夜鸟从额尔齐斯河方向飞来,翅膀扇动空气的声音十分空洞。他家里灯光十分明亮,嘎子一直担心的枪声并没有响起。

约莫过了二十分钟,门开了。嘎子眯起眼睛,看见父亲手里提着枪,母亲跟在后头,向嘎子走来。嘎子发现父亲一下子疲惫了,变得像沮丧的老狗。嘎子明白他被彻底击垮了。父亲走到那个小伙子跟前,突然用枪管抵住他的下巴,沙哑着说:“你叫什么?”

年轻人顿时恐惧起来,但他没有反抗,把两手摊开,神情很漠然,也很羞怯:“叫马明,马明。”他轻轻喘着气。嘎子和母亲都十分紧张,因为父亲会打死他的。父亲看着小伙子约莫一分钟,才颓然放下枪:“我本来想打死你的。可这没有用。我宁可去打一只熊，我也不会把子弹浪费到你这种杂种身上。”父亲喘起粗气，把目光放在嘎子母亲身上：“你跟孩子谈吧！”

母亲走过来，拉住嘎子的手，疲惫地笑了一下：“孩子，你可以跟我走，也可以留下来。我们听你的。”

这恐怕是他一生中最难的一次选择了。父亲背过身子，手里拎着枪发愣。嘎子想他真的很坚强。嘎子望着星星，足足想了十五分钟。嘎子想到也许他同样不喜欢布尔津小城封闭的生活。但嘎子爱他的父亲，痛恨他的母亲。可他想离开这里。他想离开所有给他带来痛苦生活的人。最后他说：“我跟你们走。”

父亲转过身，目光中带着浓重的忧郁。他走过来，用力拍了拍他的头：“好吧，儿子，等你长大了再来找我吧！我给你留一张熊皮，你得成个有出息的人才行。”嘎子从他的目光中感受到了他的悲凉。也许他觉得儿子也背叛他了。直到今天，嘎子仍在想他的父亲多么坚强，在一个晚上同时失去了老婆和儿子都不流泪。可嘎子已打定主意远走高飞，离开所有的童年与记忆。

嘎子和母亲坐上马车。嘎子不停地在漆黑的

夜里回望，看见父亲高大的身影移动着回到屋子，然后所有的灯都灭了。母亲试图向他解释，可他什么也不想听。母亲说："可惜了那一大木桶鱼。那可够我吃三个月的了。"嘎子在马车上找了个角落就沉沉入睡了。在睡梦中，额尔齐斯河的水声一直伴着马车走了一夜，他也默默地流了一夜泪水。他就这样永远地离开了额尔齐斯河——他的大额尔齐斯河，离开了他的父亲，那个坚强的粗鲁男人。他们把他一个人留在了布尔津小城。

他的父亲到底没能打着熊。他死于嘎子走后的第二年。那一年嘎子在乌鲁木齐上高中一年级，因为从那时起，他按月寄来的钱中断了。后来嘎子才听说那年秋天他曾进山打熊，但在大雪封山之前，他找了两个月也没见到一只熊。第二年春天，他就离开布尔津去上游。他到达富蕴，在那里成了一个淘金人。这年秋天，由于天天泡在水里，他得了一种奇怪的病，骨头开始变得脆弱，并且收缩了起来。又过了一个冬天，他就死了。死的时候，身体已萎缩得不成样子了。他到底没有打到熊。

嘎子一到乌鲁木齐就离开了母亲，后来再也

没有见到她。对于伤害父亲的人,他永远不会原谅。他找到父亲的一个叔伯弟弟,在他家住下来读书。父亲的死讯到达乌鲁木齐,是他死后一个月了。两年以后,他考上了广州一所老牌大学。这一年,他十八岁。

考完试的7月,嘎子在一张布告上见到了母亲的名字,那是几年来他第一次听说她。她杀死了马明,被判刑十年。同年8月20日,他乘坐火车离开乌鲁木齐,开始了自己真正孤独的成长之旅。大学毕业后他到广州工作,这期间遭遇到了更多的事情,但一直没有他十四岁那年夏天那个巨变之夜带给他的影响多。

直到现在他都不敢确定,是否生活中的确有一种沉闷乏味的东西在毁坏着人们,抑或人本身就充满了问题。生活本身也许就是一头野兽,它平时是那么驯服,但会在某一天突然地爆发起来,彻底地改变我们的生活。他一直没有弄明白,他的母亲怎么会认识比她小十岁的马明并跟他走了?他的父亲为什么没有在那天晚上杀了马明?以及父亲后来为什么没能打中一只熊?还有那桶鱼最后是如何处置的?他的母亲后来为什么会杀了马明?自己的离开对父亲造成了多大的影响?

生活中是什么样的逻辑在支配着人的命运？这一切他已无从知道了。在梦中，有时候他还能听到大额尔齐斯河忧伤地流动。

1993年

大石头城

大石头城就是充满大石头的地方。我们这座西北偏北的城市就叫大石头城。

现在要讲的事儿是成杰的,那同样是十几年前的事儿了。那一年成杰十四岁,他有一个新婚不久的哥哥。他的父亲是一位筑路工人,平时总是不在家。那一年,他的生活好像突然发生了某种变化,一种新格局形成了,成杰也从此开始了真正的生活。

在我们这座大石头城,干烈的阳光跳跃在那些又圆又大又白的石头上,这样的石头布满全城。成杰天天在这些石头边生活和思索。他一直奇怪为什么只有这座他出生的城里充满了大石头,而别的地方却没有。

大石头城除了大石头多,还有就是醉汉多。

每到夜晚,十字大街上就晃动着醉汉的身影。

成杰的哥哥是警察,那会儿刚二十二岁,英俊得就像一棵白杨树。

成杰崇拜哥哥,因为在大石头城,几乎每个男人都爱喝酒,而哥哥是不喝酒的。哥哥说:"喝酒丑态百出,会误事,一喝酒就什么也干不了。"所以,哥哥是一个好警察。

那一年,他哥哥结婚刚半年。嫂子是纺织厂女工。她长着一对杏眼,眉毛又细又长,嘴唇因小巧而显得有些刻薄,胸部丰满得如同两堆棉花。她的脾气有点儿古怪,特别喜欢在手里抓一把黑亮的蓖麻。成杰不知道她为什么这么喜欢蓖麻。他们一家五口人都住在一套三间连在一起的平房里,成杰爸妈住一间,他的哥嫂住一间,他一个人住一间小屋子。

每天晚上,躺在床上,成杰都能听到遥远的天山上冰川滑动的巨大声响,那种声音看来只有他一个人能听见,沉闷、遥远,仿佛巨大的石头从空中坠入深渊时发出的一样。那一年,他的身体也在发生着奇异的变化。他几乎是带着恐惧心理观察自己两腿之间日益细密的毛发。有时候,成杰被一些可怕的梦纠缠着。在梦中,总有一些裸体的少妇拉扯他,使他心惊肉跳。在半夜醒来,他听见冰川滑动的声音和大石头互相的低语,心脏的负荷很重。他有家传心脏病史,他的父亲有心动过速的毛病,但父亲却又偏爱激动,一谈起什么就唾沫星飞舞,下巴上的胡子也乱翘个不停。父亲几乎每天都一口气喝掉一茶杯白酒。他知道哥哥看不起父亲,因为哥哥最讨厌酒鬼。

那年夏天,父亲因为喝酒,将两台推土机撞坏了,被筑路队送回大石头城休养。因此,他每天都拎着个酒瓶子在街上晃,瞪着喝得发红的眼睛,在那些大石头边上流连,嘴里说着胡话。成杰妈是个性格懦弱的人,很会操持家务,但在父亲面前连大气都不敢出。成杰妈在街边开了一家杂货店,每天都有过路的司机带着种种的鼻息进去买东西。成杰就生活在这样一座大石头城里,天天望着远处的天山山脉庞大的躯体发愣。

他很喜欢哥哥,他俩就像两棵并排生长的白杨树,不同的是他还没长大成人。他多少有些忧郁。从那一年开始,他就有一种强烈的愿望,想离开石头城,去别处转一转。人不能老是待在一个地方，更何况老是待在一个到处都是大石头的地方。其实，他们那个地方倒不坏，每到夏初，到处都是嗡嗡飞舞的蜻蜓。

到了冬天，大雪就会把大石头城所有的大石头都掩盖了。

哥哥和嫂子结婚没多久，就开始吵架。他弄不清楚他们为什么要吵架。最后总是哥哥涨着发红的脸，把大拳头捏紧，又松开，向嫂子认输。嫂子看上去很柔和，可一结婚脾气就非常大。每到这个时候，他父亲就会拎着酒瓶子，看着成杰的哥哥向老婆认输而得意地笑。父亲管不了成杰的哥哥，因为他自己是个大酒鬼。嫂子的胸脯像风箱一样鼓动着，把杏眼瞪圆了骂哥哥。成杰在屋里躲着不出来。因为他不想看到哥哥的窘样儿。成杰喜欢他哥哥，所以，十四岁的他认为女人一定是古怪而又让人讨厌的。

那年的夏天好像特别长，因为蜻蜓飞动在空中，久久没有离去。有一天成杰拐过街角，碰见拿着酒瓶子喝酒的东城最有名的二流子韩冬。韩冬怪笑着一把揪住成杰，酒气也喷了一脸。韩冬说：

“快去告诉你哥，你嫂子和你爸勾搭上了，我昨天下午看见他们一块儿钻玉米地了。”

成杰立刻火了，说：“去你妈的！”他飞快地跑回家。家里只有哥哥一个人在睡觉，因为他每天凌晨才回来。他躲到小屋子里，又害怕又伤心。他想，这也许是真的。因为他讨厌嫂子，也讨厌父亲。他悄悄地流泪了。

那是7月的一个晚上，空气闷热，入夜也未见凉爽。在父亲的屋子里，父亲、母亲、嫂子，以及一个长有酒糟鼻的人，围着一张方桌打麻将。父亲和酒糟鼻不时地抿一口酒，嫂子睡眼惺忪，一副慵懒的样子。她好像刚刚洗过澡，浑身有一种母猫般的香气。这样的气息叫成杰的小腹突突直跳。他钻入他的屋子，躺在床上发愣。

停了一会儿，门突然被撞开了。成杰听见母亲惊呼：“天哪，你怎么了？”他冲出屋子，发现进来的是哥哥，脸上都是血，电警棍像个玉米棒子一样在屁股后面晃。哥哥喝醉了，连站都站不直。

成杰不明白发生了什么。一定有什么事情发生了，否则哥哥不会喝酒的。哥哥呼哧呼哧喘着粗气，坐在一张方凳上，父亲嘲笑哥哥说：“嗬，醉鬼又多了一个。你也终于喝上了。”其余人仍在惊愕之中,来不及反应。

嫂子却明白一定发生了什么事,赶紧端来一盆水。成杰发现哥哥的胡子又乱又密,显得非常沮丧。停了一下,哥哥说:“刚才,我亲眼看见他们把那个人杀死了。那个人我认识,是电线厂的技术员,一个毕业不久的大学生。可是我喝醉了,连脚都挪不动。我是个警察,我亲眼看见他们把他杀死而无能为力。”

所有的人都惊呆了。停了好久,父亲忽然冷笑起来:“谁叫你喝酒的?这下好了,你也该进监狱了。”

成杰赶紧找出衬衣,拿给哥哥。哥哥用醉鬼才有的混浊目光扫了他一眼,麻木又迟钝。这在成杰看来简直是从未有过的事情。哥哥一边摸衣服,一边说:“就在转盘朝西的那条路上,旁边有一大片玉米地。他们把坐着的那个技术员和女朋友给抓住了,他们还剥掉了女孩的衣服,把她抱到玉米地去了。可是我的脚却挪不动,我只能抱着树对他们喊,叫他们停下来。可他们没有停下来。他们还把那个技术员捆起来,用脚踢他。”

屋子里有一种冰凉的气氛。嫂子突然静得像

一只猫，他母亲也傻了。那个酒糟鼻一动不动。父亲抿了一口酒："你这混蛋，为什么不用电警棍电他们？你这懦夫，酒鬼！谁让你喝酒的？大石头城人人都可以当酒鬼，可你不能是酒鬼，这话不是你说的吗？你这混蛋！"他不明白父亲为何在这时也激动起来。父亲难道有权利骂哥哥吗？他不明白。

哥哥似乎并未听清父亲的话，用毛巾擦了擦脸，把一些血迹抹掉。血有一种甜丝丝的腥气叫他恐惧。哥哥又说："我就抱着一棵杨树，听见玉米地里那个女孩儿在挣扎，号哭，好像他们正在轮奸她。那个技术员疯了，用脑袋猛撞一个家伙的头，把那家伙撞晕了。他的手被捆住了，却飞快地向玉米地里钻。另外几个人抓住他，用石头朝他的头上砸。我听得很清楚，一共砸了四下，那个技术员就不动了。他肯定死了，因为我很熟悉那种声音。我摸索出电警棍，向前走去，却一脚踩进一条水沟。我喝了好几口水，才爬上来。我站不起来。那些人大声嘲笑我……"

父亲猛地拍了一下桌子，站起来："你这混蛋，真丢脸，你为什么要喝酒？你应该用电警棍电那帮子杀人犯，你这混蛋！"父亲的胸部发出了巨大的类似风箱拉动的声音。父亲生气了。可哥哥弄不明白父亲有什么资格生气。父亲又喝了一口酒,坐下来。

“可我挪不动步,我什么也说不出来,但我的大脑还清楚。我爬了一会儿,抱着一棵榆树站起来。不远处就躺着那个年轻人的尸体,到处都是那种又圆又白又大的石头。我头晕得厉害,停了一会儿,那个姑娘从玉米地里出来了。她呆呆地站在那里,看着死去的男友,绝望地哭着。我说,姑娘,你快……去报警,我是警察,可我喝醉了,你快去。她漠然地看了我一眼,就走了。停了一会儿,警车来了。我不知道我的头怎么也流血了,那一定是我自己摔的。可刑侦队长把我拉到了家门口,叫我先回家休息。他一定闻到了我的酒味,但他叫我先回家休息。”哥哥的脸白得可怕,目光呆滞得像死鱼。

“你个混蛋,你根本不配当我的儿子!”父亲咆哮起来,“你应该用电警棍电他们,你这个混蛋!”

“可是我没有力气站稳,我没办法。”哥哥说。

“你就是一个混蛋!”父亲下巴上的胡子翘了起来,眼睛很红,又喝了一大口酒,“你就是应该用电警棍打他们!”

哥哥抬起头，斜视了一会儿父亲，又看了看嫂子，似乎想说什么，但又没讲出来。后来他说："可是我根本站不起来，我喝醉了。"

"你这个混蛋，你滚出去！"父亲吼道。

哥哥突然站起来，走到父亲身边："我不是混蛋！"他似乎用尽了全部力量，一掌将父亲击到了墙边。父亲的身体震了一下，睁大眼睛，突然弓起身子，身体抖动得厉害，然后，栽倒在地。心脏病发作了。

成杰的嫂子尖叫起来。这的确是一个恐慌的夜晚。麻将桌倒了，酒糟鼻不知什么时候已经消失了。母亲走过去，抱起父亲。哥哥两眼无神，重重地坐在椅子上。停了一会儿，母亲尖叫了起来："你爸他死了，已经死了。"

成杰惊呆了。嫂子一边尖叫，一边不知所措地在屋子里外乱跑。后来，来了一辆警车和一辆救护车，父亲的尸体被拉走，哥哥也被带走了。

成杰一夜未眠，睁大眼睛躺在黑暗中，听不到冰川巨大的滑动声了。他的心跳得很缓慢。母亲特别镇静，不乱分寸地应付着各种事情，包括刑侦警员的盘问。她把他父亲的死归为心脏病发作，尽力为他哥哥开脱。看来，她是想保住儿子。嫂子却像一只被烫着了的母猫,只会哭泣。她身上有一种奇特的气息。他忘不了的是哥哥在决定猛击父亲那一掌之前,看了父亲和嫂子那一眼的奇怪神情。他猜想,韩冬那家伙也一定给他哥哥说了什么,要不哥哥为什么会喝酒?哥哥是爱嫂子的。可这一切都已无从查证了。

哥哥因失手杀人和渎职,被判刑八年。在宣判之后嫂子和哥哥解除了婚姻关系。那一年夏天成杰背着包,第一次一个人离开了大石头城。他知道这一切都与大石头城那种封闭、晦暗的生活有关。生活中一定有很多悲剧性因素是他们在平时不易察觉的,它只是到某一刻才突然爆发。几年后,他考上大学离开了那里。

哥哥两年前才从监狱出来。他不太适应已经迅速改变了节奏的时代。他真的成了一个酒精依赖者。他不愿意再见成杰。去年,他在一次贩运货物中,因酗酒死于阿拉木图街头。据说,在他的口袋里发现一把蓖麻,又黑又亮。他随身带着这东西干吗?

不久前,在上海香格里拉大饭店,成杰打完了两局保龄球，又到快餐厅吃了意大利面及比萨。对于马可·波罗从中国带到欧洲，又从欧洲返销中国的这种馅儿饼，他并不太感兴趣。他一个人慢吞吞吃完了饭，后来又在大厅边的一排盆栽植物旁坐着。几个美国佬在谈生意，有个金发女郎胸部很丰满，他多朝她看了几眼。但她显得有些老了。

后来他突然看见，一个穿橘红色裙子的女人很熟悉。旁边还有一个穿黑色西服套装、扎一条红绸印花领带的男人，胡子刮得发青。他认出来了，那个女人是他的嫂子，只是变得更美艳、更丰满。还是那一双杏眼，长而弯的眉毛，口红也很鲜艳。现在，她三十一岁，像一枚成熟的桃子。他知道她后来也离开了大石头城，去南方漂泊。他在想，她如果没看见他，他还应该打招呼吗？但她看见了他，一瞬间脸上出现了惊奇——这样的相遇的确令人惊奇。

他站了起来。

她脸上的表情很复杂。她挽着那位先生的胳膊，朝他走来："老天爷，这不是小杰吗？你怎么来这里了？"

"大学毕业，我就来了这里，当记者。"

"这几年回过大石头城吗？"

“回过，我母亲还活着。”

她叹了一口气。看得出，不断流转的生活改变了她很多东西：“哦，我先生金朴昌。这是我的……前夫的弟弟。”她迟疑一下，有些想哭，却又笑了：“你哥哥……”

“他已经死了。去年死的，死在阿拉木图。听说是酗酒。”他在想，是否该把他哥哥口袋里装那包蓖麻的事儿告诉她，但他想想又算了。

她的脸骤然出现一丝悲伤。停了一下，她说：“我马上要离开中国了，跟先生一起去哥伦比亚。他是韩国人，那里有他的公司。你已经长大了，变英俊了。小杰，看见你我很……”她无法说下去。“我们要去赶飞机，我们走了。其实我过去一直挺喜欢你，可在家里你从来不跟我说话。”她冲他淡然一笑。

成杰与那位韩国人握了手，也和嫂子握了手，看着他们朝门口走去。

他的思绪有点儿乱。停了一会儿，他也向门口走去。他看见嫂子钻进一辆黑色的丰田轿车，朝他摆了摆手，但又朝他走了过来。

“有个问题我想问你，”她说，“你是不是一直以为我和你父亲好过？”她说。

“没有，只是猜想过。不过他是一个酒鬼。”

“我没有和你父亲好过，我很爱你哥哥，但我也不知道为什么老和他吵架。直到今天我都弄不明白他那天为什么喝酒。但我总是爱过他的，你相信吗？”

“相信。”他说。

“这就好。”她说。

“你多保重，一个人在上海也不容易。”她拍了拍他的肩膀，然后，毅然转身，向汽车走去。

汽车开走了。她仍在车里向他挥手。

他站在那里眯起眼看天。大石头城过去的生活景象蜂拥而来，让他应接不暇。他眼前浮现出那些可以砸死人的又圆又大又白的石头，那只冻在雪地上的兔子，以及冰川滑动的声音。那些都是十几年前的记忆了。有一架飞机从空中滑过。他想，生活中一定有些什么东西是始料不及的，就像十几年前的那个夜晚。

停了一会儿，他向一辆出租车招了一下手。那辆车迅速向他开来。

1993年

风车之乡

在南边的河滩上，立起一片巨大的风车。风车是银色的金属制成的，在太阳下翻转，发出的声音十分好听。

人们说，有风车的地方就有漂亮姑娘。有一首歌叫作《漂亮的姑娘》，唱的是在风车每天转动的地方，到处都是美丽的姑娘。

然而谢刚知道，那里除了有风车和一些被风吹得越来越丑的姑娘，再也没有一个漂亮姑娘了。当巨大的风车开始在城外开阔的荒野上转动的时候，就注定了最后一个漂亮的姑娘要从这里消失。

什么时候风车开始站在风城之外的荒野上？谢刚十七岁那年，风车已经在那里站立许久了。那些风车的底座由钢筋混凝土制成，巨大的金属叶片在风中转动，发出了切割空气与风的奇妙声响。风车像一排排亲密的兄弟那样站在那里，只要有风，它们就永远不停止转动。

站在风车下面，你可以看见即使在夏季也仍是白皑皑的天山山脉，它的身体黑黝黝的，像起伏的一条大鱼的身体，忧郁地向西方延伸而去。不远处，穿过天山隧道的铁路，每天都有几十辆火车来往经过，它们经过这里时发出的同样忧郁的汽笛声能让你心中的小草颤抖。谢刚、罗巴和关梅就这样扶着那些沉默不语的风车，怀揣着对未来的期盼与想象，含着手指凝望火车远去。火车带走的不仅仅是风，还带走了谢刚他们三个人全部的惆怅和梦想。

“今年的风越来越大了。我担心我的皮肤会粗糙起来。”有一天，关梅对罗巴和谢刚说。

他们就站在风车下，一列火车刚刚过去，在天山脚下形成的黄色的旋风，像一条浊龙一样向这里卷来。

在谢刚和罗巴的眼里，关梅的美丽如同夏日里最后一朵玫瑰。她总爱穿红色的衣服，走动时像是一团火苗在跃动。她的眼睛是淡褐色的，总是笼罩着一层梦幻和询问的神情。她的脸，比月亮还要洁白，连一颗雀斑也没有。她的胸部早已隆起，而从腰到臀的曲线像一道圆弧一样美丽流畅。

谢刚和罗巴都悄悄地爱上了她。他们从小就生活在这座城市，一座黄土和红砖构筑的西北偏北的小城，一个被称作大石头城和风车之乡的地方。

罗巴是一个有些迟钝的家伙。从小学开始，数学成绩每况愈下。他长了一颗南瓜一样的脑袋，嘴唇很厚，眉毛很黑，五官倒显示出一些粗豪男子的英气。“那么，你回家围一个纱巾吧！你看那黄色旋风，过一会儿就要刮过来了。”罗巴说。

他像一棵榆树一样站在风中，十六排巨大风车互相距离三十米，在他们身后的开阔地上排列开来。自从《漂亮的姑娘》被谢刚和罗巴学会以后，他们都知道，这里最后一个漂亮姑娘，只剩下关梅了。可是，这里的确像关梅所说的，风越来越大。哪一朵玫瑰能经得起黄风天天吹刮？

你要是再去那座西北偏北的小城，你就会看见那里的丑姑娘，脸上像苹果一样分布着两片深深的红晕，几乎覆盖了全部脸蛋儿，似乎永远都在剧烈地害羞着一样。而且,风沙使得她的眼睛也越来越小,总是眯起来,眼角溢出了浑浊的泪水,连目光也变得像黄风一样含糊不清。

“总有一天,我要到水多的地方生活,并在那里生儿育女。”十七岁的关梅如此坚定的话语对谢刚和罗巴来说实在是有些胆战心惊。他们都非常向往外面的世界,可是世界什么时候才向他们展开?罗巴在两年前,因为没考上高中,就开始学开汽车了。谢刚和关梅在一个班。他们总是努力地学习,然而在小城,人的记忆像风一样不管用,他们都很难记住课本上所有的内容。

他们三个人青梅竹马,并肩长大。有一段时间关梅突然开始回避谢刚和罗巴。那一年她十三岁,白净的脸也变得殷红,仿佛是拥有了什么不可告人的秘密。就是从那时候,她开始来例假了。女人是一种多么神秘的物种,她们身体中间的小孔每个月都会流出一些血来,明白了这一点,真叫谢刚和罗巴大惊失色。直到有一天谢刚和罗巴的胯下也开始出现一些细密的黄毛,并且不定期地在梦中排出一些鱼卵一样半透明的黏液的时候,谢刚和罗巴才明白了生命成长中的诸多奇妙。

没多久,三个人顺利渡过了青春这个敏感而

危险的“河流”,又开始天天在一起玩儿了。

城外竖立起风车,意味着这座城市已经变成了风城。街上,几乎每个人走路都有些倾斜,人人都像快要被刮倒的树,但谁也没倒下去,大家就这么在街上走着。

谢刚十七岁那年,街上游手好闲的人非常多,他们大都三五成群,用流里流气的话互相攻击。他们留长发,手里玩着一种铝制的手箍,这种东西能把一个人的鼻梁骨给打碎。谢刚曾经见过一个警察的鼻子彻底塌了,因为他曾在白天追捕过那些游手好闲的人,但他们在一天晚上袭击了他,把他的鼻子用手箍彻底打塌了,而他却不知道是谁下的手。满城无所事事的青年人都戴着铝制的手箍在风中行走,谁是夜晚打塌他鼻子的凶手?每个白昼他都带着电警棍皱着眉头在街上走着,凶狠地盯着每一个戴手箍的家伙,但他却一个也没有抓住。

有什么办法呢!在一个小地方,一个除了风车日夜不停转动的地方,事情总是显得背离常情。

而谢刚和罗巴都知道有不少坏小子盯着关梅这朵花,从她十五岁时就想采摘她。在风车之乡,几乎每个女孩都爱玩纸扎的风车,那种有折叠旋轮的彩色风车,用大头钉固定在竹筷上。你要是迎着风跑,风车就会飞快地旋转,每一个姑娘都在风中举着风车边跑边笑。而关梅,是她们中间笑得最美的一个。

城南有一个戴手箍的流氓小头目摩萨,长着一头焦黄的头发,眼睛是淡灰色的。摩萨比谢刚他们大两岁,手下聚结着十几个少年。

谢刚他们一直猜测那个塌鼻子警察被袭击就是他领人干的。据说公安局的人为此拘留过他,却无法证明就是他下的手。他的脸上总是带着一种下流的笑容,对每一个独自在街上走路的姑娘发出怪叫。他有一个叫很多人慑服的绝技:可以一边说话,一边将燃着的烟头不停地在嘴里用舌头转圈儿,取出来照样可以抽,那烟头儿根本烫不着他的嘴。他就以这样的手段和两把非常精致的生铝制手箍赢得了一帮坏小子的拥戴。

罗巴没有考上高中,就开始学开汽车。他父亲就是一个开车的,整天开着车在新疆天山南北广阔的野地里飞奔。谢刚和关梅则在学校里读书,对未来充满向往。放学之后,罗巴总是到关梅家或者谢刚家来,兴致勃勃地讲他学开车的故事。他的南瓜大脑袋总是谢刚嘲笑他的话题,可这会儿关梅却一点儿都不笑，莫非她更倾心于罗巴？在一天天长大之中，谢刚变得忧心忡忡。谢刚既不知道自己会在几年后迎来什么样的生活，也不知道关梅会到哪里去。她总说她想像一只鸟儿那样自由地飞动，而飞鸟却总要去水草丰沛的地方。这里却只有风，没有一点儿草。

谢刚上高二那年的暑假，他发现摩萨盯上关梅了。有一天，关梅还惊慌地告诉谢刚，她晚上一个人坐在屋子里写作业的时候，有时候一抬头，就会被在窗外狞笑的一张下流的脸吓一大跳。

"你要拉上窗帘。"卡车司机、南瓜脑袋的罗巴说。他父亲死于一场翻越天山冰达坂的交通事故，他就要接父亲的班，成为风城车队的一名驾驶员了。他才十七岁，就可以挣工资了，这一点不能不令谢刚感到吃惊。

"拉上了，可他仍在窗外怪笑。"关梅说。

"那么，晚上我们带上铁棍，在窗外为你巡逻一会儿，叫他知道最好别惹你。"谢刚说。

于是，谢刚和罗巴就带上铁棍，晚上出现在关梅家的窗户边。摩萨没有再来。然而，白天看见谢刚的时候，摩萨眼睛里流露出的仇恨非常强烈，就像一桶汽油一样，只要一点儿火星就会爆炸。

谢刚有点儿恐惧,甚至在想自己的生命与关梅之间,哪一个更为重要?需要谢刚从中选择时,他会选哪一个?这是一个令人痛苦的问题,小小年纪的他无法不为此而遭受折磨。

作为风城最后一个漂亮女孩,关梅的确是无可挑剔的。这不仅在于她长得美丽,而且她温柔、随和聪慧、善解人意,叫很多男孩儿为之倾心。风城的风越来越大的时候,很多人都把目光聚在她身上。她已无法回避一些东西了。谢刚和罗巴都希望她从他们俩之间尽早确定一个男友,这样大家也许更好相处一些。然而,青春的多变和梦幻特征使得他们都无法把握将来。

8月的一天,谢刚和关梅放学回家,来到城外的风车林中。他们靠着风车,听着远方又一列火车带着轰隆隆的巨响向远方驶去。关梅的睫毛轻抖:"我什么时候才能离开这个风越来越大的鬼地方啊?"

"为什么你要离开这里?我就看不出风城有什么不好。至少这里有这么多风车。"谢刚说。

她嘲笑了一声:"风车?风车能为我们带来什么?只会让这里的姑娘变丑。人只有离开故乡,才能更好地生活。世界多么大啊!”

“可风车,可风车给风城带来了电。昨天晚上的电视上,市长还说,他打算再建六十座风车用来发电,让风车在四周包围城市,也让光明笼罩这里。风车转动起来多美啊!”谢刚深情地抬头凝望在风中急速旋转的风车。风车那样高大、挺拔、孤傲地站在他们旁边,一排排、一列列,在天空之下永不停息地转动,它会知晓多少十七岁的秘密和惆怅?谢刚突然下定决心向关梅摊牌了。

“谢刚和罗巴,你将来会嫁哪一个?”

她愣了一下:“我……不知道。我不知道我会迎来什么样的生活。然而,快十年了,我们三个人就这样一起长大。我都不知道看不见你们该怎么生活。”

“可,这,总得选一个吧?”谢刚涨红了脸,说话也结巴了。谢刚一下子握住她的手,并且——并且将嘴唇凑过去,她躲闪不及,被他吻到嘴唇。一种冰糖的滋味在谢刚嘴里漫开,她脸红红地推开谢刚:“不不……”

这时,谢刚突然看见一团黑压压的人群,向他们围了过来。那是摩萨一伙人。一共有二十几个人，他们像乌鸦一样怪笑着，像兀鹫一样一跳一跳地走过来。风车在转动，关梅红色的衣裙和纱巾在风中飘扬，摩萨等人手中的铁链子、红砖头和银亮的手箍那么显眼。谢刚的勇气还没有丧失，在包围圈中打算突围了。

所有的风车可以做证，谢刚打算以命来换关梅对他的感情。十七岁的铁血少年没有谁能比谢刚更疯狂了，然而谢刚终究被他们击倒，并且他的脸上、肚子上被密集的重物击中。谢刚在天昏地暗中看见摩萨和几个流氓把关梅按在一架风车柱子上，一点一点剥着她的衣服。

她被剥光了。她的哭声根本无法让风车停止转动。摩萨把她按倒在地上，就要侮辱她了。可谢刚已经瘫软，连风车转动的声音都听不见。

谢刚听到一声巨响是后来的事。一辆卡车撞倒一架风车，那又高又大的风车带着呼啸向摩萨他们的头上砸去。他们吓呆了。卡车在狂风中愤怒地追逐着他们这群人。他们跑了。谢刚靠在风车柱上。

谢刚知道罗巴来了。他的脸比石头还铁青。他压断了摩萨的双腿，让强奸未遂的他付出了高昂的代价。谢刚的脸肿得像茄子一样，他听见风声和摩萨的呻吟混合。几十架风车齐刷刷转动，关梅美丽的裸体在风中像莲花一样打开，而罗巴距离她几十米远，他拿起关梅红色的衣裙，手一松，让风把裙子送到了关梅身上。

风车下的战斗结束了。

后来，摩萨以强奸未遂被判刑七年，但因为伤势过重在监外执行。谢刚的伤养了一个月才好。这件事使关梅受了刺激，变得冷漠了。尽管罗巴后来寸步不离地和她在一起，她脸上纯真、温和的笑也很少出现了。

她也许永远都弄不明白，为什么世界上总有要摧毁美丽事物的人？谢刚也不明白。就像他不明白风车之城的风为什么一年比一年大了一样。罗巴被判赔偿撞坏的那架风车一半的钱。他开始更辛苦的司机生涯了。

谢刚伤好了以后，知道的第一个消息就是，关梅答应，等她高中毕业就嫁给罗巴。她在他们中间已经选定一个人了。毁掉一架风车就能得到一个好姑娘吗？

谢刚说不上当时是悲伤还是失落，他想，罗巴要得到她也许是天意。谁让他长了一个南瓜脑袋并且用卡车撞倒风车？后来的两个月中，他们天天在一起，而谢刚，则不再和他们一起玩了。

然而，这年秋天结束的时候，一直没有露出笑容的关梅突然笑容满面。在一次旅游饭店管理人员的招聘考试中，她考上了。两天后，她就可以离开风城，去北京接受培训并永远离开这里，离开他俩。临行前，她把他们叫到了一起，一同来到城外的风车群中，向他们告别。

“我就要去北京工作了。我终于可以离开这个鬼地方了。为我祝福吧！我的……永远的朋友。”她幸福得流出了泪水。

罗巴脸色青黄。他们都没有说话。

风车之乡最后一个漂亮姑娘不再存在了。这种感伤与绝望是无与伦比的。罗巴说：“明天你走，我送你一个礼物。你会在乘坐火车经过这里时，看见一架风车为你停止转动。那是我在向你告别。”他坚定地说。

关梅说：“太好啦！可你怎样才会让风车停下不动呢？天天都有风呀！这该死的风城！”

谢刚永远忘不了那个晴朗的早晨，当他来到

荒野的风车边上、听到远处关梅乘坐的火车经过时，看见的场景。

那一群风车中，的确在最前一排，有一架风车停止了转动——有个人，高高地吊在上面。谢刚看清楚了那是罗巴，他用生命和躯体来让风车停止了转动，并为他心爱的姑娘送行。他送给她的竟是这样一件残酷的礼物吗？他和这座风城一样，永远也得不到风车之乡最后一个漂亮姑娘的爱了。

谢刚惊呆了，然后哭了。他不知道火车经过这里的一霎，列车里是否也会有一个人哇的一声哭出来，并被震惊与悔恨所击倒。

这一切，已无法知晓了。那列火车带着一去不复返的坚定节奏，向前疾驰，并且消失在天山的阴影里。在风中，罗巴的尸体轻轻摆动。所有风车转动的声音是那么密集，那么美丽，那么忧伤与寂静。

第二年夏天，谢刚考上了兄弟省市一所大学，离开了风车之乡。

有一年暑假，谢刚发现风车仍在，只是风城已变成了一座空城。那里连丑姑娘都没有了。由于风越来越大,风城的人都迁走了。只剩下那些风车仍在茫然地转动,它们还能发出电来吗?

又过了几年,谢刚也来到了像工业齿轮一样转个不停的北京。这座庞大的城市像绞肉机一样吸纳了他,他在这里经受了更多的磨难,包括日益破碎的抓不住的情感。他总是在深夜带着一脸惊惧奔逃到大街上,在这座城市中飞奔。

他的手里拿着两只彩色的风车。狂奔的时候,风车就会转动,他似乎在寻找什么。他在寻找关梅吗?他在寻找他自己丢失在风车下的影子吗?他在寻找失落的大风车吗?

走在京城的大街上,没有人告诉他关梅消失的方向。彩色风车的声音多么空洞和忧伤。

1993年

重现的河马

我无法不告诉你一个秘密。我一直察觉到我的体内生长着一棵芦苇。它不停地向下和向上生长,只要我停下来,我就能听到它生长的尖锐的声音。因此我不停地走动或者奔跑,如果什么时候它突然钻出我的脑袋,长成一棵被风抖动的芦花时,我的样子会有多么可怕啊!我总是被体内芦苇的生长所带来的烦恼困扰着,可我是一个害羞的人,我不敢跟任何一个人说,哪怕是我认为最亲密和最值得信赖的人。什么时候我才能开口诉说?

和我相反的是,我的同学杨峰却是一个大胆异常的家伙,至少他有活活吞吃一只青蛙的丰功伟绩。那还是我们刚进H大学参加军训时发生的事情,当时我都惊呆了。从那以后,我们就成了好朋友。我纤弱害羞的气质和他形成了鲜明的对比。杨峰长着一脸络腮胡子,笑的时候露出一嘴的白牙。他说话的嗓音很粗,语音干脆利落得像是一把刀子。但他长得丑极了。他告诉我他多么想温柔一些,因为有一首歌叫《我很丑,可是我很温柔》,可是他没法温柔。现在,我们是大学三年级的学生了,可都还没有女朋友,原因是没有一个女孩子喜欢他的粗豪和我的纤弱与害羞。我们是两个极端,而女人总是喜欢中庸和中和的东西。那么,在所有的假日里,在所有为别人准备的欢乐的日子里,我们两个干什么呢?

我们去动物园看河马。有时候尽管不是节假日,我们也会从叫人昏昏欲睡的课堂上溜出去。下了公共汽车,我们飞快地跑进动物园。我们穿过猴山,我们经过两栖动物和爬行动物馆,我们经过高高的长颈鹿笼子,我们绕过懒得只会晒太阳的黑熊和白熊的城池,我们钻进色彩斑斓的水族馆,我们从夜行动物展廊的中间走过,我们走过猛兽园时不禁为它们身上的残忍和血腥气息所震动。后来,我们来到河马的池子边。

我们的心立刻安静了,因为河马正在水里安宁地游动着。我和杨峰多么喜欢河马啊!河马的身体长得那么笨重,四肢短短的,甚至似乎没有力量支撑住滚圆的庞大的身体。它在水中游动时两只鼻孔露出水面，发出的“噗噗”的吹气声十分好听，眼睛善意地看着栏杆外纤弱的我和粗豪的杨峰。是的，河马是善良的。而且，和这只河马天天在一起待着的，是一个长得非常美丽的女驯兽员。她一定只有十九岁，美得叫我和杨峰都能听到心中的蜂翼在扇动。她的眉毛像柳叶，眼睛里燃烧着辣辣的火。她穿一件红色的紧身驯兽服，身体美得像一尊雕塑。纤弱的我和粗豪的杨峰隔着铁栏看着她教河马做各种各样的游戏。逃离课堂的日子里，可爱的河马带给了我们真正的安宁和快乐。

我喜欢上了一个女孩子，欧阳慧，一个动听的温柔的名字。她是图书馆学系二年级的学生。有一次上公共选修课“现代艺术史”，老师拿出一幅巨大的带胡子的《蒙娜丽莎》的印刷画，说：“欧阳慧，谁是欧阳慧？”阶梯教室里陡然静了下来，因为三百多个学生都把注意力挪到了那幅带着胡子的蒙娜丽莎的脸上。一个脸色白皙的女孩子站了起来。“欧阳慧，请你从这幅画谈一下现代主义绘画思潮的几个特征。”

那时候我正好心不在焉地把头从桌子上抬起

来，突然被她那张生动的面容吸引住了。我看见她漠然地看了一眼那个长胡子的蒙娜丽莎——她(他)正在表情复杂地朝她微笑着，一刹那她突然脸红了，那是真正的害羞。我是知道的，那是一个女孩子面对长胡子的女人的微笑而局促不安，因此她的脸红得像一朵粉嫩的云。她低下头，没有说话，老师和她都有些尴尬，叫她坐下了。

我的心怦怦地跳了起来。因为，我居然发现了一个还能够真正害羞的女孩。因为那样多的人都学会了伪饰和游戏，而她和我一样还能够为生活和梦想而害羞，这该是一个多么好的女孩子。

在那个季节里，矮个子杨峰的脑袋显得很大。他的额头上许久以前就已经有一大堆皱纹了，两只眼睛离得很近，而且还是单眼皮。他似乎很少刮胡子，嘴唇显得又厚又结实，有点儿像一个刚果人。他的脸上还点缀了几个粉红色的青春痘。“上天把我造得太粗糙了！”打哈欠的时候，他乐呵呵地对我说。“可你为什么要害羞？只有见到了河马，你才变得正常和快乐。你为什么不敢大声地表达自己的心愿？”杨峰说：“告诉你吧，我马上要去追一个女孩子了，她是法文系的系花，她叫施冰莹。”

我知道那个女孩子，她太漂亮了，看上去像一朵隐含了很多刺的花。她有一张鹅蛋形的脸，一头随意披散下来的头发，小巧而又生动的嘴唇，黑亮而又幽深冷傲的眼睛，一枚玲珑的黑痣点缀在她的下巴偏左处。我还知道她交游广泛但没有男朋友。她的周围有不少男孩，但她好像不想让任何一只爱情的鸟飞临她的肩膀。然而杨峰却宣布要追她了。这个胆大妄为的家伙，他的想法不亚于我体内生长的芦苇给我带来的震惊。

我们还是经常去看河马。河马笨笨的身体在跷跷板上走着，还会走过水中的石桥，吃掉石桥边的鲜花。多么可爱和善良的河马！从课堂上逃离的杨峰和我多么快乐。我们也为那个女驯兽员的表演而惊叹，她总是在河马表演一番之后，一边梳理着河马脊背上短短的毛，一边向我们送来一个迷人的微笑。她在我们的眼中，就像是一团跃动的火苗。

我能够猜想到欧阳慧一定是在过着冥想式的封闭生活，就像活在一个精密的茧里。可是，我有足够的勇气闯入她的空间吗？我有时候悄悄地跟踪她。当她坐在校园里绿荫掩映的石凳上看书时，她一定不会想到，有一双羞涩的眼睛在背后悄悄地打量着她。有时候，在图书馆那密集的书架边上，她一定不会知道，我在书架的另一头，让目光越过那么多大师的遗言，悄悄地注视她。我的确很害羞，因为我从来不敢正面瞧她或者同她搭话。唯有看见河马，我的心才会平静下来。

可是，杨峰这家伙竟然开始了他的进攻。一切都是从食堂开始的。那一天，施冰莹坐在那里埋头吃饭，她的侧影看上去动人极了，杨峰径直地端着饭碗向她走去，在与她只隔一尺远的地方坐了下来。我在远处看见她抬起头，目光中流露出好奇和戒备。认识一下，我叫杨峰，我们交个朋友吧。当然，请你原谅我的冒昧。

“你认识我？我是哪个系的有什么爱好你是不是都打听清楚了？”施冰莹笑着问他。杨峰露出了他那一口值得称道的白牙：“你叫施冰莹，是法文系的，身高一米六七，体重五十四公斤。我说对了吗？你还爱打网球，这也许算得上是附庸风雅了。”

施冰莹的眼睛亮了一下：“你了解得真详细。我住兰园二舍214号，有空来找我玩儿吧！”她莞尔一笑，拿起碗走了。

我走近杨峰，听见他小声地哼唱着《我很丑，可是我很温柔》，表情轻松。“我要速战速决！”矮个子杨峰对我说，“那只河马会保佑我的。”

我和杨峰从两边生满了桂花的坡道朝下走时，注意到公告墙上贴着的一张纸。啊哈，H大学终于要选美了，而且是决赛。从告示上的十个决赛入围者名单中，我竟然发现了欧阳慧的名字！我吓了一跳。这天晚上，学校里热闹非凡，大礼堂中人流涌动，到处都是俊男靓女。出乎一些人的意料，欧阳慧以温柔典雅的气质和谈吐，以中国古典美与现代女性相结合的风格，夺得了“H大学桂花节小姐”称号。于是，“第一美人”的声名便传遍了H大学。我吃惊坏了，咬破舌头，让甜腥的血在嘴里弥漫。我这是怎么了？

杨峰和施冰莹搭上话之后，第二天便西装革履地出现在她的寝室楼下。她已忘记了他，后来又想了起来。这天晚上，他们一同在校园里散步。杨峰几乎用尽了自己储备的全部知识，还是有些敌不过她。对于她来说，他不过是她的众多追求者中的一个，她在众多追求者中左冲右突，游刃有余。很快地，杨峰决定向她摊牌了。在这个秋天的一个深沉的日子，他约她在校园里一座著名历史人物塑像脚下，向她表白了爱情。他是那么激动，以至于手都在抖动。听他说完，施冰莹沉默了一会儿，说："杨峰，你这人挺好，只是缺乏一种震撼我的东西。爱情的到来应该是被一束光芒击中的感觉。我没有这样的感觉，你说怎么办？"

"难道是我长得丑吗？"

"不，对于男性来说，这很次要。心灵的力量才是主要的。我想我们仍是好朋友，对吧？再见。"她说完，转身隐入一片黑暗。

杨峰陷入巨大的痛苦之中。然而，还有更沉重的打击在等待着我们。当我和杨峰面色苍白地来到动物园时，我们听到了一个消息：河马和女驯兽员一同消失了！

我们来到了河马池边，再也见不到那善良的河马了——它那笨拙而庞大的身体埋在水里露出鼻孔出气，并且用憨厚的眼神打量我们。它会到哪里去呢？而且，那个美如一团火的女驯兽员，她为什么会和河马一同消失？会到哪里去？这个世界上到处都游荡着坏人，而她带着一只善良的河马走在广大的人群中，她和它会受到多大的威胁啊！动物园里的保安人员正在紧张地搜查着空荡荡的河马池。可是，既没有脚印，也没有任何迹象表明她和它是如何消失的。那么，难道它会飞到天上去?

我和杨峰悲哀极了。我们脸色苍白地来到一家以法国诗人兰波为名的酒店,喝到天空被墨汁染黑的时候,才走出来。我们的心里很难过,因为那个我所钟情的女孩欧阳慧已经抛弃了羞涩而当上了“第一美人”,因为杨峰失恋,还因为河马的消失,以及我体内芦苇的隐秘生长。

我们跌跌撞撞回到了校园。在经过施冰莹宿舍楼下时,杨峰突然一把推开了我,爬上了一座花坛,似乎想要干一件什么惊人的事。他把脸仰起来看着四楼那些灯光已经寂灭了的窗户,忽然大声地喊了起来:“嗨!施冰莹!我是杨峰!我要告诉你,告诉所有的人,我非常爱你!谁也不能占据我的心,除了你!施冰莹,我要叫所有的人都知道我爱你,我爱你……”

一些窗户亮了。整栋大楼仿佛是被惊动的鸟巢。一些女孩子乱蓬蓬的脑袋探出窗户。这时,空中正下着雨,淅淅沥沥地打在我们身上,我慌忙把他架走了。

出乎所有人的意料,第二天,施冰莹便挽住了杨峰的胳膊。“因为,他敢在一千个女孩面前喊他爱她。没有别的男孩子敢这样做,所以,我为什么不接受他?”她对别人说。

杨峰笑逐颜开,可是,我的心里空落落的。自从河马消失和欧阳慧成为“第一美人”之后,我就没有快活过。我是多么忧伤啊!

就在这个秋天的一个骄阳似火的日子,我听到了一个令我绝望的消息:欧阳慧在前一天夜里,像一只鸟一样从四楼的平台上跳了下去……她为什么会死呢?我惊慌地问着自己。在人群中,我像气球一样逃离开。我知道了一些事实:自从她成为“第一美人”以后,她那种平静、内倾的生活立刻被打乱了。那些讨厌的男孩子几乎是排着队地、密集地来骚扰她。每天都有人给她送花。她走在校园里,也被人指点与议论,她成了公众生活中的一个焦点,一个话题。实际上,这恰恰是她最惧怕的。是她的两个室友,杨小梅和王芳怂恿她去参加竞赛。现在,这俩人日复一日地增强着对她的嫉妒和怨恨,完全孤立了她,到处散布关于她的流言。

但这一切,欧阳慧都忍受了。有一天,她和杨小梅、王芳去洗澡,洗完之后发现衣柜里的衣服不见了。杨小梅和王芳暗自高兴,怜悯地借给她一件连衣裙，但没有多余的内裤。欧阳慧就这样穿着连衣裙抱着洗具走出澡堂，紧张地向寝室跑去。正在这时，一阵疾风刮来，把她的裙子掀了起来。一些好事之徒看见了这一幕。一切都已无可挽回，她“从不穿内裤”的说法像风一样刮进每一只耳朵。憎恨者、意淫者、惋惜者、同情者各自发表着自己的见解。

这一切终于传到了她的耳朵里。她突然觉得自己活得那么累而无趣，干吗不成为一只鸟？于是，她就让自己变成一只鸟，从楼上飞了下去。

这一年快要结束的一天，杨峰兴冲冲地告诉我，河马又回来了。听到这个消息我多少有些高兴，连忙和他，还有施冰莹一起来到动物园。我惊奇地发现，河马真的回来了，不同的是，河马变小了，变得像一只小羊那么大了。望着缩小的河马，我几乎无法相信自己的眼睛，把嘴张得老大，纤弱的身体微微颤抖，几乎说不出话来。我们还看见那个女驯兽员也回来了，只是她再也没有了原来的娇艳。她脸色蜡黄，沧桑得像个中年人。人们问她到底发生了什么事？她却什么也不说，只是一味地摇头，两眼无神，面容苍老和疲惫。

看着变小的河马，我突然哭了起来，嘤嘤地哭了起来。我的哭声在空荡荡的河马馆里回响着，杨峰和施冰莹一左一右看护着我……这时候，我多么怀念欧阳慧，如果她活着，也许我已经有勇气向她表白了。“她为什么要变作一只鸟飞翔在黑夜里让所有的人都看不见她？告诉我杨峰，还有你，你们现在彼此相爱那么幸福，可是谁能告诉我，为什么河马再也不是原来的样子了？告诉我！”

我怒吼着对杨峰和施冰莹说，第一次显得不害羞，也不理智。我像一头豹子那样冲撞着、摇着他们的肩膀。他们不回答我，一句话也不说。

一周以后，我听说了女驯兽员辞职的消息。我一个人来到动物园，听说她已经于前几天走了，谁也不知道她去了哪里，只是所有的人都猜到她和那只河马一定经历了一场什么。据说她爱上了另一座城市中一个男驯兽师，但他好像不爱她。那么，她会到哪里去呢？我倚着栏杆，看着那头变小像羊一样的河马，内心空洞、孤独且忧伤。而且，我体内的芦苇在那些个日子里终于停止了生长。

1994年

月亮的朋友

有时候,生活中认为不会发生的事情,也许突然会在你的生活中发生。

昨天,我就遇到了一个小小的奇迹。我最近买了一本英国作家托马斯·德·昆西的中英文对照本散文著作《论谋杀》。从三联书店回家后,我在细心翻阅和盖上我的藏书印的时候,发现我遇到了一本错版书——这本书其中有一个印张的篇幅,也就是有整整三十二页,被装订反了。我有些恼火,觉得自己买书的时候应该仔细翻翻,怎么这么粗心呢?于是,今天早晨开车出来的时候,我特意带上了这本错版的《论谋杀》,打算在中午休息的时候,到三联书店里更换一下。整个上午,我都在办公室忙碌,快到中午的时候,忽然看到我的朋友——诗人、小说家楚尘发来的短信,他如今已经是一个非常不错的出版策划人,说要到我这里吃午饭，就吃我们杂志社小食堂的饭。我只好等他过来。中午十二点，他准时到了，然后，从书包里掏出一本《论谋杀》递给我，说，这是他新近策划出版的书，送我一本。

我当场就惊呆了！因为这套书一共有二十多种，而他，竟然恰好带了这本我买了错版的书送给我，事先我既不知道这套书是他策划的，也不知道他会送书给我。而鬼使神差，他给我的恰好就是这本《论谋杀》！因此，我当时几乎流出了激动的眼泪，两个爱书之人都觉得有些匪夷所思。也许，这是上苍顾念我喜爱书籍——这已日渐衰朽的癖好——从而带给我的一个小小的奇迹吧！

但是，我要说的事情，和楚尘没有关系。错版书这件事情，让我想起来我今年8月到达新疆喀纳斯采风的时候遇到的另外一件事情。具体说，实际上，我是遇到了一个人。

今年8月，北京酷暑难当，我和另外一个朋友去新疆北部的喀纳斯景区旅行。过去，我没有去过新疆，只是从报纸上得知，这个叫喀纳斯湖的地方，如今是中国最美丽的地方之一。我已经去过中国其他地区大多数的风景名胜区，觉得论山水，也就九寨沟值得一看，其他的因为被旅游业改造，也就不过如此了。倒是那些至今还没有怎么开发的西南地区，比如贵州、云南、西藏的一些冰山大川中那些还没有怎么被命名的地方，是值得一去的。最美丽的风景，全都隐藏在高山密林之中，过去由于交通的原因，人迹罕至。现在，人们凭借现代化的交通手段，终于可以轻松地到达这些地方。

8月底，盛夏时节，新疆也很热。不过，新疆的温差很大，这个季节是去新疆的最好时间。我们飞到乌鲁木齐，然后坐汽车，一路向北走一天，傍晚的时候到达了阿勒泰市，在市区里住了一晚上。第二天早晨，我们驱车北行，前往藏在阿尔泰山深处的喀纳斯湖。汽车在海拔逐渐升起来的山间急速地盘旋，依次驶过了戈壁、秃山、高山草甸，最后在布满松树和桦树的高山间盘旋。一条蓝色的河水蜿蜒在公路边上，我们似乎渐渐地进入了画幅之中。最后，拐过一个山岭，我打开一点儿车窗，感到有一阵凉风吹过来。我想，附近一定有大片的水域。果然，在正午的阳光下，白云在天空中飘浮，山脚下出现了蓝中带白的玉石一样的喀纳斯湖。它是一个高山湖泊，依靠阿尔泰山主峰的冰川融水，形成了沿着一道峡谷流淌的河湖系统。

因为水中含有大量钙质，所以，水呈现出蓝白的、有些不真实的梦幻色彩。

我立刻被眼前的美景所打动，下了车，迫不及待地向湖水冲去。喀纳斯湖景区实在是美丽无比，有着欧洲阿尔卑斯山的风景特点。尤其是一些树叶正在变黄的漂亮的白桦树林，细弱的树干挺拔直溜，树叶在风中抖动，发出了奇特的哗哗声。

接下来的两天里，我们就在喀纳斯湖附近的各个景点游玩，也攀爬到了可以俯瞰整个喀纳斯湖的小山头。在观鱼亭里，察看湖水里有没有水怪——大红鱼。但是，我没有发现。我们还到附近的图瓦人的村落里，看他们酿马奶子酒，擀毡子。我们还乘坐快艇，在喀纳斯湖的六道湾戏水，一直到达很远的湖泊上游。从那里，可以清晰地看见近在咫尺的白色冰峰。据说，当年成吉思汗西征时，就是从那里翻越了阿尔泰山，直出中亚，一路打到欧洲，占领了无比广大的地区。

我们准备第三天一早离开。可是，我似乎觉得还没有尽兴。头天中午我喝了很多马奶子酒，就睡了一觉。醒来后，发现同行的朋友给我留了一张纸条，说他们去湖泊下游月亮湾一带漂流去了。

我走出仿北欧别墅风格建造的尖顶木结构宾馆，往一片松林围成的空地走去。我很快就看见了一匹黑马，身上没有鞍韂和缰绳，一边甩着长长的鬃毛，一边打着响鼻，慢慢走着，埋头在吃草。我向它走过去。但是，它很警觉，即使不抬头，也似乎知道我在向它靠近。我快，它也快，我慢，它也慢，就是和我保持一个安全的距离，仍旧埋头吃草，对我不怎么理会，可是，又像是在戏弄我一般，就是不让我靠近它。我觉得恼火，干脆跑着向它冲过去，它才扬蹄向后山林飞速跑去了。

我跟着跑过去，想抓住那匹马。我沿着一面到处都是鲜花的山坡向上攀爬。我立刻被野花吸引了，这些野花竟然有十多种颜色，让人眼花缭乱。不断地有蚂蚱和蝈蝈在我眼前的草丛里蹦跳，我深一脚、浅一脚地很快就爬到了半山腰，可是，那匹马继续引诱我，躲进树林里不见了。我汗流浃背，很失望。

我气喘吁吁爬到了一棵松树边，准备歇息歇息。突然，我看见一个人用毡帽盖着脸，躺在树下，嘴里嚼着一根长长的青草。看样子，像是一位哈萨克族牧羊人在这里休息。

我正准备离开，他却开口说话了："陈林，是你吗？"

我惊呆了，这不是宿作东的声音吗？难道他跑到这里来了？他把帽子从脸上拿掉，一跃而起，向我露出一嘴的白牙，哈哈一笑："我一听走路的声音，就知道是你！"

我端详着他。果然，几年没有见，这个家伙变化太大了。脸上长满胡子，很密集，不认真看还真认不出来他了。"真的是你吗？你这家伙——"我简直不敢相信自己的眼睛，狂喜地拥抱了他，立刻闻到他身上那种羊膻气味儿。看来，他在这里已经待了很长一段时间了。

我们找一块凸起的大石头坐下来，他给我铺了一块羊毛毯子："我到这里，已经三年了。不过，现在我已经不叫宿作东了，我有了一个哈萨克语名字，叫艾多斯。"

我更吃惊了，问他："你改名叫艾多斯了？"

"是的，我现在就叫艾多斯。这是一个哈萨克族老人给我取的名字。因为，有了一个哈萨克族名字，才能够真正地融入这片土地。你知道我的名字——艾多斯，是什么意思吗？"

"不知道，我不懂哈萨克语。"我觉得很费解。

“是月亮的朋友的意思。我，现在是月亮的朋友。哈哈哈哈！”他大笑起来。

他提起月亮，我的记忆迅速复活了。我们是大学同学，一同度过四年时光。宿作东是一个敏感的诗人。他是黑龙江漠河人，自小就和大山亲近，熟悉大自然对人的影响。一进学校，他就成了学校里的活跃人物，经常参加和举办各种活动，组织诗歌朗诵会和戏剧表演比赛。不过，因为一次爱情的失败——当时他喜欢一个外文系的漂亮女孩子，没有成功，加上他曾经带领学生和学校食堂闹了一次罢吃饭运动，被学校处分之后，这个家伙多少受到了一些打击，有一阵子不愿意和人打交道，开始自闭了。当时，他的一些行为很神秘，还算得上古怪。比如，我记得在1990年的某个时日，春天里，晚上的时光，我和女朋友在校园外面的小山上幽会，结果，在山顶上的一片松林里，看见他一个人拿着一把木剑狂乱地舞动，嘴里大喊：“月亮！月亮！我要邀请你和我一同舞剑！”

还有一次，在我们的宿舍里，我半夜感觉到有点儿异常，醒了过来，蒙眬地看见有一个黑影子坐在我的床边。月光诡异地洒在他身上，脸是一片黑影，身子却是白色的，实在吓人，我立刻被吓醒了。“你是谁?”我恐惧地尖叫道。

“是我,宿作东。”他低声回答。

“你你你……坐在这里干什么?”我问他。他睡在我的上床,是不应该坐到我的床边的。

“这里月光很好,月光很好。”他喃喃自语,嘿嘿笑了一下,然后,又爬到上铺睡觉去了。

总之,这个家伙不知道为什么,那段时间变得有些神经、神秘、神神道道。这类事情经常在他的生活中发生,弄得一些女生都有些害怕他了。不过,他的诗却越写越好,名气也越来越大了。毕业之后,他被分配到广州,在某个区政府任职。我在想,这个家伙这种状态,到了广州那样的商业城市能不能适应呢?但是后来,传到我的耳朵里的有他投黄浦江自杀的传闻,也有他给一家石油公司写了一句特别棒的广告语,得到了一百万元的传闻。两种结果截然不同的消息让我有些疑惑。但是后来证明他没有自杀,而是活得很好。他到了广州,生活状态也很神秘,不怎么和同学往来。关于他的说法都是自相矛盾的。

但是,几年之后,我见到了他,就觉得他已经彻底改变了。这时已经是1999年了,他来到北京是代表南方一家有名的地产公司,作为北京地区的总经理，运作房地产项目。他一副挥金如土、挥斥方遒的气概，带着大量的资金，来北京做大的房地产项目。我们偶尔接触一下，但更多的时候，我是在一些报纸上看到他。他拿地、搞规划设计、卖楼都非常有魄力，专门在财富扎堆的朝阳区CBD地区运作房地产项目。这个区域是以中国国际贸易中心建筑群为核心的一个商务区，高楼大厦林立，也是北京最国际化的建筑景观区域。我知道，在这个地方成功运作房地产项目的，除了一些专业地产商人，就是一些资金与背景都特别深厚的地产商，一般人是很难在这个寸土寸金的地方折腾开的。可是，这个宿作东，昔日的诗人和神经质者，昔日的孤独症患者和遁世者，昔日的恋爱失败者，变成了如今的房地产弄潮儿，竟然在北京的核心地区，折腾出一个商务建筑群的项目来。不能不说，我对他刮目相看，也不能说我的内心没有震动。因为，我们谁都没有料到这小子可以成为这样的人——一个房地产明星。至于他是怎么崛起的，有不少的传说。几年之后，一个做房地产行业报道的记者朋友告诉我，一开始，他基本上是用空手套白狼的方法，做房屋中介代理，一举成名。然后被广州一家相当大的股份制地产公司的董事长看中，让他坐了“直升飞机”，担任了总裁助理，开始了他的传奇经历。这些，在我们偶尔的见面聚会中，他从来都不和我说，总是谈北京房地产的情况，总是一种意气风发、气吞山河的架势。

我知道，房地产界里的黑幕很多，到处都是政府里的某些人和地产商勾结在一起，通过土地搞黑幕交易。可是，他搞不搞那些场外交易？搞不搞行贿受贿？我从来都不问这些。有一天，他专门让司机来接我去吃饭。坐在他的宝马760宽阔的后座上，司机沿着东三环行驶。从三元桥开始一直到双井桥，一路向南，我看到的都是鳞次栉比的亮晶晶的玻璃幕墙大厦群，这都是这个镀金时代里的财富象征物。但是，我却厌恶眼前的景色，因为，我在上海、深圳，甚至是香港、芝加哥、纽约，都见过这些劳什子，一点儿也不喜欢，一个建筑师还把这些玻璃幕墙大厦称作“人工屎林”。可是，宿作东喜欢。他历数一幢幢大楼的名字和高度，每座高楼都可以叫出名字。“这个，是财富中心大厦；那个，叫作银泰中心，有二百四十八米高；啊，那个正在焊接的钢筋水泥建筑，是国际贸易中心的3号楼，有三百三十米高呢！你看，我的项目就是那个——”我顺着他的手指的方向，看到一片反光的玻璃建筑,正在他刚才提到的那些建筑的中间顽强地崛起着,生长着。那些建筑如同工业时代的一种古怪的蘑菇,没有人性,但是却有着诱人的致幻力量。

我当然很佩服。我必须说,宿作东现在是这个城市的弄潮儿。在北京,几年下来,他攻城略地,成功地运作了几个大型房地产项目,实在是一个奇迹。而且,他还和我做了邻居。我住在一个低密度的社区里,他则在隔条马路、靠近温榆河的一个别墅区,买下一幢别墅。走路的话,离我的住所只有十分钟的路程。所以,我经常去他那里玩儿。不过,他还是一个人。三十岁出头了,一直不结婚。尽管他身边总是有漂亮女人,使我眼花缭乱,可他似乎没有固定的女朋友。

"你也该结婚成家了。"我说。

"我们不谈这个话题。我们不谈感情,这个没有意思——"他说这话的时候已经是2003年了。在他那个外表看上去像是一个滑稽的儿童乐园的别墅里,他对我说:"我忽然产生了一种厌倦感。"他目光炯炯地看了我一眼,又转到了墙上的一幅画上。那是一幅高更的作品《我们从何处来?我们是谁?我们向何处去》的复制品。据说,是深圳一个专门临摹世界名画的村子——大芬村的村民们临摹的。挂一幅临摹的世界名画实在是品位低下,我这样说他,他也无所谓。

“你看,最近我就在思考这个问题,那就是:我们是谁?我们从哪里来?要到哪里去?昨天,我在地铁里,看到了一个叫罗红的人,拍摄了很多非洲照片。啊,那大片的红色火烈鸟在湖面上飞,大群的斑马在草原上奔驰,大象、老虎、狮子和鳄鱼,就在你的眼前跳跃。我想我应该改变生活方式,应该像罗红那样去旅游,顺便搞搞摄影。”

“那你可以继续写诗啊,写诗现在已经是有闲阶层的事情了。”

“可我现在已经写不出诗来了。”他扔给我一本杂志,封面是另外一个地产商人黄石攀登珠穆朗玛峰的照片。照片上,黄石奋勇地沿着一条冰山的脊背攀登。“你看,黄石已经爬上了珠穆朗玛峰。虽然,你知道吗,要是没有那些天生擅长在雪山上奔走的夏尔巴人和藏族人做助手,他很难爬上去。可是,他毕竟是上去了,而且,还攀爬了很多高山。”

“难道,黄石他不打理房地产公司的生意了吗?就整天爬山?”我还是觉得有些怀疑。

“他公司有很多能干的同事和下属啊！再说，现在的通信手段，即使你在喜马拉雅山里，照样可以通过卫星电话指挥做生意啊！”

“我感到你最近情绪不太好，似乎心事重重。”

“我萌生离开房地产界的念头了。”他坚决地说。

传说，在拿地的时候他有很多不法行为。还有传说，他在整个项目运作过程中，除了自己应该得到的，还贪污了不少。总之，不知道他在哪个环节得罪了哪些人，干了什么不该干的事情，他的处境开始不妙起来。于是，某一天，他忽然就人间蒸发了。我给他打电话他也不接，上门敲他那幢像儿童乐园一样的别墅的门，里面没有人。又过了两个月，我再去他家，发现房屋已经换了主人。他彻底地消失了，没有人知道他去了哪里。然后，就是在2006年的夏天，我在阿尔泰山的一面草坡上遇到了他。

他让我在这里待一个月："现在，正是山上最好的时候。秋天了，一切都在收获。再过半个月，我们就要从山上向山下转场，而转场的过程是很有意思的。我希望你留下来，体验一下这种伟大的、也许总有一天要消失的游牧生活方式。你留下来吧！”

看着他热切的眼神，我想了一会儿，同意了。这天傍晚，我先到山下的旅馆告诉同伴，我要在山里多待几天，同伴觉得有些不能理解。“你要待在这里？再过一个月，就要大雪封山了呀！”

“不用管我，你们不用管我了，我要在这里待上一段时间。”

当天晚上，我就住到了山坡上艾多斯——月亮的朋友（我还是觉得他这个名字有点儿古怪的陌生感）的帐篷里，就着太阳能灯，和他彻夜长谈。我听他给我讲述三年来在这里的生活。他隐名埋姓，来到了这里，给一些贫困地区捐款修建了几所学校。然后，要求成为一个当地牧民。他的要求被允许了。没有人知道他的底细，没有人去打听。他的保密工作做得特别好，直到现在，都没有人知道他是谁。

他说，他就想做一个彻头彻尾的牧羊人。三年前的那个秋天，在这座山那边靠近边境的一个地方，他扎下根。一开始，他买了二十只母羊。在那年冬天，这些母羊都产下羊羔。到了春天，他就拥有了自己的一小群羊和一些牛马。他和其他哈萨克族牧羊人一样，在春夏之交的时候，赶着羊群，沿着草地，一路让羊群吃草，慢慢地翻山越岭，向阿尔泰山脉深处进发，到达水草丰美的夏牧场。一路上，风餐露宿，住在临时搭建的毡房里。他一点点学会了游牧生活的技能，包括给羊打防疫针，做药浴，防止口蹄疫等疫病发生。在这里放牧，虽然是在山间游走，也并不是可以随心所欲地到处乱放，而是按照各家各户达成的默契，放牧的时候都有自己的线路。在春牧场和夏牧场也有自己的大致领地，互相很少进入对方的牧场范围。到了秋天，在大雪封山前的一段时间，他又要赶着羊群下山，翻越一座座高山，逐步地降低海拔，沿着传统的牧道走。最后还要经过一片荒漠和戈壁滩，到达冬牧场，也就是县城附近的一个定居点。在那里待上一个冬天，还要准备好过冬的牧草。

“你，这样生活一直没有一个帮手？也没有老婆，或者女朋友？”我总是关心他的私生活。

尽管光线不那么强烈，他的眼睛仍旧显得黑亮，也很亲切。他带着一种豁达的笑意：“哈哈，我还是一个人。习惯了，这样挺好的。我也不需要帮手，说实话，我又不用靠放羊来维持生活。在银行里，我还有点儿积蓄。但是，我很少动用。其实，就是那天我和你谈论高更的画的时候，我就产生了在这个世界上突然消失的念头。我当时的确遇到了一些麻烦，的确游走在一些危险事情的边缘。我在一个网中间，我在某个利益的链条里面。所以，我先是感到了害怕，然后忽然觉得商场没有什么意思了，要赶紧选择过另外的一种生活。而且，在商场上我已经得到了那种高峰体验，满足了，不想再过那样的生活了——实际上再那么运作下去，我可能就要进监狱了。于是，我就到这里来了。”

他这么说，我立即联想起来今年展开的对商业贿赂和社保基金案件的查处中，很多案件都牵涉到官员和房地产商人。看来，他后来要是仍旧在做房地产，我就只能在监狱里见他了。

我留了下来，和他住在一起。他的毡房扎在山坡下面的一片空地上。清晨，我和他一起骑马把羊群向一面山坡上赶去。而我骑的马，正好就是那天调皮地引领我见到了艾多斯的那匹马。马是黑色的，眼睛俊美漂亮，有着长长的飘逸如瀑的鬃毛。这是一匹三岁的公马，它的母亲，现在是艾多斯的坐骑。我很久没有骑马了，不过适应性训练了半天，我就会了。在山坡上骑马是需要技术的，我掌握得很好。而放牧似乎很简单，当羊群在一面开阔的山坡上像棋子一样散开的时候，就不需要管它们了。

这个时候，我和他就一起坐在山坡的一块石头上，看着远处的羊群埋头吃草。太阳很快升起来，一瞬间就把天地之间的一切点燃，给大地涂抹一层耀眼的金黄色。人、树和石头都有了自己的影子，这影子迅速移动。我们谈天说地，非常愉快。我和他聊起过去的很多朋友和同学，岁月似乎已经漫漶了，他们都不怎么清晰了。不过，这样的感觉对于我也是久违的。我的身心逐渐地放松下来，那种在快节奏的城市养成的紧张和焦虑没有了。

以后的一些天，白天里，我们就骑马在山林间游走。饿了，啃一点儿馕，吃一点儿牛肉干；渴了，喝一点儿军用水壶里的水，喝一个皮囊里的马奶子酒；困了，我们就随便地在山间的树荫下打瞌睡，听那些哀叹秋天的虫子们在草丛里使劲地鸣唱。我感觉时间发生了变化，像某种流体那样缓慢了下来。天地之间，总是有云。云在缓慢地移动，有时候甚至不移动，让我觉得很奇怪。可是有时候，云又游走得特别快，仿佛有什么在追赶着云彩。但是不怎么下雨。大自然带给了我一种全新的体验。

在这里有一种说法，在阿尔泰山上放的羊，羊肉非常好吃。因为这里自古就是黄金的产地，一些地方还埋藏着黄金，阿尔泰山就是金山的意思。因此，这里的羊有“走的是黄金道，喝的是矿泉水，吃的是中草药”的说法。的确，山泉随处可见，而野生的贝母和其他各种中草药也很多，都是羊爱吃的植物。这些走着黄金路、喝着矿泉水、吃着中草药的羊，自然也膘肥体壮，羊肉也就很好吃了。每天傍晚，需要把羊群赶下山了，我们只要将头羊往下山的道路上一赶，羊群就跟着往山下走去，非常听话。我们则骑马左右包抄，一直把羊群聚拢到一个由木桩和铁丝围起来的简易羊圈里。骑马快到毡房的时候，我骑的马差点摔倒了，因为它一脚踩到了一个草原田鼠洞里。山地草原被田鼠破坏得很厉害，幸亏这匹马机灵，才没有摔倒。

艾多斯、月亮的朋友、宿作东，我都不知道应该怎么叫他比较好。我对他的新名字总是有些不适应，可是，他的确用三年的时间，把自己变成了一个真正的牧人。比如，他和那些哈萨克族牧羊人一样，有着一个绝佳的本领，就是在自家的羊群经过眼前的时候，能够快速地数清楚自己的羊，不会有任何差错和遗漏。即使是别人家的羊混到了自家的羊群里面，也可以马上看出来。到了晚上，我发现，草原上夜空的星星特别密集。因为大地很暗，相互之间距离很远的一户户毡房里，只有门缝才泄露出一点儿光线。可以听见哈萨克族妇女炒菜的声音，也可以闻见飘散过来的炊烟味道。现在的哈萨克族牧人们，也可以在毡房里看电视、听收音机以及使用太阳能灯具和炊具了，生活的形态朝现代化变了很多。用柴火做饭，越来越少了。

晚上，我们在毡房里阅读一些古代波斯诗人的诗集。我问他："艾多斯，老宿，你还写诗吗？"

"写呀，怎么不写呢，你看——"他取出一个小皮箱，皮箱的边都被磨亮了。他打开，从里面拿出厚厚的一沓沓的纸，递给我："这些都是我在山上的时候写的。"

我接过来，贪婪地阅读着。啊，真的是，都是一些非常好的诗篇。这些诗篇，是一个人心灵非常安静的时候才能写下来的，和他以往的风格，已经大为不同了。过去的那种紧张、焦虑和撕裂感，都不存在了，出现的是和现在的景色、和他的心境、和大地紧密联系的诗歌。我说：“给我带走一些吧，我认识一些刊物的编辑，让他们看看——”

他从我的手上把那些诗稿夺了回去：“不，我不想发表。我现在写诗，不再是为了发表了，就是为了写而已。我们存在于天地之间，就已经是诗了。我不会再发表诗歌了。”

我也在那一刻理解了他。

时光迅速地流逝，很快就过去了很多天。在山区牧场，我真的有一种乐不思蜀的感觉。在山里，我的时间观念也发生了变化，一般以太阳、月亮、白天、黑夜的自然变化来安排自己的活动。现在正在转向秋天，山下来收羊的贩羊人也上山了。他们开着卡车，和哈萨克族牧羊人进行交易。一些牧人会在转场路途中卖掉一些羊，换一些现钱。一车车羊就那样被拉下山，被运到石河子、乌鲁木齐这样的大城市，甚至空运到北京，成为人们盘中的美好食物。艾多斯也卖掉了几十只羊，得到几万块钱的收入。“这点钱，几年前是不是你一顿饭的饭钱？”我问他。

他笑而不答：“感觉完全不一样。感觉完全不一样。”

我还看到，一些大概是浙江人或者是江苏人构成的小商贩，一手拿着挡狗的棍子，一手提一个很大的袋子，来到哈萨克族人的毡房，给哈萨克族妇女和孩子们兜售衣服和各种生活用品。这个时候，狗吠声、孩子们兴奋的跑动声和妇女们展开的漂亮的衣衫，使得高山草甸上充满了欢乐，我很喜欢这样质朴的画面。不过，一直在我的脑海里盘旋的、我感到疑惑的是，艾多斯，月亮的朋友，宿作东，他寻求这样一种生活方式，到底是为了什么？他又能够坚持多久？

很快，我就跟着他开始转场了。这是游牧民族最为重要的生活和生产方式之一。在下山的牧道上，我看到一家家、一户户牧民，正在川流不息地依次向山下的冬牧场转移。在艾多斯的指导下，我和他一起把毡房拆掉，把毯子、毡子卷好，把所有的生活物品捆好，按照体积大小，放到马车上，然后出发了。我们要逐步向海拔低的地方转移。从夏牧场转移到冬牧场，一般需要半个月甚至更长的时间，牧民们必须在大雪封山之前，将羊群赶下山。这个转场的过程是走走停停，需要羊群边走边吃草，要在冬天到来之前尽力抓膘。我和艾多斯就那样从有着很多松树和云杉的山林里，逐步过渡到了高山草甸上，后来，又来到低地地区。不久，我就看见，在低地的边缘，横亘在我们面前的，是一片二百多公里的戈壁滩。过了这片戈壁滩，就是他要去的过冬之地。

按照计划，第二天，我就要和他分手了。我已经在这里停留了二十多天。秋天加速地从爽朗的天空中俯冲下来，冬天也要来了。可我必须要了解答案，那就是，他为什么愿意消失在另外的一种生活方式里？为什么他要改掉自己的名字，从而成为“月亮的朋友”？他什么时候才结束这样的生活，回到他过去的生活状态里？或者，这是他永远的选择吗？我们头顶星空，坐在草地上，我的内心洋溢着一种奇特的感动。问他这些，他告诉我了答案：“为什么我要叫‘月亮的朋友’？因为，今天，你看，月亮几乎都看不见，可是在城市夜晚那耀眼的灯光的河流，甚至是海洋的辉映下，在城市里生活的人，能够看到这样美丽、璀璨的星空吗？一定看不到。可以说，我也许就是愿意看到这样的星星，才来到了这里。三年来，我觉得我过得非常幸福，内心很安详。除了星星，我还有那么多的自由。我并不像你想象的那样孤独，因为，我在这里有很多朋友，哈萨克族的，还有大自然中的花草树木和岩石。比如，每年到山上，我都可以看见去年我认识的树木，用新的面貌、新的姿态欢迎我。我还认识很多块岩石，它们一直在和我说话、低语，这些是没有人知道的。年年的云彩都在天空飘浮，可是，你知道吗？很多都是我过去认识的云彩啊，它们快乐地和我打招呼，然后继续飘移。那些去年已经衰朽的草，今年又开放了鲜花。这鲜花，就是去年那些草的儿女，仍旧有着我见识过的它们母亲的美丽面容。但是，我还不是一个返回大自然的那种自然主义者。我现在的生活，在你们看来，仍旧很艰苦，比如春夏秋冬，我都要为了我的羊群、牛和马忙碌，我要奔波在几百公里之间，我要注意天气的变化。假如遇到了雪灾，我一样要遭受巨大的损失。假如羊群得了口蹄疫，那么我也同样要承受牧民们承受的一切。我还要准备过冬的牧草，要准备很多。可是，从一种生活变成了另外一种生活形态，我接近了我内心需要的东西，那就是，我要成为月亮的朋友。我现在就已经是了。至于我什么时候回到城市里，或者我是不是一直待在这里，我都说不好。是的，也许还有爱情的因素。你知道吗,我大学追求的那个女孩子,她后来到了澳大利亚,在那里,她嫁给了一个澳洲牧场主。后来,那个牧场主死了,给她留下很多的牛、羊和马,她现在成了一个牧人。我不能确切地说我还爱着她,但是,我想,我现在也是一个牧人。我们都在一样的月亮下放牧,我因此体验到了一种深深的、类似呼吸一样的对她的想念。这就够了。我不会也不想去打扰她,也不想被打扰。我不知道,现在,我说清楚了吗?"

天已经亮了,我和他聊了整整一个晚上。我不能确定我是不是听明白了,但是,唯一的答案是,他现在是月亮的朋友——艾多斯,不再是宿作东了。

天亮了,他要骑马赶着羊群穿越眼前这二百公里的荒凉戈壁滩。而我,则要沿着相反的方向,去机场赶飞机。我们郑重地拥抱告别:"可惜啊,你不能带走这匹黑马,它很喜欢你。不过,你再来的话,它仍旧是你的坐骑。记住,不要向任何人提起我,一定要保密啊!因为,我现在,甚至永远都会是艾多斯——月亮的朋友。我也是你的朋友。"

然后,他翻身上马,继续着他的旅程,带着他的羊群和牛马。

我目送他离去，默默地念着："艾多斯，月亮的朋友。"我看着他逐渐消失在戈壁滩上浮动的蜃气中，消失在一片大地的空茫之中。也许，还消失在我被泪水迷蒙的眼睛中。

2006年

河马按摩师

一

高光的故事还是由我来讲吧，我讲可能比较靠谱。我知道高光来肯尼亚，纯粹是自找的。他做梦都想不到自己会来到非洲的肯尼亚，在内罗毕安顿下来，过上了小日子。

东非大裂谷穿越了肯尼亚。肯尼亚还有五百多公里长的海岸线，是东非风景最壮阔、最优美的国家。肯尼亚首都内罗毕号称东非小巴黎，是非洲最繁华的城市之一。这座城市有几百万人，当然大部分都是黑皮肤的人。这让我们这些黄皮肤的和一些白皮肤的人看上去比较扎眼。

一般人很害怕来非洲，传说在非洲容易得怪病，这倒是真的。在非洲染上疟疾，已经很好治疗了。有的病就很奇怪。有一次，我看到在高光的诊所里，来了一个在内罗毕的中国工程公司发包的项目上干活的小伙子，胳膊上隆起了一个包，不知道是怎么回事。

高光把这个包割开之后，里面就流出来一包小蛆虫。原来呀，这个小伙子曾被一只奇怪的飞虫叮了一口。

在内罗毕找高光的诊所很容易，这家伙一来肯尼亚，就开了一家诊所。你一进门，就能看到厅堂里立着一个铜人。就是中医医院里常常能看到的铜人，裸体铜人，身上的经络和穴位都画出来了。

开一家中医诊所，针灸、拔罐、刮痧，在有的国家会引发官司，说大夫搞巫术，虐待病人，吃不了兜着走。内罗毕人是慢慢相信起中医的。一开始，我估计，这个中国铜人会让来看病的内罗毕人感到害怕，以为中医是巫术呢，可当我看见高光往前来治病的黑人身上扎上银针，就觉得这家伙很神奇了。

他的针灸技术非常高超。有一次，我得面瘫了。这种病俗称“鬼吹风”，不知道怎么回事，中午在小货车上打了一个盹儿，醒过来，就发现我的嘴歪了，半边脸不能动，一只眼睛的眼皮也不能闭合。

我就来到高光的诊所。他一看见我的病,就笑了:“歪嘴子,哈,刚才还来了一个。”

他带我走进里间。我看到一个黑人小伙子坐在那里,右脸上扎满了银针。这个家伙也是面瘫患者。于是,我坐下来,让他往脸上扎银针。

我是中国人,我知道这个,但我从没针灸过。只见高光穿着白大褂,拿出一个盒子,取出长得令人恐惧的银针,看着我的脸,用指头一边触摸,一边问我的感受。然后,瞅准了我脸上的某个穴位开始扎银针。

一根根的银针被他扎着捻着,就钻进我的右半边脸上。奇怪,一点儿也不疼,还不流血。这针就是这么神奇。然后,他让我和那个同样扎满了一脸银针的黑人小伙子并排躺在两张小床上,拉过来像是台灯一样的东西,末端伸出来一个圆饼子形状的、黑乎乎的玩意儿,插上电。

原来是烤电器。它对准了我们两个面瘫患者扎满了银针的脸就烤上了。烤电半小时,我的半边脸在银针的作用下,皮肉开始跳动起来,瘫痪的脸部有了一点儿蚂蚁走动的感觉。就这样,我和那个黑人小伙子接连扎了三天银针,烤了三天电,面瘫就好了。

高光的中医诊所里不仅有针灸,还有艾灸、刮痧、拔罐、中医理疗按摩等项目。有时候,一进他的诊所就能闻到艾草焚烧的香气,烟雾缭绕的,那是在艾灸。碰到一两个黑人小伙子光着脊背走出来,背上一连串的黑红色血印子、圆坨坨,看着很吓人。

不过,内罗毕人已经知道这不是中医在搞酷刑,而是一种“去火”的诊疗方法。再说了,他们的电视台老早就报道过中医这些多少有点儿奇怪的诊疗方法,内罗毕人就见怪不怪了。

高光的诊所里,除了一楼的诊室和治疗室,还在二楼设了一个按摩理疗屋。高光的老婆魏娜带着三个内罗毕黑人姑娘,在那里为客人推拿按摩。魏娜是一个长相妖娆的女人,说话嗓门很亮,动作麻利。她喜欢穿紧身的衣裤,这一点和黑人妇女穿紧身裙裹出性感臀部的打扮一样,难怪高光会动心。据说这俩人是老乡,这对痴男怨女走到一起,也是天注定。

魏娜在二楼,指挥三个黑人姑娘按摩推拿,生意非常好。黑人姑娘手法娴熟,是魏娜一手教出来的。不过,这几个黑人姑娘干活不用心。在内罗毕，雇人干活发的都是周薪，每个星期五，一发钱，几个姑娘就不见了。请求按摩的客人还在诊疗室内坐着排队呢，气得魏娜直骂娘，只好亲自上手，给客人推拿按摩。

等那几个姑娘把钱花完了，就又回来了。

魏娜就和她们签订协议，但还是没办法，当地姑娘说辞职就辞职了。魏娜的推拿按摩室只好不断地招聘。后来，来了两个中国中年妇女，她们是跟着务工的丈夫从中国来的，按摩推拿的队伍才算稳定下来。

二

高光的中医诊所在经历当地政府的刁难、小流氓的滋扰和资金链的紧张等挑战后，刚刚站稳脚跟，就遭到蚂蚁的疯狂袭击。

话说有一天，高光早晨在院子里刷牙，忽然发现墙根处一片肥厚的植物叶子旁边，鼓起来一个褐黄色的土包。

他走过去看，看不出是什么，不像蜂巢，也不是马蜂窝。

第二天，诊所院子中间，又隆起一个大土包，他吓了一大跳，赶紧让我来看。

我这个比他资格老的新内罗毕人一看，就笑了："这是蚂蚁窝。你完了，你招惹了它们，它们要占领你的诊所了。"

高光不信，拿出铁锹，想把蚂蚁窝土堆铲平。一铲下去，根本铲不动，蚂蚁窝非常坚硬。我说："这玩意儿比石头还硬！"

高光不相信，拿拳头捶了两下，发现几乎像木头一样硬。这种蚂蚁窝是黏土构造的，他拿着铁锹，又铲又捅，结果只在蚂蚁窝上砸出一点儿痕迹。

高光无奈地看着我，我这才从自己背的包包里拿出来一个电钻。我把钻头安好，让他把电线插板从屋子里引出来。我把电钻的连接线插好，一开动，电钻嗖嗖地转着。

我走过去，把电钻抵在蚂蚁山的中间。电钻很厉害，很快就把蚂蚁窝钻了一个洞，很多又黑又大的蚂蚁遭到我的袭扰之后，从洞里爬出来。我不管它们，继续在蚂蚁山的各个部位用电钻钻出眼。然后，让高光拿着一把锤子一顿乱锤，蚂蚁山轰然倒塌。

大家这才看到大量的蚂蚁在土堆里爬动，密

密麻麻的，真的很吓人。蚂蚁太多了，多到你根本就无法去消灭和移除的地步。这时，围观的黑人妇女们欢呼雀跃起来，用当地语言喊着，手里多出来几个盆盆碗碗的，走过去在蚂蚁窝里抓着什么。

我一看就知道了，她们抓取的是蚂蚁卵，这可是绝美的食物，最棒的蛋白质。黑人妇女跟过节似的，把手里的盆子碗都装满了蚂蚁卵，才心满意足地离开。高光看得目瞪口呆："她们是拿回家炒菜吗？"

我笑了："当然啊，蚂蚁卵在非洲可是好东西。不过，非洲人不怎么打扰蚂蚁，他们从不主动捅蚂蚁窝。"

那天，我用电钻把墙根处和院子里的两个蚂蚁窝搞定了。高光让诊所伙计把坍塌的蚂蚁窝碎片铲平，院子很快变得平平整整的。

高光很得意："你看，蚂蚁窝没了，它怎么能斗得过我！"他又叫魏娜往那两个蚂蚁窝的"遗址"处喷了消毒水、药用酒精，总之是一副赶尽杀绝的态度。

我笑了："这蚂蚁可狡猾了，你小心吃不了兜着走。"

高光得意地打了一个响指："谢谢你，兄弟，今天免费拔罐。”

第二天，他的院子里又崛起两个小土堆。肯定又是蚂蚁窝，而且坚硬无比。他大为光火，又把我叫来铲除蚂蚁窝。

我这一次没有拿电钻，告诉他：“老高，我告诉你，非洲的蚂蚁真的不好惹，和平共处才能相安无事。你不要再去动它们的窝了，这里本来就是人家的地方。说不定某一天，那些蚂蚁就主动撤退了，那个时候我再来帮你彻底荡平蚂蚁窝。”

高光想了想，摆了摆手：“妈的，听你的，算啦，由它去吧。”他回诊所了。后来，他的中医诊所院子里出现了三座蚂蚁窝小山，比一个人还要高，而且坚硬无比，还在继续生长。高光听了我的话，也不怎么理会蚂蚁窝了。

来来往往就诊的人，也绕着走。大队的蚂蚁在这三座蚂蚁山内外奔走，排成长长的行列，蔚为壮观。以至于有到内罗毕旅行的中国旅游者，也先到他的诊所观赏那三座两米多高的蚂蚁山。高光的诊所经常有很多游客聚集围观，啧啧称赞，然后在高光的诊所里艾灸、按摩、拔罐，倒也给他招徕了些生意。

就这样，过了大半年。有一天，天阴得厉害，看样子内罗毕要下大雨。半夜,瓢泼大雨终于下了。第二天,我来到诊所,发现蚂蚁搬家了。三座蚂蚁山外一只蚂蚁都没有,我就告诉高光:“那些蚂蚁搬走啦!”

高光说:“太好了,那你给我把蚂蚁窝钻成碎片吧!”

这一次,他院子里的三座蚂蚁山算是彻底荡平了。

三

我和高光熟悉了之后,听说他来内罗毕,是魏娜一定要他来的。魏娜希望他俩一起出走,躲得远远的,就这么从中国躲到了肯尼亚的内罗毕。这样的话,老家的人就都不再议论他们了。在老家的县城里,在街上转一个圈,都认识。好事不出门,坏事传千里,高光和魏娜的绯闻早就传遍了小县城。因为高光是有家的男人,而魏娜是从南方回来的女人。

那个时候,正是高光的中医诊所在县城里生意最红火的时候,结果闹出这么一档子事儿。他和魏娜的事情一出来,马上就有人传出来了他们在宾馆里幽会的视频。虽然不太清楚，但熟悉的人断定，视频中的男女就是他俩。他们走到街上，总感觉有人指指点点的。

高光的老婆李冬梅知道后，要和他离婚。高光一开始不愿意，后来还是同意离婚，把房子、车子和抚养费都给她，把女儿也给她带了。

这样，魏娜就和高光住在了一起。

他们在县城西边买了一套房子，住在那里。可是不行，高光的小舅子——李冬梅的两个弟弟都是坏种，晚上在高光新家的门上抹大粪，到处说他是王八蛋。还把他新买的车子轮胎扎破，把他和魏娜新家的窗户玻璃砸破好几回。

关键是高光开着的中医诊所，从此生意一落千丈。

高光的父亲就是中医大夫，已经去世了，所以高光从小耳濡目染，知道点中医知识。父亲曾经手把手教他，希望他长大了能考进中医大学，子承父业。但高光不务正业，不好好学习。高中毕业去参军，当了野战军的汽车兵，跑遍了西南地区那些危险的山路，最远到过西藏阿里，几次历险，差点死了。在部队的医院里他倒是专门学了一年的医疗救护，算是有了从医的经验和证书。

几年之后，高光复员回来，父亲也去世了。他先是到了市消防总队，结果，有一次火灾他们没有处理好，高光受到处罚，离开了消防单位。

那怎么办？他就回到老家的县城开了一个中医诊所。高光看病，不乱收钱，病人没钱也可以看病，正所谓悬壶济世、医者仁心。

可自从他把老婆孩子抛弃了，跟县城里有名的浪荡女魏娜搞在一起，他在患者心目中的形象就毁了。县城里的人都不来找高光看病了。

过去都说高光是个老实疙瘩，怎么让魏娜给搞定了呢？他们背地里纷纷议论，魏娜早晚得甩了他，就跟人家甩了她一样。

传说魏娜在深圳打工的时候，认识了一个老板，被包养做二奶。后来，那个老板生意做不好，跑了，也就不管她了。她又不愿意去打工，吃不了那个苦，就回到老家的小县城。可她的穿着打扮就像个招摇过市的二奶，谁都不招惹她，特别是男人，还有点儿怕她。

他们到处传闲言碎语，说高光和她勾搭上的时间，是她去高光的中医诊所看妇科病的那个下午。那天下午被别人传得有鼻子有眼的，好像他们当时都在高光的诊所里围观一样。

话说那天下午，魏娜扭着水蛇腰，穿着十厘米高的高跟鞋，扭扭歪歪来到高光的中医诊所看妇科病。男大夫看妇科病，都是比较让人有想象的事情。但中医医生无论看什么病，都要先把脉。

他们说，高光把手往魏娜的脉上一搭，和她的目光一对上，就立即被她电到眩晕，当场崩溃，丧失了底线。之后发生了什么就不好说了，总之，他们说，高光把医院的门关上，让助手小李子回家，然后和魏娜在患者的床上做了好事。

高光老是被人指指点点，日子很难过。他也是哭笑不得。可他脾气好，觉得无所谓，心想过一阵子，也就不会有什么了。

魏娜却很生气，说："狗屁小县城！在深圳就不会这样，没有人关心你是怎么生活的。真讨厌！我们得离开这里，走得远远的。"她咬着自己的右手无名指指甲说。后来，她想到一个办法："咱俩去非洲。"

高光一听，就头大了。去非洲，亏她想得出来。在他看来，非洲遍地都是大象、河马、狮子、老虎、野牛、羚羊、豹子、鬣狗、鳄鱼、角马、蟒蛇、蚊子、蚂蚁，人人住草棚吃红薯土豆，高光连想都不敢想的事情，她敢想。

她不仅敢想，而且还让她在肯尼亚内罗毕办公司的亲戚发来了邀请函。凭借这封邀请函，他们就能办签证，就能去肯尼亚内罗毕进行商务考察，就能在那里待下来，开一家中医诊所。

就这样，他俩跑到内罗毕来了。

刚来东非的时候，高光真的担心肯尼亚到处都是野生动物，可来到内罗毕，发现这是一座大城市，高楼林立，好几百万人在这里生活，不仅中国人不少，世界各地来的人也很多。

魏娜的好几个远房亲戚都在这里扎根了，做中非贸易。有做木材贸易的，还有做矿石贸易的，都干得不错。他们就在内罗毕待下来了。

高光、魏娜住在内罗毕南郊，租了一个小院子，里面是二层楼。办理了简单的注册手续，他的中医诊所就开张了。

四

不知道为什么，我第一眼见到魏娜，就感觉到她早晚要离开高光。他们根本就不是一类人。高光是一个特别踏实的人，干什么都是一把好手。可魏娜是一个天生就对自己已经拥有的生活感到不满足的女人，总要折腾自己，顺带把和她在一起的男人也折腾个够呛。这不，把高光鼓弄到东非的内罗毕，就是她的一次梦想成真。可接着她脑子里就又冒出来一个梦想。你要是问她是什么，她又不会告诉你。魏娜好高骛远，不知道自己真的要什么。她要什么？钱吗？不是的，她很缥缈。

有一次，我在诊所拔罐，和她聊天，问她："魏娜姐，你们还得回河北老家吧？你们俩生不生个孩子呀？"

魏娜说："少操别人的心！瞧瞧你自己，跑到内罗毕打零工，你的老婆在哪里呢？"

她说到点子上了，我自己的老婆在哪里，我还不知道呢！正所谓"少年不识愁滋味"，我还想不了那么多。现在，很多中国公司在非洲有建设项目，我经常去参加一些建筑工程的施工。我是电焊、瓦工、木工都会一些，不愁没活干。不过，常来高光的诊所，我倒是对中医也很感兴趣，就开始学习针灸和把脉。

在非洲动物很常见，它们都不怕人。人和动物常常混居在一起，即使是像内罗毕这样的大城市也是这样。在城市里，常常看到两群猴子为了争地盘，在街道上和商场附近打架，打得歇斯底里、大呼小叫、旁若无人。

有时候，菜市场上的人熙熙攘攘、络绎不绝，忽然眼前掠过一道黑影，原来是一只老鹰从天而降，瞬间伸出爪子，把市场上某人正待售卖的公鸡给抓走了。行车的时候，忽然从道旁的树林里蹿出几只野猪，排成行列，旁若无人地穿越马路。我在建筑工地干活，有一天一群非洲大象闯了进来，吓得刚从中国来的建筑工人不知所措。还是我眼疾手快，赶紧从工棚食堂取出香蕉和苹果。大象们慢吞吞吃了水果，才撞坏铁皮大门，扬长而去。

某天我一觉醒来，听到窗玻璃有敲击的声音。我拉开窗帘，看到不知从哪里飞来的两只野鸽子，正在窗台上问候我呢！它们也不害怕，闪着清亮的眼睛看着我。我找了一点儿面包屑给它们吃。吃完，它们就飞走了。

我知道高光到内罗毕没多久，得过一次疟疾。这病在非洲曾经是绝症，现在好治了。可当时还是让他难受了一阵子。发烧、浑身酸疼、体寒、拉稀、视力模糊、全身无力、性欲减退，这些都是他给我描述的感受。可“性欲减退”这个词还是让我乐不可支。得病了，还胡思乱想，难怪魏娜经常骂他。

他们在内罗毕生活了一年多，魏娜的肚子也没有鼓起来。魏娜那个时候想要孩子了，还专门弄来了非洲男人见面都很神秘地互相问“吃了吗”的那个东西。那个东西非常“斯壮”（强壮之意），是一种块茎类植物，叫作“穆豪根”。也就是非洲男人壮阳的东西，她让高光吃。

高光吃了，除了眼睛发亮，也没有什么惊人之举。高光把“穆豪根”给我吃了，我的肚子胀得很大，其他部位也跟着胀大，无法排泄，吃了泻药才拉出来。果然非常“斯壮”。

在我的记忆里，也就是院子里的蚂蚁搬家之后的一个月，有一天，诊所来了一个男人，是个白人，改变了他们的生活走向。

这个男人骑着一辆自行车，胳膊上盘着一条蛇。他来诊所是为了治疗，因为他被蛇咬伤了。他竟然会中文！他说他叫霍华德·弗兰克，是美国人。高光一看他胳膊上盘着的那条蛇，就知道他受伤并不重。高光给他清理伤口，煎服解毒的中药汤汁，说：“你中毒不深，这蛇毒性没有那么大。”

那天，我也在诊所里，正在研究他的那个中医铜人身上的经络和穴位，听到他们用中文说话。霍华德·弗兰克是美国记者。他告诉高光，他常年在亚洲跑，在中国的长江流域生活和采访了六年，写了一本英文非虚构作品《滚滚长江天际来：大河边的中国人》，还上了《纽约时报》图书排行榜。他的脸颊边上有一层黄色小绒毛，在阳光下闪亮。他的皮肤发红，个子很高，笑容可掬，喜欢戴墨镜，穿着摄影师喜欢穿的那种有很多口袋的军绿色裤子，很强壮。

他说，他很喜欢中国人，这次来肯尼亚是来寻找他的弟弟。他的弟弟在非洲做生意，可今年忽然没有了音讯，老父亲从美国打来电话，要霍华德·弗兰克在非洲找弟弟，他就从中国的重庆来到了内罗毕。

魏娜那一天从楼上下来，看到了霍华德·弗兰克，这一眼就觉得有点儿不一样，我感觉魏娜有点儿小兴奋。她跑过来看霍华德·弗兰克胳膊上盘着的那条蛇。那是一条好看的花蛇，还在嗞嗞吐芯子，她就尖叫起来，声音怪怪的。

她说，你把它放生了吧，老是抓着它，它肯定要咬你呀！

霍华德·弗兰克笑起来，把蛇递给了魏娜。魏娜的脸色很红，很害怕那条蛇，打算躲开。霍华德·弗兰克抓住魏娜的胳膊，把那条蛇盘在她的胳膊上。

魏娜咯咯笑着，忽然又被朝她吐芯子的蛇吓哭了。她一甩手，那条蛇从她的胳膊上滑落在地，游动着身子，跑进草丛中去了。

五

霍华德·弗兰克后来就住在高光诊所二楼的一个房间里，给魏娜预付了三个月的租金，说："三个月的时间，要是我找不到弟弟，就打算再回到中国。"

那段时间里，聘用我当电焊工的内罗毕一家中国公司承包的建筑项目完工了。他们要接着转战坦桑尼亚的新工地，也愿意聘用我。可我不愿意去，我喜欢内罗毕，喜欢肯尼亚。我就在高光的诊所里学习中医诊疗，给高光当助理。

每天吃了早饭，霍华德·弗兰克就骑着自行车出门，到处打听弟弟的下落。但每天傍晚霍华德·弗兰克都是一个人回来，表情落寞。

他弟弟看来是一个神秘人物，是不是在肯尼亚贩卖军火的？说不定呢。我和高光小声议论着。

魏娜就说："别瞎说了，你看弗兰克就是一个好人。他还给了我一根辟邪的非洲黑木雕呢。"

我们就一起看霍华德·弗兰克给魏娜的黑木雕。这是非洲女性身形的木雕，带着原始的美感和性感。不知道怎么回事，看着就像是魏娜的身形。

一天天就这么过去了。霍华德·弗兰克总也找不到弟弟，他也不说找弟弟的难度有多大，为什么找不到弟弟。每次回来，他总要带回来一些非洲人制作的东西。有一天，他带回来一面非洲木鼓，是用一段镂空的木头做的，外表用羊皮蒙着，羊皮上画了拙朴的图案。他把鼓送给魏娜，魏娜不要，说："你会打鼓？那打鼓给我听。"

霍华德·弗兰克就坐在那里，用两腿夹着那面木鼓，双手拍打起来。他打鼓的声音很规律，到后来越来越激动，鼓声非常有节奏，结果唤起了周围遥远的地方的非洲鼓声。原来，别处的黑人呼应他，也敲响了自家的鼓。

魏娜兴致大发，在院子里跳起舞。魏娜舞姿妙曼，非常有节奏，这更证实了她可能曾在娱乐场所工作过的传闻。霍华德·弗兰克兴致勃勃，高光脸色阴沉，躲到屋子里不出来了。

也就是这段时间，高光的中医诊所院子里，出现了一次壮观的动物大战。

中国人喜欢说一阵秋雨一阵凉，可在内罗毕，下完了雨反而更热。大雨滂沱，霍华德·弗兰克坐在长廊下，看着外面的雨，双腿夹着他的木鼓敲打。鼓声中，一只、两只、三只……越来越多的青蛙，是的，我们都看见在草丛中、树木背后，很多青蛙在雨水中一跳、二跳、三跳地跑出来，汇聚到诊所的院子里。

霍华德·弗兰克的鼓声更加密集，青蛙涌现得更多，雨声也更大，哗啦啦的。青蛙扑嗒、扑嗒地跳出来，越来越多了，它们在雨声中伴随着鼓点跳跃，哎呀，真的是奇观啊！

我们惊呆了，诊所里的人都出来，站在走廊里，看着院子里的青蛙蹦跶。呱呱呱，呱呱呱，呱呱呱呱呱呱呱，这青蛙在合唱呢。青蛙的合唱高低起伏不定，有混合声部，有领唱，还有低音伴奏。

我们正在看青蛙大合唱，魏娜忽然尖叫了一声。她指着墙头说，看那里！我们看过去，发现了新的情况。一条蛇正在翻墙进院。接着，从可能进入院子的很多缝隙，都出现了蛇的身影，一条条的大蛇、小蛇、黑白相间的蛇、花蛇、红黄色的蛇，都来了,都来了！这么多的蛇在雨中嗞嗞吐芯子,向院子里爬,发出了雨声中的另外一种声音,令人恐怖,不知所措……大家惊呆了。

霍华德·弗兰克更加兴奋,使劲地拍打着羊皮木鼓,让鼓声在雨声中变得更激越。一条条蛇扑向在院子里的雨水中蹦跶的青蛙,张开血盆大口吞没青蛙,青蛙纷纷逃窜,使劲朝天空蹦跶。可越来越多的蛇加入追捕青蛙的队列里。蛇的游走很迅速,青蛙的蹦跶很绝望。

这场大雨中青蛙和蛇的大战,或者说蛇对青蛙的围剿非常壮观、激烈。我们都看呆了。这个过程持续了很长时间,到底有多长,我说不上。霍华德·弗兰克打鼓打累了,魏娜竟然顶上了。她把鼓拿过来,夹在自己的双腿中间打,为青蛙和蛇的大战擂鼓。

魏娜打鼓打累了,高光也兴致所至,把羊皮木鼓拿过来,双手擂击。高光打累了,我接着来。我把那面羊皮鼓打得咚咚响,兴奋异常,因为青蛙和蛇大战正酣。

忽然,有一条蛇疾速向走廊里的我们游过来,很快就到了霍华德·弗兰克的身边,一下子就攀缘上他的腿,游走到了他的胳膊上。啊,正是他曾经带到诊所里的那条蛇！它又回来了，只是，它刚刚吃了两只青蛙，肚子鼓出来两个疙瘩。这条蛇认出了霍华德·弗兰克，它和他嬉戏了一阵子，就跳下去，一下子攀缘着魏娜的腿，也游走到了她的胳膊上，像是认识她一样——它实际上当然也认识她，朝她吐芯子。

魏娜这一次一点儿都不害怕了。她小心地摸着蛇冰凉的皮肤，和这条蛇对视。这条蛇的目光很清澈，它举着自己的上半身左右摇摆，就像是跳舞一样。过一阵子，它俯身游走，不见了。

院子里的青蛙和群蛇大战到了尾声，一条条大蛇小蛇都吃饱了，青蛙数量急剧减少，雨声停歇下来，鼓声慢下来。不多一会儿，剩下的青蛙蹦跶走了，吃饱的蛇也游走了。一时间，院子里安静下来，仿佛刚才那一幕就是一个幻觉和梦境。

高光跑到院子里，在泥地里仰天大笑。可天空一滴雨都没有了。

晚上大家都喝多了。高光喝醉了，倒在一楼诊疗室的小床上睡着了。魏娜也喝了很多酒，在跳舞，霍华德·弗兰克在弹着一种叫踏巴巴的非洲乐器。那是类似冬不拉的弦乐器，在木头架子上安装了一个骆驼皮蒙制的共鸣箱。他弹拨起来，我们听到了沙尘暴来临的激烈,听到了情欲勃发的沸腾。

月亮出来了,非常明亮。我没有喝多,我感觉今晚有事情会发生。

果然,歪倒在一层诊疗室椅子上装醉的我注意到,在二楼的一间按摩理疗室,魏娜先进去了。停了一会儿,我听到霍华德·弗兰克的脚步声,他也进去了。接着,发出了遥远的猫叫声,或者是河马的呼哧呼哧喘息的声音。在这样一个奇特而怪异的夜晚,他们一定做了烈日对沙漠做过的事情。

六

第二天,雨过天晴,天气大好。一觉醒来,我发现高光急得像热锅上的蚂蚁。原来,魏娜不见了。显然,她和霍华德·弗兰克一起消失了。或者说,她跟着霍华德·弗兰克私奔了。

这是我早就预料到的事情。可高光却没有想到。他在团团转,在二楼霍华德·弗兰克居住的那间屋子里寻找蛛丝马迹。最后,找到了几张纸,上面有些英文字样。

我抓过来,翻译成中文给高光听:“这个,好像是他写的什么文章的大纲。嗯,他在写书,这本书叫作《百万中国人在非洲:第二大陆》。难道,这个霍华德·弗兰克是个调查记者?他来非洲不是找他弟弟的,而是写中国人在非洲的?他也许是个间谍。”

高光气急败坏地说:“他写啥都和我无关,他是什么人我也无所谓。可他把我老婆带走了,这是夺妻之恨。我一定要找到他,我一定要杀了他!”

我劝慰着高光,说:“你不要着急,先稳住心神,过两天,可能魏娜自己就没臊没皮地回来了。她跑出去,在非洲这地界,无论如何,都没有生活的经验和能力,肯定还会回来的。”

高光的眼睛渐渐亮了。他听了我的话,说:“等等看,看看魏娜是不是会回来。也许她真的会回来!”

高光就这么等了一个月,魏娜还是没有音讯。

这段时间里,高光被小风一吹,也面瘫了。他指导我给他针灸,烤电。他对我说:“魏娜是铁了心跑了,还是被弗兰克给害了呢?我要去找他们,我一定要去找到他们。”

我无言以对。我知道有时候生活就是这样,

突然带来它的重锤,给人以重大打击,让你猝不及防。人性的复杂就是一个深渊,谁都看不清,闹不明白。比如我,怎么能想明白魏娜会跟着霍华德·弗兰克离家出走呢?高光这么好的一个中国男人,背井离乡,跟着魏娜来到了非洲肯尼亚的内罗毕,她怎么能抛下他,说走就走呢?

可事实是,这样的事情真的发生了。

有一天,诊所里来了几个基库尤人。

基库尤人是肯尼亚古老的土著部族,生活在肯尼亚的东部。听说高光能够诊治失眠症,其中一位饱受失眠症折磨的基库尤人部落的首领找过来,让高光给他治疗。

高光熬了中药汤药,味道很不好闻,在诊所里弥漫。他让那个头戴装饰性花环的部族首领喝了三天汤药。结果,那个基库尤人部落首领果真不再失眠了。

奇特的是,这个部落首领让懂英语的翻译给我说,我又翻译给高光——部落首领根据自己的测算,知道高光的老婆跑了。她跑到了肯尼亚的大河边。后来,又走过了肯尼亚最高的肯尼亚山。她一直在路上走着呢,不知道她要到哪里去。你要不要去找她?

高光兴奋起来了："当然，她是我老婆，我当然要去找她。"

然后，几个基库尤人就走了，留下诊所里怅然若失的高光发呆。

"这么说，她还在路上，她还活着呢！"高光告诉我这个情况，"我要去找她！"

"那你的诊所怎么办？"

高光双眼发亮："留给你了，兄弟！我看，你无论是针灸、刮痧、拔罐、烤电、抓药、把脉问诊，样样都很在行。你只要穿上我的白大褂，就能坐诊了。我得去找魏娜了。"

高光开着他的皮卡车，前去寻找魏娜了。我不知道他会如何寻找魏娜，到哪里去找魏娜，但他上路了。

我听了他的话，穿上白大褂，坐在他的诊所里行医。这事儿是不是很奇妙？真的很奇妙。

七

等到我在他的诊所里坐诊一年多，也感到厌烦的时候，我也上路了。毕竟我只是一个三脚猫，是临时替补高光当上中医大夫的。我要去找高光。人人都要在路上，每个人都有多种可能性。这就是非洲的魅力。你来到这里，一不留神，就会变成另外一个人。

我听说高光去了肯尼亚的一条大河边。那条河叫作塔纳河，是肯尼亚最大的河，发源于肯尼亚山上的冰川，也带给了肯尼亚旖旎的风光，养育了大量的动物，也养育了很多肯尼亚人。

我驱车前往那里，在波光粼粼的塔纳河边寻找高光的足迹。

我走啊走，在河边当地人部族的茅屋处，找到了动物保护组织的几个人。他们住在那里，救护失去母亲的大象，救护被偷猎者割掉犀牛角的犀牛，救护长颈鹿，救护飞鸟。特别是救护脖子受伤和腿部受伤不能飞翔的火烈鸟。

我说明了来意，说我来找一个中国人，他叫高光，你们谁可曾见过他？他的脸上有点儿坑坑洼洼的。

他们告诉我，去年，确实有一个姓高的中国人在这里住过，可能就是我要找的那个人。有意思的是，这人救助了一个失去母亲的小河马，每天给小河马按摩。河马快速长大了。我知道成年之后的河马块头很大，一般有三四吨重。这头河马每天白天都要去塔纳河，跟一个河马群在一起，晚上就回到高光所在的茅屋里，让高光给它按摩。

“什么，他变成了一个河马按摩师？”我啼笑皆非。可在非洲，一切皆有可能。这说明，高光还没有找到魏娜，他却变成了一个动物保护者，参与到肯尼亚动物保护组织的工作里了。

“是的，”那个动物保护组织的一位高大的白人女性告诉我，“那个河马简直就像是高先生的孩子，每天晚上都要回到高的身边，让他给它按摩。”

“他是怎么给它按摩的？”我哈哈大笑，想象不出来高光怎么给河马按摩。

“用手给它按摩，按摩它的头部、脖颈、背部、四只脚，还有屁股，按摩河马的每一个部位。这个河马很懂事，来找高的时候，就直接进来，趴在高给它准备的一个由两块木头搭建的槽里，下面铺着干草，闭上眼睛等待高的按摩。它很享受人对它的按摩，上瘾了。直到有一天，它被盗猎者打死了。”这个女人的眼圈红了。

“盗猎者打死一个河马干什么？它没有象牙、犀牛角和虎皮那样的价值啊！”我很惆怅。

高光给河马按摩的故事太有意思了，可怎么能就这么结束了呢？

“盗猎者喜欢吃河马的肉。他们杀掉河马，会立即把河马内脏取出烤制，制作成烟熏烘干河马肉，带在身边，作为干粮，继续和我们捉迷藏，在森林里、裂谷中和大草原上，进行他们的盗猎活动。”

我沉默了。我能想象到这只通人性的河马，在被盗猎者杀死之后给高光的心灵带来的冲击。

“后来呢？河马死后，高光去了哪里？”

“那匹河马被杀之后，他得知了情况，就跟着一支保护动物的巡逻队，朝着肯尼亚山国家公园方向去了。”

我决定去肯尼亚山国家公园找寻高光。我们每个人都在世界上寻找着什么，可总也找不到。高光、魏娜、霍华德·弗兰克和我，都是这样的，我们都在非洲寻找着别样的人生。

内罗毕到肯尼亚山国家公园的距离是一百九十公里，我已经走了一百多公里的路了。那里有一座海拔5199米的肯尼亚山，是非洲第二高的山峰，有雪峰和森林，有各种各样的动物栖息。我猜想，高光一定在肯尼亚某座青山的高处，等待着我前来和他会合。

2020年

散文

山之颜色(选章)

从博格达峰下出发

每一次旅行都会有一个出发的地点。去新疆北疆地区的阿勒泰地区,有两条线路可以走,就是西线和东线。西线一般是从乌鲁木齐出发,沿着准噶尔盆地西侧走217国道,途中要经过昌吉市、石河子市、克拉玛依市、福海县,然后抵达阿勒泰市、布尔津县,最后抵达喀纳斯湖。东线也是从乌鲁木齐市出发,走准噶尔盆地东部边缘的216国道,直接抵达阿勒泰市,然后到布尔津县,北上抵达喀纳斯湖。

我在登上汽车的时候,看见了辽远的天际线下逶迤而去的天山山脉,它的东段主峰博格达峰的身影巍然挺拔,正在白色的雾岚缭绕之中隐现。

我决定到阿勒泰的喀纳斯湖和额尔齐斯河流

域去。这是新疆的金秋九月，秋天仿佛正从澄澈的天空深处俯冲下来，大气之中夏天的焦躁气息正在隐退，而秋天就要到来了。秋天是新疆最美的季节，它的颜色在这个季节层次最为鲜亮、分明。

阿勒泰的山、河、湖、海在今天的名气已经越来越大了，号称“金山银水”。山自然是阿尔泰山，这条山脉是中俄哈蒙四国交界的大山，也是新疆“三山夹两盆”地形地貌最北部的屏障。这座俗称“金山”的山脉里蕴藏的故事一定比它的金子还多。河是中国版图上唯一一条流向北冰洋的河——额尔齐斯河，我很早以前就想到它的岸边看看了。湖就是神秘的高山湖泊喀纳斯湖，它的湖怪传说早已世人皆知。而海，是位于福海县的布伦托海——它的水面面积有一百五十五万亩，一般人的确想不到新疆准噶尔盆地的大戈壁滩上，还会有一片像大海一样的水域和像黄金海岸一样的银沙滩。

我此行的计划就是把阿勒泰的山、河、湖、海都走遍。

在新疆，你才能够发现人与自然的关系是那样紧密，而人与人的关系相反要次要和单纯一些，在高山大漠面前，人所受到的威胁更多地来自自然。在新疆的三大山系的边缘，分布着三条城市和人居地带。他们的繁衍生息靠的全是冰山上的冰雪融水，而曾经繁华过的古丝绸之路上的古城，就是因为水源的匮乏而永远地消失了。

汽车离开城市，沿着一段高速公路向北开去。博格达峰在我们的身后渐离渐远，直至在云雾和布满浮尘的空气中消失。

216国道：像音乐一样的道路

汽车沿着准噶尔盆地东部边缘的216国道一路向北前行。先沿着乌鲁木齐到大黄山的高速公路向东走了一段，然后开始上216国道一路向北。

216国道的路况很差，在地图上标明的国道，其实是一条并不宽的二级公路，而且才修了几年，现在到处都是坑坑洼洼的损坏的路段，每走几百米就会看见有人在给道路打补丁。

一开始我坐在车里还有些紧张，因为司机把车开得太快了，我看了一下仪表盘，时速在一百三十公里左右。要知道，这可是在路况很差的216国道上啊！大约走了一个小时，我的心情放松了一些，不再紧张地看着前方的道路，才不经意地朝窗外看了一眼，我看到了十分壮阔的西部景观。这种景观在随后的一个多月时间里一直伴随着我，使我的心胸也像这样的风景一样辽阔。

在我们高速行驶的公路四周，是一望无际的准噶尔盆地中的大戈壁滩，颜色是黄褐色和黑红色交替的杂色，四周看不见一个人，只有间或和对面开来的汽车交会时，我才看到了对面车里的人。有时候，可以看到不远处的戈壁滩上，一些"磕头虫"——一种不断地从地下抽取石油的机器在缓慢地磕着头，再也看不到活动的物体。

戈壁滩上，风是很大的，我只是把车窗开了一个缝，就听见风声如同魔鬼的号叫。远处天空中有时会有一只老鹰在飞，它的翅膀被风吹得倾斜了，可它还在努力地飞。小型的龙卷风在不远处的戈壁上移动，很快又消失了。这是十分寂寥的景色，让人绝望和发狂。从我们出发的博格达峰下到阿勒泰，要走七八个小时，这是一段漫长的旅途。但是，走了一百公里以后，我才发现了216国道的道路之美。

在我们的四周，在远古时期曾经是海洋的底部，今天，它变成了几乎寸草不生的戈壁，只有少许沙漠植物可以在这里艰难地存活。而这条公路,笔直地穿越了戈壁之海。道路的起伏只是地形的起伏,我们的车子仿佛是在大海上航行一样,一会儿跌入了波底,一会儿又跃上了波峰。在整个旅途当中,司机不停地放着各种各样的音乐,从而使这条路变成了一条音乐一样的道路。或者说,这条道路本身就是一条音乐一样的道路,因为它的起伏悠扬,因为它的一马平川。

的确,有时候,道路至少有二十公里都是笔直的,汽车高速行驶仿佛披荆斩棘,两边的大地不停地向后退去,这样的行程就像音乐一样迷人。我的脑海里映现了很多美国西部公路片的镜头。在那些影片中,汽车孤独地在红褐色沙漠的陪伴下一往无前,主人公的神情忧郁而又深沉。

突然,我好像看到了一只黄羊。它正在路边的一处水洼里喝水,看到远处开来的汽车,吃了一惊,慌忙逃开了。

同行的朋友告诉我们,黄羊喜欢喝水,我们很快就要进入卡拉麦里山有蹄类野生动物自然保护区了。他说,这里原来有一个脾气倔强的老头,每天一个人背着枪在保护区的大戈壁之中转,看到偷猎者,就一追到底,有一个偷猎者就是让他不依不饶地送到了监狱中。但是,这个闻名千里的老人现在已经去世了。目前,偷猎者的活动仍时有发生,屡禁不止。

五彩湾

我们中午停车吃饭的地方叫火烧山,很像一个路边的驿站。十几家饭馆沿着马路两边懒散地排开,看不见多少人烟。每家门口都停着几辆长途汽车,司机和旅客都进了饭馆,他们都是匆忙赶路的人。刚才在路上,我看见有的地方的小丘陵五颜六色,我知道,五彩湾到了。

其实,五彩湾离216国道还有二十多公里,需要汽车向西开进去,那里全是紫红、褐黄、姜黄、土黄、灰绿、灰白色的丘陵,每座丘陵在颜色上都分好几个层次,呈现出五彩缤纷的面貌。因此,有人给这里取了"五彩湾"这样一个绚丽而充满诗意的名字。

但是,这里的景观仍旧是让人发狂的空寂和苍茫。除了钻井工人光顾这里以外,连飞鸟都不愿久待。也没有水,人是很难在这里生存的。这里的风很大,因为是在荒野上的平坦地带,大风刮过时一览无余，呜咽有声。

一亿年前，这里还是大片的森林和湖泊，到处是草原和植物，恐龙非常活跃，它们穿行在森林和湖泊之间。这里生长着巨大的银杏树、苏铁树等，到处是生机盎然的景象。但是，激烈的地壳运动使这里的一切发生了改变，高山变为湖泊，湖泊和森林又被泥沙掩埋，变成了荒漠和戈壁。在一次次剧烈的地壳运动中，恐龙灭绝了，变成了化石，大片的森林被埋入地下，含有二氧化硅的地下水渐渐地把这些树木变成了硅化的石头森林。这是沧海桑田的一幕。

我就有几块硅化木，它已经石化了，但是木头的纹理和树结仍旧清晰可见，却毫无木质的纤维。它变成了一块真正的石头。

五彩湾是受流水和戈壁上的风的联合作用形成的侵蚀丘陵。火烧山可以说是五彩湾的另一个名字，因为被火烧过的山，当然会呈现出五彩的面貌。它是大地的奇迹，是太阳和风的杰作。今天，这里已经是一个不小的油田，是准噶尔盆地东部油田的一部分，和盆地西部的克拉玛依油田相互辉映。

我们吃过大盘鸡，喝了浓茶，稍事休息，又上路北行了。接下来的路程还有五百多公里。路稍微好开了一些。天宇寥廓,大地就像是自动在我们的脚下向后漂移,或者说大地它自己在旋转个不停。

很长一段路,我们都是行驶在卡拉麦里山有蹄类动物自然保护区的路段里。朋友告诉我,这个保护区除了黄羊,还有蒙古野驴、狼、狐狸等。尤其是有时候可以看到蒙古野驴,它们一般都是群居,一大群像一阵旋风一样从戈壁滩上飞驰而过。我就专心地注视着窗外,希望能够看见蒙古野驴和黄羊群,但是我再也没有看见。朋友告诉我,一般下雨之后才比较容易看见它们,因为它们都要到公路边上的水洼喝水,三五成群。而且,那时候它们也不太怕人。

太阳一直向西坠去,我们的车子就像是在追着太阳走,但是老赶不上太阳的步伐。过了乌伦古河大桥以后,汽车开始向西。这个时候,已经是黄昏了。

我永远也忘不了那天辉煌的落日。当时,它已经将大地涂抹得一片金黄,戈壁的令人悲哀的颜色被黄昏的太阳映照得十分亮丽,漂亮和生动得让我睁不开眼。我专心地看着窗外的景色。这一刻我是贪婪的，我甚至希望能够发现屹立在路两边的草原石人，但是它们不在那里。事后司机说，在后来日落西天、黑暗要从地下浮升之际，他感觉今天的行路“好像是拉开了大地的拉链”。

他的这个比喻十分精妙。的确，我们今天的旅途是第一天的行程，我们在公路上跑了七百多公里。这条公路就是我们拉开的大地的拉链。拉开了大地的拉链，我们就可以和这片土地的真正面貌相遇了。

逐日之旅在太阳西坠之后就要结束了。到达北屯镇之后，天黑了。这是兵团的师部所在地，星星点点的灯光咬破了黑暗，人居气息扑面而来。这是一座清新繁茂的市镇，我们稍事停留，继续向北，向阿勒泰市进发。

午夜一点，我们到了阿勒泰市。

阿勒泰的清晨

第二天一大早，我们在阿勒泰市散步。想不到阿勒泰市这么小巧，又这么美丽。一条叫克兰河的额尔齐斯河的支流，贯穿整个阿勒泰市狭长的市区，甩动着洁白的浪花，在大大小小的鹅卵石上奔腾而过。昨天夜里,在宾馆的房间里我就听了一夜它的流水声。秋天的影子在路两边高大的杨树的阴影中重叠,一些树叶交替着绿色和黄色,显现出季节的脚步。

在阿勒泰市区随便走着,我可以感受到这座城市的风度。它是十分安详的,一副不急不躁的样子。整座城市夹在两边的不显高峻的大山之间,很多房子临河而建,红色的屋顶是尖顶的,有少许俄罗斯建筑的痕迹。

新疆北疆的城市算是中国西北地区最漂亮的城市了,比陕西、河南、湖北、江西这些中西部省份的城市都要漂亮,尤其是县城。很多兄弟省份县城的乱糟糟和新疆小县城的干净整洁、人烟稀少形成的反差特别强烈。早晨我们在市区散步,试图找到进入这座城市的钥匙。

在克兰河边我忽然想起来一个喜欢收藏石头的朋友,她听说我要到额尔齐斯河来,就托我给她带回一块额尔齐斯河的石头——她可能已经把中国大多数河流的石头都搜集到了。我就在河边搜寻可心的石头,希望发现别致的东西,但是我没有发现,或者在宛如金色麦芒般阳光的照射下,河滩上的所有的石头都是一样的,都被早晨的阳光掩盖了别致之美。找石头就像找恋人一样，需要一见钟情。我没有找到一见钟情的石头，就不再搜寻，而是把手伸进河水，立即感受到了一种刺骨的冰凉。这种水是可以让我手脚抽筋的。

我看到很多孩子在河边的小路上疾步走路，像是要赶着时间去上学。他们有汉族，也有哈萨克族。一个女孩像要哭了一样，问我："叔叔，几点了？"我告诉了她时间，她脸上的表情似乎放松了一些，但走得更快了。

这样的清晨对于我来说也是久违了。我仰脸看天，天空中的云很少，太阳一跃上了山顶，又一天开始了。

小东沟森林公园

哈萨克族人恩特马克在餐桌上给我们讲了阿勒泰的哈萨克族人的来历。这里的哈萨克族人要占总人口的一半多，自古就是多民族汇聚和哈萨克族人的祖居之地。十五至十九世纪的哈萨克汗国时代，哈萨克族分为三个玉兹。玉兹是哈萨克族人一些联合部落的称呼，比部落的单位和人口要大和多。经过《中俄伊犁条约》等的几次划界，现今中国境内的哈萨克族主要是中玉兹的克烈部落、乃曼部落、瓦克部落等。

一般部落下面分为一些大的氏族，大氏族下又分小氏族，小氏族是游牧的哈萨克族人的具体生产单位。氏族内部实行父系家长制。自古以来，一般七户以上、十五户以下在一起聚居，这个生活单位叫“阿乌尔”，是比小氏族还小的生产和生活单位，几个“阿乌尔”就可以形成一个小氏族。部落联盟的首领就叫“汗”，几个部落联盟的首领推举出“大汗”，从而形成一个统治集团。

在随后的日子里，我们就要进入另一个民族的生活核心了。这样的心情是令人激动和充满期待的。

在阿勒泰还有一些好的去处，像桦林公园、小东沟森林公园、切木尔切克墓葬和陨石群、杜拉特岩画、五指泉等，我们都去看了看。

桦林公园是阿勒泰市的市民公园，处于克兰河一个又宽又浅的漫滩上，由克兰河的六个河心湖小岛组成，长满了以白桦林为主的混生林。

白桦的叶子在深秋的时候要变成嫩黄色，有的品种要变成火红色。但是，我在桦林公园中，还没有看到几棵桦树的叶子变成黄色和红色。是因为秋天还隐藏在高空深处吗？已经是金秋九月了，可秋天还没有将树木染遍。实际上，整个阿勒泰地区就像一个大的自然国家公园，这是我在随后数十天的游历中体会到的。我那天对人工气息颇浓的桦林公园兴趣不是很大，因此，我们驱车到离市区十公里左右的小东沟去看山了。

汽车在山沟里歪歪斜斜地走了一阵，进入小东沟的河谷。有很多为旅游而搭建的毡房正在被哈萨克族主人拆掉，因为旅游季节就要结束了。

山是必须要登高一看才能体会到它的妙处的。小东沟位于克兰河上游的河谷内，在潺潺的小河边，生长着很多桦树、柳树、杨树和新疆特有的云杉。我们把车停下来，沿着一个坡地向山坡上爬。我很快就爬到了坡顶，算是站到了一个制高点上，向四下看去。四周顿时显得开阔起来。从山上看，河谷里的树林就像是河谷的秘密一样被山谷包容，而南面的山坡上，因为向阳的原因，生长着大片的塔松。塔松就像小小的宝塔一样耸立，十分齐整，又像是当年成吉思汗的大军，准备着又一次的征战。向更远处的山峦望去，可以看到山上已是白雪皑皑。

这里是雄伟的阿尔泰山脉的一部分。我站在

山坡上，就是为了感受一下阿尔泰山脉的风和景。只要一站到高处，我就能够体会到新疆的大地属性。现在，天宇寥廓，山坡像是一面温和的手掌托着我。

其实在新疆，真正雄伟的山脉应该是昆仑山和天山。这两大山系都有着连绵不断的高峻的山峰，海拔一般都在七八千米。与天山和昆仑山相比，阿尔泰山脉要矮得多，喀纳斯湖上游中国境内的友谊峰，海拔也就4374米。但是在阿尔泰山脉中，有着唯一的欧洲西伯利亚动植物分布区，因此也是中国唯一有着和欧洲一样自然风景的地区。我在这一年的秋天看到了这样的风景，迷醉于它的幽深和辉煌。这是阿尔泰山脉奇过天山和昆仑山的地方。

杜拉特岩画

在新疆广大的地区，历代游牧民族在漫长的岁月里留下了很多文明的痕迹，岩画是他们突出的作品之一。阿勒泰地区的杜拉特岩画，就是青铜器时代甚至是更早时期游牧民族的文化遗迹。

杜拉特岩画位于阿勒泰市郊的杜拉特地区。

在一片向阳的坡地上，我看见一大片倾斜的山石，它们就像是被谁斜插在地上似的，凌乱而粗犷。在这些黑褐色山石上，雕刻有很多的马、羊、狗、牛、鹿等动物图案，大多雕刻得相当丰满生动。此外还有狩猎的场景，人和动物都在奔跑，他们的追逐栩栩如生。有些岩画可以看出是祭祀场面，因为年代久远，有些岩画漫漶连成一片了。这是距今几千年的游牧人痕迹，上面马牛羊的造型很特别，有的动物体形十分夸张，技法十分成熟，有些动物岩画画出了内部透视的效果，有的笔触已经相当细腻。可以看出古人对他笔下动物的审美变形和强调。

岩画是阿尔泰草原文化的重要内容，大都分布在山沟向阳的坡地，或者是沟底。附近一般都有山泉或者河流这样的水源，四周水草茂盛，是放牧的好地方，环境优美动人。

可以想见，在好多年以前，那些逐水草而居的游牧人一路浩歌来到这里，兴之所至，在路边的岩石上刻刻画画，而后又追随季节而去，年复一年，代复一代。他们实际上是集体创作了这些岩画，从而使岩画具有了民族文化的符号象征意义。谁是岩画的知识产权的拥有者并不重要，重要的是岩画已经是一个游牧民族的记忆与形象。

这就是艺术起源的一种解释。人类最早的艺术家都是这样产生的。他们的创作就是源于兴趣。他们隐名埋姓于人群之中，只是把生命的印记留给了大地。他们不像今天的一些艺术家那样图名图利，他们只是想着创造。岩石的生命比个体生命要长久得多，而那些不知名的岩画艺术家，他们已经消失在时空中。通过这些依旧清晰的岩画，我们可以看到他们热烈的生活和艰辛的劳作。可以想象，千万年前的人和我们有着一样的对美好生活的向往和渴求。

切木尔切克墓葬和五指泉

在阿勒泰市郊，有一片古代墓葬，被称为切木尔切克墓葬群。

它四周地势平坦开阔，被一片荒漠和戈壁包围着。这个墓葬分布的面积很广，延续的时间较长，可以上至战国时代，下至唐代，绵延千年左右，因此具有较高的考古价值。墓葬的形制分为两种，一种是坟院式，即有很多墓在一个大土围子里；另一种是单墓式。我在阿勒泰“博物小馆”——说它是博物小馆，是因为它实在不算大，面积只有八十平方米左右，唯一的解说员还是一位年轻的女会计兼的。平时不对外开放，只对来访阿勒泰的客人开放——了解这个墓葬群的情况。这个墓葬群的主人是早期生活在这里的中亚古游牧民族，还与中原文化有一定的联系。

在切木尔切克墓葬群开阔的荒滩上，我看到了石人。这些石人一排五六个，立在墓葬群的东面并且面向东方。

草原石人一般都立在墓地边上并面向太阳升起的地方。石人有武士、女人和老人，把它们立在墓葬地之东，有祖先崇拜和祖先保护的含义。我面对着石人，看着石人默默不语的样子，感受到古老神秘历史的沧桑。有些石人的造型和雕刻十分精细，尤其是武士石人，身上佩的宝刀和手上拿的酒杯十分逼真，可以想见古代生活在这里的民族那英武和豪迈的尚武精神。附近的墓葬群大都用石质材料构成，分为两种，一种是封土石堆墓——将死者埋入地下，地表堆砌石块；另一种就是石棺墓，即直接用石头打造棺材。

一代英豪尽逝去，此地空余石人碑。

朋友告诉我们，附近还有一个好的去处叫五

指泉，是一眼神泉，我们决定开车去看看。

流经阿勒泰的克兰河有一条支流叫汗德尕特河，小河岸边有一处悬空伸出的大石头。这块巨石是花岗岩石质，底部有泉水汩汩流过，经过千百年的流水和风蚀作用，石头底部形成了五个指头的形状，因此有人将它称为五指泉。可这并不是令人称奇的地方，关键是在悬石和下面的垫石之间的缝隙里，有人用笔画上了一个古代首领的头部画像，这里就变成了一个小小的“圣泉”。四周的树枝上，系挂着很多彩色的布条，是当地居民和路过的游客表示的对首领的敬意。

这里的居民有不少是蒙古族，他们的来源可能和首领当年的西征有关。五指泉是一眼神泉，是因为有首领的保佑吗？

五指泉位于阿尔泰山的一片海拔900米的丘陵地带，地势平缓开阔，它下方的河谷中，生长着茂密的杨树和白桦树。秋风拂过脸颊，站在高处，我看见河谷沟底一片金黄，如同俄罗斯凝重的油画风景。

黑陨石

在阿勒泰停留的第二天上午，我们乘车前往喀纳斯湖。我这几天经常做梦，梦见那一面荡漾着幽蓝色波浪的湖水，似乎长着一个巨大的嘴唇，在向我说着什么。所以，这天我的出发，已是迫不及待。

中午的日光十分毒辣。汽车开出市区不远，就是一片荒漠地带。再往前走，大地在我们脚下转动，远山隐隐现现，总像一幅画不尽的水墨画。

在出城不远的荒滩上，可以看见路两边各有一片墓地，一边是汉族人的土葬群，另一边是哈萨克族人的墓葬地。两块墓地隔路相望，就像仍旧是生前的邻居一样。我的目光徐徐扫过两边的墓地，内心升起一种肃穆的敬意。他们曾是这里的生者，民族不同但是对土地的感情是一样的，所以死后的墓地仍旧相邻。

我发现汉族人的土葬很简单，一堆黄土就是一个坟，而哈萨克族人的墓葬要隆重得多。问同车的朋友，他证实了哈萨克族有死后厚葬的习俗。哈萨克族人认为，人生的时候住流动的毡房，生活劳顿奔波，死了一定要住结实的“房子”——

他们的墓地很多都是用石头或是水泥建构的，相当坚固。

汽车前行不远，在公路的边上，我看见不远处有一片黑色的石头堆。我想，这可能就是切木尔切克陨石群了。

我们向陨石堆走去，一个正在旁边盖房子的人走了过来。朋友用哈萨克语和他交谈，明白了他要收门票——陨石群被人用铁丝栅栏随便地围了起来，一个人一块钱。我想，这是他难得的收入机会，就给了他几块钱，他立即敏捷地打开小栅栏门，引导我们进去。陨石堆高三米左右，散落的长度约四十米，大大小小有一百多块，颜色黑中带灰，看上去就不像是一般的石头，很神秘地堆在这里。

我问这个看石头的人，这些石头过去一直就在这里吗？他也回答不上来，只是手里拿着一块小石头，在那些天外来客上敲来敲去。陨石在他的敲击之下发出不折不扣的金属的声音，十分清脆，又带着一些回音，就像吹银圆时发出的声音一样，似乎还带着一种轻微的呼啸。

这是金属的呼叫。它们的质地坚硬，密度很高，大都呈不规则的圆形，就像是一些大型的被烧黑的土豆。我可能是美国科幻片看多了,担心这些石头会活过来,或者是会招来外星人,有一种淡淡的疑惧,随便在石头上敲击几下,就又上车了。

没有人能说出从什么时候它们就在那里了。当地的朋友也说不上来,好像是有一天它们突然地就出现在了人们的视线当中。

灿烂的向日葵

越野车在通往喀纳斯的公路上高速狂奔,四周的景色仍旧是惯常的开阔、荒凉,黄褐色的戈壁一望无际,没有人烟。但是,每当看见这样的景色,我就很快活,我的视线没有任何的阻拦,可以极目远眺,或是正视前方,随便一看就可以看见很远的地方。这是一种十分广阔的风景和心境。

抵达布尔津县之后,从这里通往喀纳斯湖的路有两条,一条是从布尔津县北上,但是,当时这条路正在修建成更高等级的路,因此,我们只能绕道经过哈巴河县北上,前往喀纳斯湖。

我们的汽车没有进哈巴河县县城,而是从县城边上的一条进山的路,向北部的阿尔泰山区进发。这里是一片湿润的低地,种植了大量油葵,向日葵那黄色的脸庞,都向着太阳,汪洋一片,十分美丽壮观。向日葵是一种洋溢着生命热情的植物,最容易被人看成是某种象征物。比如画家凡·高的向日葵,已经不是向日葵了,被附着其上的东西升华了这种植物本身。但是即使如此理性,当我看到眼前大面积的向日葵那金黄的颜色之海时,还是禁不住感到战栗。它们在清风之中微微晃动。这是我在新疆的荒漠戈壁看到的最热情洋溢的植物了,那饱胀着热情和生命力的身躯,会让每一个看到它们的人感到一阵晕眩。

我们的车走得很快,没过多久就进山了。一开始,山的海拔并不高,也是秃顶的,几乎不长什么植物。但是只要你细心地看,还是可以发现在黄褐色的岩石边上,匍匐着一种植物,就像一种松柏,只不过它是贴地而长的,一丛丛十分茂密。朋友告诉我,那种植物叫"土二条",是一种爬山松,生命力十分顽强,就扎根在岩石的缝隙里,靠偶尔的雨水生存。土二条的绿色几乎是这一片山地仅有的绿,给令人绝望的荒山增添了星星点点的生机。

再往山里走,盘山路越来越惊险。这条路全是沙石路,汽车过后尘土飞扬,沙石乱溅。慢慢地，我看见了高山上的松柏群，远山之上的白雪也能看见了。这里的绿色渐多，也能够看见赶着羊群、马群和牛群的牧人在路上走着。有一段路，我们是在中国和哈萨克斯坦的边境线上走着。我停下来，远眺两道山峦的界沟。这里叫作白哈巴村，有一个中国最靠西北的边防哨所，我们站在路边也可以看见。

哈萨克斯坦境内与我们这边相比，似乎树要多一些。一缕缕傍晚的炊烟在边界两边升起，安详而又寂寥。本来我很想到边境上看看，但是时间已经不早了，马上要到喀纳斯湖，不便停留，就上车继续沿着盘山道前行。

这个时候，天气遽然冷了。天色暗淡之际，翻山越岭，我们终于到达了喀纳斯湖。

喀纳斯湖月色撩人

喀纳斯湖在两山之间的山谷里。天已经黑了，我看不见它的真正面貌，只能闻到湖水甜湿的潮气。我们住的房间是红屋顶的木屋，外观很好看。听说这些木屋是在俄罗斯建造好，然后整体搬运过来的，为的是不要就地取材，破坏环境。

这些具有北欧风格的木屋很暖和。在山里，昼夜温差之大相当于夏天和冬天的差别。吃过晚饭，我们想去湖边看看，就穿上棉袄，出了木屋。

刚才我还看见月亮已经升起来了，但我们出了门，却不见一点儿光亮，可能是云层掩盖了它。星星的光极其微弱，仿佛离这里极其遥远，起不到照明的作用。黝黑的山体在青黑色夜空的衬托下起伏不定，如同埋伏的巨兽。木屋四周全是影子很黑的松树，偶尔传来不经意的树枝自然折断的声音。夜鸟从远处飞过，在山谷里留下了一阵扇动翅膀的惶乱的声响。

我们摸黑沿着一条通往湖边的小径而去。路是木板铺就的，踩上去发出了空洞的声响，吱吱有声。我走得小心翼翼，生怕旁边的树林里会跑出一头怪兽。其实，这是可笑的心理暗示。

木屋离湖边很近，只有二百多米，不过需要曲折穿越一小片高大的松树林。顺阶而下，我闻到潮气和松树的清香更重了。再走几步，就来到了湖边。此刻的喀纳斯湖十分静谧，淡淡的月光下，湖面的颜色微微发着奶白色的光，看不见它的波纹。没有风，一条木质的栈桥伸向湖面几十米，我沿着木桥走向湖面。这是一个停船的小码头，一些摩托艇都在休息,一两个看船的人在一条船的船舱里说话。此外,再也没有别的声音了。

湖面相当开阔,但是没有风就没有任何声音,这一刻是我遇到的少有的良辰美景。我的心和这里的风景一样安详静谧。多少次,我从地图上注视着这一片中国最西最北的高山湖泊,想象和它相遇时的激动和激情,但是当我真正地和它相遇时,这一刻却十分安宁平常,没有一丝波动。

月亮有时候会从云层后露出脸来。它的清辉照耀着湖面,给湖上撒下了一层薄薄的轻纱。我仰脸看天,星空比刚才清晰了,也离我更近了一些。星空中的星星十分繁密,似乎在慢慢地旋转,用你不易察觉的方式和速度在旋转。我低下头,再仰起脸,就找不到刚才我注目的那颗星星了。

这样的心境和经验于我也是少有的。在平时,我们有多少次真正地凝视过我们头顶的星空?我们有这样的闲暇和心情吗?我们遗忘的有我们关注的多吗?当我凝视星空和湖水的时候,心中洋溢的是一种甜蜜,脸上挂着的一定是平和的微笑——虽然我自己看不见。

这是一种生命"朝向满溢"的状态。在今天的半遮半掩的月色下,我体会到了类似"大自在"的自在。

忽然，通往这里的湖边小径上传来一阵人声。又有一群游客过来了，他们的声音打断了我的思绪，我听见他们在谈论湖怪。

这里真的有湖怪吗？没有人真正看见。现在通行的说法是，这里的湖水中，出没着一种学名叫“哲罗鲑”的大红鱼。它虽然很大，但是比起传说中的湖怪，还是小多了。

夜色渐浓，倦意上身，我就和伙伴返身归去。

向一匹马靠近

我起得很早，就出去散步。

早晨的太阳还没有从山顶上翻越过来，天青天蓝，逐渐放亮。在瑞士风情的度假木屋前，有一片很大的草滩，几匹马在那里垂首吃草，不时地甩动一下长长的尾巴。我想向它们靠近，就朝它们走了过去。但是，在我还离它们几十米远的地方时，它们就嘶鸣着轻轻向前跑远了。

取得人的信任都那么地不容易，取得马的信任，也是一件不容易的事。我在这个早晨要靠近一匹马，我的这个主意打定了。我就想起电影《马语者》里罗伯特·雷德福演的牧人，想起了他靠近一匹烈马的经验：他一连几天蹲在离马不远的地方凝视那匹马，让它熟悉他，然后再一点一点地靠近它。

于是，我就蹲在草丛中，远远地看着它，看了一会儿，就向它靠近一点儿，这样它并不警觉。这个办法看来有点儿效果，那匹马在我站起来的时候并没有跑开，仍旧在吃草。我手里拿了一把青草，慢慢地从正面向它靠近。因为靠近一匹陌生的马，你千万不要从它的背后向它贴近，那样它会害怕。我看见它有些犹疑，想要跑开，我就停下脚步。直到它认为我没有恶意，我一点一点地靠近它，然后，我离它很近了。我们四目相对，我的目光非常柔和，然后，我将手里的青草递给它。

这一刻是关键性的，就像你向一个女人求爱一样，就看它怎么回答了。

它可能想了一下，就走上来吃了我手中的草。我松了口气，慢慢地伸出手，抚摸它的鼻梁。它接受了，然后，我一点一点地抚摸它的脸和下巴。通过这种抚摸，一匹马才可能和你有感情的交流。我花了一点儿时间和它交流，看来它信任我了。

我就又向它靠近，开始抚摸它的身体的一侧。看来，它不觉得我有任何威胁。直到我打算像印第安人那样翻身上马时，它吃了一惊，闪身躲开，没有让我骑上去。

但它又没有跑远，眼神里似乎还有一点儿歉疚，因为它已经接受了我。我还想试一试，但是朋友在远处喊我吃饭，我就离开了这匹马。

喀纳斯湖的雾

吃过早饭，我们去爬哈拉特山，从山上看湖。这是每一个来喀纳斯湖的人必经的项目。因为这座山上有一个亭子叫“观鱼亭”，从亭子里可以看见喀纳斯湖的全貌，还可以遥看戴着冰雪王冠的友谊峰。

我们向对面的高山走去。先是坐了一小段游艇，然后，开始登山了。

太阳已经照遍了山谷，但是，让人称奇的是，山谷里似乎凝固着一团乳白色的雾，这种雾在太阳的照射下并未散去，而是在上升。我早就听说过喀纳斯雾的奇特了，今天看见，的确让人惊叹。

这些雾一开始是一缕一缕的，在清晨从地下、从喀纳斯湖的湖面上升起来的，慢慢地汇聚成一条山谷之中的飘带，把整个喀纳斯湖所在的谷地全部充满了。

从远处看，白雾将喀纳斯湖出口处的蜿蜒河谷全部遮盖了，那些图瓦人的木屋也被覆盖了，间或还能看见木屋的尖顶在雾中隐现。雾就像腰带、像凝脂、像流云，远看似乎没有任何变化，但是你将目光挪开一会儿，再定睛一看，那山谷之中的雾已经改变了形状。

雾使得山谷之中的树也飘浮了起来，把山川点染得像水墨画一样。有时候，晨雾在雨后更多，和着图瓦人毡房的炊烟一起升腾。炊烟笔直而云雾飘动，十分好看。我一边登山，一边向山谷探望，就是为了观察雾的变化。我明白了如果山谷中没有风，雾就不动，有风云雾才飘动。太阳升得越来越快，可那浓雾就是不见散去。我很少见到不怕太阳的雾，这喀纳斯的雾算是不怕太阳的了。

等我们爬到半山腰，我看见山谷之中的雾也升了起来，犹如一团浮云，沿着山体滑动，就像是移动的白雪冰川。等到我们爬上山顶，再回头看雾，那雾不知什么时候已经消失了，一点儿都没有了。

山顶观湖景

爬那座有“观鱼亭”的哈拉特山很费劲。远看此山并不高，也就是海拔2000米，但是真正爬起来居然费了两三个小时，我爬得汗流浃背，气喘吁吁。可能是高山地带，我有一点点高山反应。于是爬一爬，就歇一歇，然后回头看风景。

昨天，山上的树还没有几棵变黄的，可是今天，我发现有不少树叶已经黄成了一片。那是白桦树林，几乎是一天一个样。这里的桦树分白桦和红桦。白桦的叶子秋天里会变成一种透明的鹅黄色，颜色单纯明丽，十分好看。而红桦的红叶点缀在山林当中，如同火苗一样使秋天的风景燃烧。

我观赏着层次越来越分明的山林风景，心旷神怡。到了观鱼亭，再向下看去，眼前的美景更是美不胜收。

现在，整个喀纳斯湖几乎全部展现在我的面前，远山包围着它，使得喀纳斯湖就像是在山的手掌心里一样。它远远地蜿蜒而来，全长二十多公里，像一道弯月，又像一条大鱼的身体一样泛着隐隐的亮光。在太阳的照射下，湖水幽蓝一片，像一块大玉石。它是极其安宁的。多少年来，其实它一直宠辱不惊地存在着，与山林为伴，与人兽共居，直到今天有人撩开它神秘的面纱。

仰脸看天，天空中云朵团团，投射到偌大的湖面上，竟使湖面变成了一面有花的地毯，或者是一个巨大的调色板：在云团的映射下，湖面深浅、蓝绿、翠白，明暗不一，变幻莫测，令人惊叹。听朋友讲，在这里，遇到下雨天，有时候可以看见佛光。佛光和湖光彼此衬托，奇瑰无比。

这当然是大自然的造化和人间胜景。喀纳斯湖面海拔1375米，环湖四周全是原始森林。这里是中国唯一一个具有北欧生态系统和地貌特征的地方，是西伯利亚泰加林在中国的唯一延伸带，是东方的阿尔卑斯山风景地。喀纳斯湖的湖水来自阿尔泰山脉的主峰友谊峰和奎屯峰等山峰的冰川融水，以及当地的降水。

喀纳斯湖的风景可以用山奇、水秀、佛光、湖怪四大特点来形容。尤其是湖怪，据朋友讲，谁也没有真正看见过，倒是有人从湖中捕到过长达几米的哲罗鲑，因此，目前大部分人认为传说中的湖怪可能就是这种哲罗鲑。这种鱼的身体因为呈现淡红色，又被人称为大红鱼。

但是，也有部分专家认为，过早地认定喀纳斯湖怪为哲罗鲑——大红鱼并不妥当。因为喀纳斯湖是受了三次大的古冰川作用所形成的高山湖泊，形成年代早，地貌十分特殊，因此不排除湖中有大型水生动物的可能。

站在观鱼亭的山上，我细心查看湖面，希望看见湖怪或者是大红鱼，但是，除了游艇划出的波纹，水面上没有别的动静，更没有大鱼的踪迹。当然，即使有湖怪，它也一定不会在正午阳光如此强烈的时候出现。

湖水中，除了哲罗鲑大红鱼，还生长有江鳕、阿尔泰鲟鱼、西伯利亚鳊鱼等珍稀鱼种。眼前的山地里，生长着冬虫夏草、平盖灵芝、花杉灵芝等真菌；生长着紫貂、山猫、貂熊、雪豹、北山羊、黑天鹅、黑鹤、豆雁等珍贵动物；生长着针叶松、塔松、云杉、欧洲山杨、西伯利亚桦树等树种。它们共同构成了喀纳斯地区真正的生机和风景，灵魂和美梦。中午的太阳十分强烈。此时，早晨山谷当中的雾岚似乎已经散尽，或者，倒是变成了我头顶的一朵朵白云悠然浮动。我环视四周，目光极其贪婪，仿佛再也看不到这样的美景了似的。

一个联合国官员考察过喀纳斯湖之后，说了一段十分动情的、可能是过誉的话："喀纳斯是当今地球上最后一个没有被开发利用的景观资源。开发它的价值,在于证明人类过去曾有过的那无比美好的栖身地。”

其实,连他都来到了这里,这里被过度开发的一天也许不远了。我看见一些部门如银行、政府机关的度假山庄的房子已经盖到了湖边和山脚下,不禁为喀纳斯湖未来的命运感到担忧。

远山那群峰之顶,都戴着白雪王冠。它们默然地遥看着我。它们也会担忧吗?

深入喀纳斯湖区

我们乘坐摩托艇向喀纳斯湖深处行去。甜凉的水汽被摩托艇从水面掀起来,打在我们的脸上。这个时候视角变了,不再像从高处远眺和俯瞰湖面那样,我们荡舟于水面之上,和湖水如此靠近。我很想把手伸入湖水,像我过去每次遇到陌生的河湖那样。只有这样我才能记住它,记住它的质感和皮肤。但是摩托艇是高速行驶的,就像在水面上飞,我接近不了湖水。

向四周看去,湖岸山峦叠翠,秋色刚刚染了梢头,各种混杂的林木挤满了湖边,非常漂亮。这些都是这里原始森林的一部分。湖滨的绿草已经发黄了，但是各种颜色混杂其中，就像一张杂色的地毯。

此时，摩托艇划开水面，我们如同行走在一幅画中——原谅我这样矫情的比喻，但我们确实就是在一幅画中游动。这样的体验今后可能很少再有了，我只是深深地吸气，让自己的肺部充满周围的空气。虽然已经接近秋天了，但是湖的两岸仍旧生机盎然，水天一色，让我忘情。

以我们进入湖区的方向算，在湖的右岸，为整个月牙形湖面的内侧，一路上有六个伸向湖面的岩石脊背，俗称六道湾。

听说每一道湾都有一个美丽的传说。但以我的经验，这样的传说都比较低能无趣，朋友似乎想向我介绍，但是看见我表现出了不感兴趣的样子，他就不说了——对真正的美景来说，任何的附加物都是多余的，传说也不例外。可能我是一个作家的缘故，我对平庸的故事或者传说深恶痛绝，每次去风景名胜地带，我都忍受不了导游小姐所讲的“传说”。因此，我的眼睛比耳朵要更喜欢不带传说的风景。用眼睛看吧，让风景从此进入你的生命！

在第四道湾的平台上，我们向湖心处看。他们说这里经常可以看到“湖怪”，我就翘首以望，看见湖水之中似乎有一些重重黑影，但是等了一会儿，没有湖怪浮出水面，也没有看见大红鱼。

重新上船，我们继续进发，向湖的尽头而去。这里的湖面似乎宽了许多，小船在湖上行走如同一只水蚊子，一旦巨大的湖怪从水中一跃而起，摩托艇肯定要翻的。那时候，我们就成了湖怪的食物了——我们这样吓唬着同船的女士，把她吓得脸都变色了。但是很快，我们就到了六道湾，再往前就是双湖了。

双湖由两个一公里长的小湖组成，就像是两颗系在喀纳斯湖脖颈上的珍珠。湖水同样来自冰川融水，并最终汇入了喀纳斯湖。双湖的湖水要浅得多，晶莹清澈、碧绿剔透。湖中繁衍着大量的小红鱼，也就是小哲罗鲑鱼。这里的原始森林保存得相当好，附近有马鹿、棕熊和北山羊、野猪出没。

再向上游走，就是白湖了。白湖又叫阿克库勒湖，湖水呈现少见的乳白色，半透明状，形成原因是上游的冰川中的内碛——碛是沙石积成的沙堆，经过冰川运动被挤成了白色的粉末，而冰川融水又将它带入了河湖，由此形成了白湖。白湖的湖面比较宽，群峰倒映，有的地方宽达两公里。据说这里的天气变幻莫测，常下太阳雨，有时候盛夏也会雨雪交加。这里的风景更美，因为很少能有人到达这里，因此白湖就像处女湖一样宁静安详，处乱不惊。这里的河湖形成了许多湖心滩，生长着白桦和云杉，风景极像俄国画家列维坦的作品。

白湖的上游，就是千湖了。

千湖，顾名思义就是有很多湖。这里因为靠近冰川，有大量的古代冰斗地貌、冰窟和粒雪盆、水蚀洼地等。这样，冰川融水就汇聚在这里，形成大大小小的湖泊，沿着冰川的边缘，像发亮的大地珍珠。这里仍旧有走兽和飞鸟来栖。

千湖已经靠近边境了。它的上游，就是阿尔泰山脉的主峰友谊峰。它是我国海拔最低的冰川。朋友告诉我，有一年盛夏他来到了冰川下，只穿着短裤，躺在冰上晒着夏天的骄阳——那是一种十分奇特的感受。

群峰之上，消失的正是夏天

在喀纳斯湖停留的第二天下午，我向另一侧

的山爬去。对面的山就是有那座观鱼亭的哈拉特山。因为没有路，我就漫无目的地向山上爬。爬到半山腰，回首望去，山谷中的喀纳斯湖十分宁静，就像一面大镜子。太阳西斜，山上一片浓绿之中又带着一小片一小片的嫩黄，那是松树林中的白桦树叶黄了。

我坐在一片衰草之中，面向整个山谷。这个时候，我想起来一句诗："群山之上，消失的正是夏天。"好像是美国诗人罗伯特·伯莱的诗句。极目望去，在群山之上，隐隐要退去的，当然是夏天本身。我知道，每年的夏天，我四周的草花，那些金莲花、石蒜花、野芍药、牛奶草等百花争艳，但是谁的美丽也压不过别的花，它们后来织成的是一面真正的花毯。

现在，百花尽凋，夏天鞠躬告退，金色的阿尔泰来了。

我坐在草丛中，感到一种从未有过的惬意。这使我想起多年以前，我自己写的诗《与草为伍》："这真是好草／草们没过膝盖，穿透岩石／长到了天空里去／草们多么茂盛／一年一发，枯了又荣／在每一次起伏的虫鸣中／它们都呈现了衰老和死亡的全过程／草们喧哗，为了不可更替的方向而哀伤／它们站在那里，无穷无尽／随风一起摇摆／把热情摇进大地，摇进飞鸟的身体／和草在一起／你觉得所有的根都在温暖地拥抱着你／向你欢呼／让你流着眼泪，闭上眼睛／成为它们的一个兄弟。”

在阿尔泰山的金色的秋天，在如诗如画的喀纳斯湖的草坡上，我和多年以前我自己写的一首诗相遇了。现在，我就像是草们的一个兄弟，静静地看天看山。

观察夏天在群峰之上的消失不过是一个借口，我想享受一个人在阿尔泰山的草坡山林中度过一个漫无目的的下午才是真的。

很多人都在成年以后，没有了在大自然中一个人待一个下午的机会和心境了。是什么使他们失去了这样的心情和热情？实际上，这样做只是本能，它甚至不需要你的热情。我们“太忙，没有时间”，这是可以说得过去的理由吗？我不相信。成年就意味着真正的丧失吗？

我安静地坐在草丛之中，感到了满足和极度轻松。我休息一会儿，继续爬山，在草坡中惊起了很多秋天的蚂蚱。为了给我让路它们不情愿地蹦开。这里仍是生机勃勃的生命世界。我随便坐下来，翻开一块石头，石头下就会有不知名的虫子惊慌地四散逃命。我只要坐一会儿，我眼前的草丛中，昆虫就开始忙碌，四下里全是生命的迹象。

再向远处看，山谷当中，图瓦人的木屋隐现在喀纳斯湖下游的河谷地带。那里牛羊成群，是另一种生命的繁茂。

我坐在高处，感到四周的群山向我涌来。这好像是另一位美国诗人史蒂文森的诗句："我把一个坛子放在田纳西州的荒山冈上／确立了一个中心／四周的群山一起向这里涌来。"这首诗和我的处境与状态十分贴近——又一首诗在这一刻复活了。

但是大地它不管这些，它每一天都在向秋天深处进发，喀纳斯湖的秋天在层层的山林之上一天比一天金黄。在我的周围，有一些牧人准备过冬打下的草垛还散发着清香，牛马在山坡上悠闲地吃草，蚂蚱欢快和绝望地振翅而飞，在半空中轰响——它们的季节，就要结束了。

整整一个下午，我就在一面山坡上散步、腾越、攀登和闲坐，看着夏天在高空退去，看着太阳慢慢西斜，直到落山，我才心满意足地下山而去。

阿勒泰的动物

从阿尔泰山的自然景观上看，在海拔上，从低至高分荒漠带、草原带、灌木带、森林带、高山草甸带、苔藓地衣带和永久冰川带，不同的地带都生活着不同的飞禽走兽。

就像所有的山脉一样，除了人，阿尔泰山的动物也是构成这一片山林的生机的重要组成部分。

在海拔3000米以上雪线附近的高山草甸上，生活着高山雪鸡，我在山上看见过它受了我的惊吓，扑棱棱飞入远处的树林。雪鸡一般都有褐色的羽毛，在冬天一般喜欢成百只一起活动，在山林里做短距离的迁徙，声音很大。

在雪线以上，有时候还能发现棕熊和雪豹的踪迹，而天空中经常盘旋的兀鹫，几乎是这里特有的风景。我的少年时代，有一年和伙伴们在天山深处攀爬和历险，曾经看见过棕熊。当时我们骑在马上，而那头熊抱着一棵树，在不远处看着我们。

我在阿尔泰山里听到了这样一个故事，有一头棕熊发现了偷摘松子的人正在把它过冬的粮食偷运到外边，非常悲伤，一连好多天抱着一棵松树，冲着山路上偷松子的人和车大吼，声音凄凉悲愤。后来，这头熊竟然郁郁而死。

在一个边检站，我们遇到森林警察抓住了一伙偷松子的人。他们开着卡车，车上装着整麻袋的松子，都是他们偷采的。这些人一个个蹲在地上，据说也是山下的失业工人。他们失业了，就到山里偷盗松子。

而在高山草甸中，经常见到的是旱獭。旱獭又称为土拨鼠，一般是淡黄色，比兔子要大。旱獭善于挖洞，叫声有点儿像小狗的吼叫，只不过声音要小一些。有时候，在高山草甸上，我可以听到不远处的几只旱獭看到我的接近时发出的警告声。它们的吠叫此起彼伏，直到我靠近时，瞬间钻入地洞不见了。

旱獭是草原的害兽。它们把牛羊的优良牧草都给吃了，而且，还是鼠疫的重要传播者。我在新疆长大的时候，经常在夏天听到山里被封，有些牧民得了鼠疫急性死亡的事。据说，这就是有人吃了旱獭的原因。

喀纳斯湖边上的森林里还有一种鼯鼠。这是一种会飞的老鼠，飞起来有点儿像蝙蝠，在树上飞快地爬的时候，又有点儿像松鼠。

而在阿尔泰山脉中，一般比较少见到野牦牛、藏野驴、藏羚羊、豺狗、山猫、狼、马鹿、盘羊和北山羊，这些大型动物一般在昆仑山、帕米尔高原、天山、阿尔金山的高山地带才能见到，阿尔泰山的海拔较低，一般看不到它们的身影。

但在这里的森林当中，各种飞禽却很多，除了高山雪鸡，主要的还有松鸡、黑琴鸡、榛鸡、星鸦、啄木鸟、雷鸟、百灵鸟、麻雀、喜鹊、布谷鸟、猫头鹰、乌鸦、鹳鸟和黑颈鹤等，它们使得这一片森林生机盎然。

黑琴鸡在求爱的时候喜欢搏斗。但雄鸡一旦得手，雌鸡下了蛋以后，雄鸡就远走高飞，寡情而去。每一年过冬，黑琴鸡白天在树上觅食、晒太阳，到了傍晚，它们就像高台跳水一样，从树上一头扎入松软的雪地里过夜。

而榛鸡在感情上比较专一，当年配偶死了肯定不会另娶。星鸦的身上有白色的斑点，尾巴上还有一点儿白边，比乌鸦好看多了。星鸦最会储存过冬的粮食了。它们从秋天开始，就准备着粮食，一次次把松果存入地洞。到了冬天，它们还能够在厚厚的积雪上打隧道，准确地通向自己的粮仓。

雷鸟是一种会变颜色的飞禽。冬天它们变成了白色,从春天开始,颜色就变成了黄褐色,夏天是栗褐色,秋天就变成了深褐色。一年四季都变颜色,也是飞禽之中的一绝。这是它特有的适应生存环境进化的结果。

而最动人的鸟,我看应该算是百灵鸟了。它们在早上的时候会欢声歌唱,声音极其清脆动听,被称为“草原歌星”。百灵鸟的飞行也是一绝,能够像火箭一样突然就从草丛中直蹿入天空,也能像直升机一样在半空中悬停好几分钟,还能够转着圈圈飞,飞累了,又可以像一块石头一样忽然从半空跌落草丛。我有时候不经意地惊扰一只百灵鸟冲天而起,它那又是惊恐又是欢快的鸣叫撒满了天空。

新疆的猛禽也很多。有一种猛禽叫玉带海雕,一般成双入对地生活在悬崖上,它们是草原老鼠的天敌。

而我觉得草原上功劳最大的,当数屎壳郎。这种黑色的甲虫完全是草原上的清洁工,天天晚上都会将牛羊马的粪便清理得一干二净。有意思的是屎壳郎在求爱的时候,会从地洞中滚出一个大粪球,当作求婚的礼物。雌屎壳郎如果答应了,就会和这个雄屎壳郎一起推粪球。有的雌屎壳郎非常懒,躺在粪球上不动,让雄屎壳郎自己推。

在山林的岩洞和草丛中,有时候可以看见一群群的呱呱鸡。这种淡褐色的飞禽又叫石鸡,特别喜欢群居,往往是一大群几十只在一起。喜欢“呱呱呱”地叫,所以它们就被称为呱呱鸡。这种小野鸡的最大的特点是,如果你用枪打死了一只,那么其他的呱呱鸡都不会离开,而是围绕在死去的同伴周围,大声地叫唤。呱呱鸡在新疆比较常见,它长得也算漂亮,双爪和短嘴都是红色的,眼睛是褐色的,身上还有蓝灰色、葡萄灰色的羽毛,很漂亮。

任何一片自然的风景,如果只有人的存在,而没有这些动物,那么这里的风景就不是有生机的。而阿勒泰的风景,因为这些飞禽走兽的存在,显得生机盎然。人类为了自己的生存而破坏环境,到头来就将忍受物种的孤独。你可以想一想,当地球上只剩下人类的时候,世界将会是多么可怕!

金山的四季

这里每年的春天都是短暂的。每年的三四月份，长达五六个月的冰封季节结束，开始化冻，春天就来了。春天在这里是和夏天紧紧地连在一起的，仿佛刚刚春暖花开，夏天就接踵而至。

因此，整个大地变绿的时候，一切就好像都活了过来。原先它们都是死的，都是静止的，好像被冰雪严寒给冻住了，没有生机，也没有声音。但春天一下子让一切都重新有了活力，水重新流淌，大地解冻，鸟儿重上枝头欢快地鸣叫，宣告整个世界的苏醒。所有的声音仿佛全部都响了起来，河水的流动声、风声、树的拔节吐绿、牛羊的叫声……整个阿勒泰的山林活了。

大地变绿的速度是非常快的——一下子，大地变得嫩绿了，而去年的衰草还夹杂其中。又过几天，衰草不见了，大地变得纯绿了。

树也是这样。刚开始，深绿色和刚刚萌发的嫩绿交替出现在枝头。但这种泾渭分明的绿色很快就浑然一体了，云杉、白桦、落叶松树叶的绿色的生长节奏是不一样的，就好像是交替演奏的乐章，奏响了春天的序曲。

而夏天的阿勒泰林地和草甸,则完全是野花的世界。在喀纳斯湖边的林地空隙,到处都是野花。这里有野芍药、野罂粟、火球花、金银花、柴胡、金老梅、低头葱、独活、野蔷薇、龙胆花、野豌豆、萤花、紫花苜蓿等,一下子把草地织成了一面真正的花毯。这面花毯十分细密,各色野花争奇斗艳,姹紫嫣红,娇艳无比,茂盛烂漫而又清香醉人。这个野花的季节是阿勒泰山林的灿烂季节。

到了秋天,整个阿尔泰山就变得深沉了,山体和大地都变了颜色,变成了褐色、灰黑色为主调的颜色。而在高山林地,树木会变得深绿和金黄。深绿的是常年不落叶的松树和云杉。而西伯利亚白桦林则由绿变成一种透亮的鹅黄,红桦林则变得像一团火,在澄澈的秋天天空下燃烧。秋天是阿勒泰最美的季节,它的成熟和丰富,暗示了大地的赐予。阿勒泰的秋天比夏天美,因为它的秋天里,所有的事物都有了一个结果,而且有一种极其从容的风度和精神,大地重归宁静。

冬天是伴随着寒风和大雪来临的。白色的雪将覆盖整个阿尔泰山系,把它牢牢地包裹起来,让声音、光线、牛羊和人居都进入沉睡。整个冬天,这里是死寂的,甚至是残酷的。因为它的寒冷,这个季节是大地沉睡的时节。阿尔泰山在白雪覆盖中休息。

图瓦人的木屋

在喀纳斯湖畔及其周围的林地里，生活着古蒙古人一个部落的后裔，他们被称为图瓦人。我站在半山腰上，可以看见图瓦人木屋上的炊烟袅袅升起，消散在喀纳斯湖洁净的天空中。

传说图瓦人是元代成吉思汗队伍中的一部分人繁衍下来的。据说，当年成吉思汗西征时，把一些老弱病残的士兵留了下来，这些人后来成了今天喀纳斯湖区的图瓦人。对这种传说的真伪，考古学家和历史学家也有不同的说法，但认为图瓦人是蒙古人的一支，则是普遍认同的。有一天，在喀纳斯湖举行的篝火晚会结束时，我们沿着回宿营地的路走，有人说在我们经过的地方，埋着成吉思汗的遗骨，而图瓦人就是当年留下来给成吉思汗守灵的。他们知道成吉思汗陵墓最大的秘密。

这种说法当然是不可信的。成吉思汗的陵墓，历史学家和考古学家认为，在今天蒙古国的某个地方，而肯定不是在喀纳斯湖。当年，蒙古人的大首领死了，都是要和祖先葬在一起的。所以，成吉思汗也被运回了他的祖先身边埋葬。

但是，这种说法无疑给图瓦人增添了神秘色彩，就像喀纳斯湖传说中的湖怪一样。

第二天，我仔细观察了当地人所说的地点——在喀纳斯湖的出口处。连常识都告诉我，这里不可能是墓地。因为一旦上游的水大了，就会让这里荡然无存。

而喀纳斯图瓦人村的长者说，他们是几百年前从西伯利亚迁徙来的。他们的祖先和今天俄罗斯境内的图瓦共和国中的图瓦人是一个民族。

喀纳斯湖畔的图瓦人保持着自己独特的语言和生活习惯。图瓦语属于阿尔泰语系的突厥语族，和哈萨克语十分相近。后来我知道，他们讲的是哈萨克语，有的我也能够听懂，当然仅限于一些简单的词组和生活用语。他们的生活习惯除了欢度蒙古族传统的敖包节以外，在当地还有一个入冬节，又叫祖鲁节。而传统节日春节和正月十五的元宵节，他们也过。

敖包节是蒙古族人的传统节日。这是一个历史悠久的节日。每年的七八月份，喀纳斯湖区的图瓦人就以家为单位，自备自家酿造的奶酒和烤肉，欢聚在一起，举行赛马、射箭等各种活动。这些娱乐加竞技活动举行过后，全村男女各分成一堆，围坐在一起，享用奶酒、烤肉和各种美食。这个季节山花烂漫，青草遍地，十分宜人。

祖鲁节，据说是图瓦人为了纪念一个叫宗喀巴的活佛的忌日而设立的，在每年阴历的十月二十五号这一天。这一天天短夜长，整个夏天和秋天在远处牧场里放牧的人都回到了定居点，准备过冬。他们在回来的路途中，采集一种贴地爬行的柏树——这种柏树又叫作爬山松，堆在一起，傍晚时分，将其点燃。牧民围坐在火堆周围祈祷，希望顺利地度过这个即将迎来的严酷的冬天。仪式结束以后，各自回家，点亮油灯。所以，这个节日又叫作点灯节。

这个时候，大雪已经封山，喀纳斯湖地区白雪皑皑。在图瓦人的木屋里，他们同样在春节互相拜年。

走近图瓦人

我从喀纳斯湖景区的旅游居住区出来，沿着小河向图瓦人居住的木屋走去。

这是不大不小的一个村子，居住的全是图瓦人，据说有一千人。它位于喀纳斯河的河谷地带，四周被青山环绕，环境十分优美。这是图瓦人冬季过冬的定居点。在夏天，图瓦人和哈萨克人一样，都要赶着牛羊到牧草丰美的夏牧场里去，在那里搭建临时的蒙古包。他们的木屋都是用原木搭建的，一根根原木整齐地搭成了一个尖顶的木屋。早晨的炊烟袅袅升起，一派祥和景象。

一些小孩追打着从木屋中冲出来，我叫住了他们。

“你们是什么族？”

“蒙古族。”一个小孩看着我回答道。

“是不是图瓦人呢？”我像是在问他们脑筋急转弯的问题。

“是，是蒙古族的图瓦人。”回答完，他们就跑开了。

史书记载，图瓦也称为“土瓦”“德瓦”“库库门恰克”，在中国的隋唐时代，又称为“都播”，元代被称为“图巴”“秃巴斯”等。

我走进一个图瓦人的木屋，看到了两个妇女，一个年纪大一些，另一个是一位年轻的小媳妇。我问候了她们，她们应答着，并给我倒了奶茶，还在奶茶里放了一些炒米。我喝了一口,感到很香。

这奶茶是这里的哈萨克人和图瓦人的爱物,他们常说“宁可一日无肉,不可一日无茶”。由此可见他们对茶的重视。这奶茶就像我们汉族人平时必喝的茶一样。我掏了十块钱,要求喝马奶子酒。老太太就给我倒了一碗。我喝着微酸的马奶子酒,感到很惬意。

小媳妇和我随意地用国家通用语聊天,她告诉我她要做马奶子酒了。我说我也想看一看是怎么做出来的,就跟她到了屋外。

她把一桶已经发酵好的马奶子浆倒入一口锅里,然后将一个没有底的与锅口径一样的圆木桶放在锅上。这个木桶的上方凿出了一个小孔,并且安置了一个向下倾斜的滴酒槽,木桶上再盖一口锅。然后,小媳妇在底锅烧火。

火苗飘摇,使锅里的奶浆翻滚,并且飘出了一阵阵奶香和酒香。停了一会儿,我就看见在滴酒槽里流出了半透明的奶酒。

几个图瓦小孩骑着马,跑了过来,其中一个手里还牵着一匹马。这匹马没有骑手,它在等待着一个骑手。

我上了那匹马,几个孩子大呼小叫,裹挟着我的马一同在道路上奔驰。一开始我还有一些紧张，适应不了在马背上的颠簸，但是很快就习惯了，想起少年时代在天山深处的牧场里骑马奔驰，可放松了。很快我们就骑出了村子，跑到了河谷地带。在马上看四周的风景，似乎全都有了一种动感。远处的山脊线像是流动的波浪，早晨的云雾正在散去，秋天的金黄正在染遍整个喀纳斯湖地区，我心旷神怡。后来我们骑累了，就又回到了图瓦人的村子。我给这几个带我玩的小孩每人十块八块的，他们也很高兴。

图瓦人信仰的是佛教，而萨满教也对他们有深厚的影响，有时候也举行萨满教的仪式，只是我在这里的日子里无缘看见。

这个喀纳斯的图瓦人村落和整个的喀纳斯湖景区，从人到景，互相映衬，共同构成了喀纳斯独特的人文和地理景观，让人流连忘返。

图瓦人和这一片山林共同生活着，生长着。他们十分重视环境保护，平时烧的木柴都是一些枯树、死树，一些游人随便乱扔的东西，他们认为这是扔在了他们的家里。毕竟，这里是他们的家园。

鸭泽湖和喀纳斯河漂流段

紧邻着喀纳斯的图瓦人村落流淌着的就是喀纳斯河。喀纳斯河,顾名思义就是由喀纳斯湖里流出的水形成的,它一直向下游流去,与禾木河汇聚成布尔津河,汇入额尔齐斯河。而额尔齐斯河就是由一条条发源于阿尔泰山冰川地带的冰雪融水形成的河流汇聚而成。

喀纳斯河的漂流段是当地旅游部门开发的旅游项目,这一段漂流景区大约长十公里,沿着喀纳斯河一直向下游漂流而去。我们兴之所至,穿好救生衣,乘上皮筏子,开始了漂流。

这一段河水深两米到五米,河床之中有很多巨石,河水与巨石相遇,水石相激,浪花飞溅,发出的声音十分巨大。从喀纳斯湖湖口到一公里开外的鸭泽湖这一段,河面比较窄,大约有五十米,而河流的落差却很大,因此我们的橡皮筏在水中上下翻腾,十分惊险。这里水急浪大,气势不凡,我们集中精力,生怕掉到水里。我游泳的技术不行,所以更是紧张,在水中颠来倒去,受了一番惊吓。很快,漂流到鸭泽湖地段,水流平缓了,我才放松下来。

在这个河段，喀纳斯河转了一个弯，形成了一面湖，叫鸭泽湖。鸭泽湖湖面开阔平缓，就像一面镜子一样倒映着蓝天和白云。鸭泽湖四周，环绕着茂密的森林。

鸭泽湖里当然有野鸭了。我们的叫声惊飞了一群野鸭，它们扑棱棱笨拙地从湖边草地中飞起来，翅膀扇动空气的声音十分有力。这里还能看到大雁在远处的湖面上悠闲地游弋，而南飞的时候马上就要到了。

在鸭泽湖最壮观的是，当湖中心的大片野鸭群被人惊动以后，它们的飞行景象。这是几百只野鸭的飞行。它们就像起飞的飞机。一开始，带头的几只野鸭开始飞，声音很大，紧随其后的野鸭依次飞行。这个时候就像是慢镜头一样，野鸭们的翅膀在水面上拍打出巨大的声音，一只只渐次飞起，像一条长龙，又像一群战斗机飞入天空，渐渐地看不见了。它们落向了湖的另一边。

从鸭泽湖向下游的卧龙湾漂流，大约有七八公里。这一段河面宽阔，有一百米左右，河心地带经常可见冲积出来的河心滩，水流十分平缓。因此，这一段河谷中的风景尽收眼底。

这一段的河两岸大都生长着参天的云杉，以及常年不落叶的红松。云杉和红松都是极其优美的树，身姿千奇百怪，在秋日的天空下层松苍翠，幽深安详。在这里住上一段时间，我已经忘了烦恼，吃饭很香，睡得也很香，没有失眠的困扰，城市带给我的焦虑和压力全都没有了，真的是忘情于山水之间。

同行的当地朋友说，在这一段喀纳斯河两岸的森林里，过去经常可以看到马鹿、棕熊、狼的影子。

我贪婪地呼吸着饱含水汽的空气，肺部十分舒服。河的两岸，青草已经发黄，高过膝盖，一些牛羊懒散地在河岸上吃草。这一刻，水天相接，青山绿水，秋意正浓，人间的美景看不够。

卧龙湾

喀纳斯河仍旧滔滔地向下游流去，在河谷当中冲刷出来一道河湾，就是卧龙湾。由于河水长期侵蚀冲刷，形成了一连串曲折的河岸。因此，激流跳荡的喀纳斯河在这里变得平缓宁静了，河水的流速也明显地减低了，水流九曲回肠，水面上水波细密，柔和生动。这是喀纳斯湖景区的结束乐章。到了这里，除了再往下游延伸的一片白桦林以外，喀纳斯湖的美景就到此为止了。

因此，卧龙湾自然有它的绝妙之处。卧龙湾整个呈现“U”字形弯曲，河曲上有几处伸向河面的平台，呈现出月牙的形状。而河曲之中，还有两个河心沙滩，就像是两个巨人留下的脚印。

河湾两侧，生长着十分茂密的森林，这是一片人迹罕至的针叶、阔叶林，全都是原始森林。而四周的山峦起伏错落，在河曲的大平台上，全是绿色的草形成的天然的草坪。在这个喀纳斯湖景区的结束和高潮的乐章部分，卧龙湾以一湾如龙盘旋的河湾，给这里的景色做了概括和总结。

从友谊峰冰川开始向下游喀纳斯湖延伸的景观，到了这里就要结束了。我觉得，卧龙湾以它的弯曲的河道，优美地为喀纳斯湖打了一个句号。它就像是一件玉佩，佩戴在阿尔泰山的胸前。有这样一件胸饰，喀纳斯湖景区的风景戛然而止，收得恰到好处。

白哈巴村和那仁夏牧场

上喀纳斯湖有两条路。一条是从布尔津直接北上,我们去的时候这条路正在修。所以,我们是从哈巴河县境内的另一条路北上喀纳斯湖的。

我们在中国和哈萨克斯坦的边界上走了一段,还经过了可以说是中国最西北的村子——白哈巴村。这个村子中还有一个中国最西北的边防哨所。

白哈巴村也生活着一些图瓦人,还有一些哈萨克族人,加上以汉族人为主的边防哨所,这个村子主要由三个民族的居民组成。

白哈巴村坐落在一条河谷当中,离中国和哈萨克斯坦的边界线只有几公里。这里的图瓦人的尖顶木屋仍旧具有一些异国风情的味道,一些白桦和阔叶杨树点缀其中,两条蜿蜒的小河从村子的两侧流过。

我们不断地和迎面碰到的村子里的哈萨克族牧人打着招呼。他们一个个脸膛发红,身材魁梧,嘴边挂着十分淳朴的微笑。这里是一个旅游风景区,我们可以见到很多游客在悠闲地溜达。看着踏着夕阳归来的牧人,这真的像是一幅世外桃源的景象。边防战士在换岗，一副井然有序的样子。

如果从白哈巴村继续北上，就会到达中国最北边的夏牧场——那仁夏牧场。在那仁夏牧场可以望见阿尔泰山的主峰友谊峰，那仁哈巴河就发源于友谊峰冰川。极目远眺，可以望见友谊峰常年不化的冰雪王冠在太阳的照射下熠熠生辉。

那仁夏牧场是一个保存完好的天然牧场。由于处于中国最西北的边境，很少有人能够到达这里。因此，那仁夏牧场是一个最能代表阿尔泰山脉优良夏牧场的地方。

每年夏季，几百公里外的吉木乃县的牧民，都要赶着牛羊到达这里，进行几个月的放牧。来的时候牛羊很瘦，深秋季节赶着牛羊下山的时候，牛羊的体重已经增加了一倍。那仁夏牧场的牧草质量特别好。由于海拔高，所以天然的中草药特别多，像芍药、金莲花、百合花等，都是牛羊的草料。所以有一种说法，阿勒泰的羊"走的是黄金道，吃的是中草药，喝的是矿泉水"，阿勒泰的牛羊肉味道极其鲜美。

那仁夏牧场的景色是周围牧场地区最美的。整个夏天，这里几乎是花的海洋，而在群峰的边上，生长着大片的原始西伯利亚泰加林，十分像欧洲阿尔卑斯山的风景。云杉、红松、白桦和冷杉就像是山的围裙。山林当中，苍鹰在群山上飞舞，松涛阵阵，天空中白云朵朵，大地上，牧人的白色毡房深隐于草丛中，让人忘情。

告别喀纳斯

就要告别喀纳斯了，汽车迎着霞光万道的朝阳，沿盘山道急速而行。我熟悉了这里的山水、花草、人物、风云，变成了一个喜欢抒情的人，这是我没有想到的。汽车在盘山道上不断地降低海拔——我离喀纳斯湖越来越远了，的确有一些惆怅。

仿佛是连汽车也不愿意走似的，车开了一段，司机布拉提发现汽车没有油了，油表显示为零，而我们离哈巴河的加油站还有一百公里。所以，为了不抛锚，司机布拉提加快了速度，尽量地飞驰。

我知道，这种情况长途汽车司机也经常会碰到，他们的办法是往油箱里撒一泡尿，让油箱里仅剩的一点儿油被尿浮起来，就可以再开几十公里，只是也容易损坏发动机。我们没有撒尿。可能是越野车的性能极好，一个半小时以后，我们已经穿越了一片高山荒漠地带，来到了哈巴河县的洼地，见到了加油站的牌子。

此时，我们真正地离开了喀纳斯。它隐藏在辽远的黛色的群山之中，我看不见它了。

哈流滩草原

几天后，我们稍事休息，再次进山。我们决定到哈流滩草原哈萨克族人的秋牧场去，因为这个季节正是哈萨克族牧民转场的时候。听说，在哈流滩草原以及它的“上游”地区，已经聚集了大批牧民和他们的牛羊，他们浩浩荡荡地从阿尔泰山深处的高山森林和草甸地带下来了。

从布尔津县城出发向山里走，我们再次面对阿尔泰山的颜色与层次。这个秋天似乎来得很早，在低矮的荒漠和丘陵地带，草已经变得焦黄，汽车过后，黄尘在天地之间飘荡。极目望去，天宇寥廓，人与车都是大地的尘埃。

沿这条路一直往山里走，也会抵达喀纳斯湖区。但从这条线路去喀纳斯的路正在全面整修，所以路特别不好走，县里的朋友小马把我们交给了乡政府。休息了一个小时，年轻的退伍军人、现任副乡长开着一辆吉普车，将我们送往哈流滩草原。

因为正好碰上哈萨克族牧民的转场时节，所以我们决定跟着转场的牧民走上一段，体验一下转场的生活。转场是哈萨克族牧民几千年来的生活方式，如果不能和他们走一段，就根本不算真正了解了哈萨克族人的生活。我小时候在天山牧场，也住过哈萨克族人家，但像这次真正来到牧区，来到哈萨克族人的生活现场，还是第一次。所以，我要借此进入一个民族的生活核心。

当地朋友给了极大的支持和鼓励，但他们也有一种疑虑，觉得我们在自讨苦吃。因为转场是没有一点儿浪漫可言的事，是非常艰苦的，那是一种真正的在路上的生活，风餐露宿，饥餐渴饮。如果我们要跟着转场的牧民走，起码要徒步或者骑马走好几天，才能走到额尔齐斯河河谷地带的冬牧场。我们行吗？

每一次向海拔高的山里走去，景色都是渐次递进。荒漠丘陵过后是荒山土岭，然后是盘山道，几上几下之后，眼前的景色渐渐变绿了。在吉普车里摇摇晃晃几个小时后，我们来到了哈流滩草原。

哈流滩草原位于布尔津县的窝依莫克乡境内，四周都是山岭，而这里却是一个盆地，可以看见很多条小河和溪水，像带子一样穿越整个盆地。这里的视线十分开阔，我能够看到很远地方的哈萨克族人的毡房。这里才有一种草原的感觉了，因为极目四望，凡是视线所及之处，到处可见白色的哈萨克毡房，而每一座毡房四周，都游走着成群的牛羊和马匹。它们在大地上也宛如棋子，白的黑的十分好看。

这里正是哈萨克族牧民从深山之中的夏牧场，向额尔齐斯河河谷地带的冬牧场转移的中转和休息地带。在这里，牧民们按照过去的习惯和村里的安排，一户或者几户人家沿着固定的路线，占据着一片草地，然后安营扎寨，让牛羊吃草，等到秋天再深一些，就会继续赶路。

在哈流滩草原的西北坡，生长着大片的云杉林，颜色是深绿色的。在这深绿色的林地当中，却不时地冒出一团团透亮的黄色。那是白桦林变黄了的缘故，给天空之下的景色增添了变化。

从林地和蜿蜒的山体的四周，流入盆地的小河和溪水汇入盆地中央，那里的草地在褐黄的四周衬托下，仍旧是一片青绿。很多牛羊低着头在那里吃草，一派风吹草低见牛羊的风景。这里在夏天一定是一个水草丰美的地方。

我发现这里的草很适合牛羊吃。这些草有禾草、苔草、大针茱、羊茅、野豌豆、萤花草、野苜蓿等。在整个的春天、夏天和秋天，这里都是杂草生花，天地连成一线，牛羊成群，白色的毡房点缀在草原上，一派天然牧场风光，让人迷醉。

在哈萨克族人家中做客

第二天一大早，我醒了才发现，毡房里唯一一张钢丝床上躺着一位女士，和她一起来的还有一个小伙子。

我和他们聊天，听着他们浓重的东北口音，知道了他们是草原的皮货商，专门拿了一些皮货。因为在这个草原上卖羊的季节里，草原上的牧民手里可能有一些现钱，他们是来出货的。

这是我命名的“草原衍生物”中的一种人，随后我还见到了其他的草原衍生物。他们也都是靠草原生活的人。平时，实际上也就是在秋天，开着吉普车上山卖货。到处都是生存的机会和努力，深山老林里也不例外。

那个女皮货商长得比较妖媚泼辣。显然，能够在这里做生意的女人是不一般的。喝过奶茶，他们就开车走了。

哈龙别克打算让我们去几户哈萨克族人家看一看，我们又上了吉普车，摇摇晃晃地上了路。沿着正在修建的通往喀纳斯湖的盘山公路艰难地行驶几公里，我们来到山口处一户哈萨克族人家的毡房门口。

这是两户有亲戚关系的人家（好像是兄弟俩的家庭），人丁兴旺，还有一个快八十岁的老人，他身体仍旧很好。我们来了，他们很高兴，大家按照主客之分和年龄大小，在毡房里面向房门团团围坐，开始喝茶。

哈萨克族人的所谓“喝茶”，其实也算吃饭了。一般的一日三餐，白天的两顿都是喝奶茶，吃油炸食品或者馕，晚上才吃一顿有肉的饭。当主人和客人呈扇形围坐在地毯上时，女主人将一条兜着油炸面食的布单子摊开，放在众人面前的小桌子上。这种油炸的面食叫作“包尔萨克”，像是大的面片炸成的。

哈萨克族人的奶茶是在滚烫的茯茶里，放几勺鲜奶，再放一点儿黄油。黄油在奶茶里化开，香气四溢。我们一边喝茶,一边吃包尔萨克,还有奶疙瘩、奶豆腐。奶疙瘩是酸的,又很硬,不好嚼,而奶豆腐发甜,又比较软,很好吃。

喝奶茶实际上是边喝边聊。这家人的几个亲戚刚好也来了,大家都围着老人说话,有些话哈龙别克翻译给我们听。哈萨克族有尊老爱幼的传统,男性老人尤其受到尊重。有客人在,妇女不入席,在一边招呼客人,倒茶分肉。

哈萨克族人的转场生涯

我们就在这户哈萨克族人家里商量提前转场的事。哈龙别克做着两家人的工作,让他们在最近先行出发,提前转场。这样,我们就可以跟着拍到哈萨克族人转场的照片了。

我还看见有哈萨克族牧民在转场。年轻人骑着马,老人坐在马车上,几匹骆驼背着杂物。这种极其吃苦耐劳的动物是哈萨克族人生活中的好帮手。

现在,经过政府的努力,实行了哈萨克族牧民的定居计划,也就是说,在县城或者是乡镇里,把他们的家安顿下来,让行动不便的老人和要上学的孩子留下来，不跟随青壮年牧民转场。而每一个家庭的主要劳动力，仍旧一年四季赶着牛羊，骑着马，在几百公里的路上来回走上一遍。转场的线路，每家每户每一年基本上都是一样的。

每年春天，牧民们从县城附近或者是可以躲避风雪严寒的河谷、山坳的冬牧场出发，向海拔逐渐升高的春牧场进发，赶着家里几乎全部的财产——他们的羊群和牛。春牧场和秋牧场一般是一个地方。在这个牧场他们稍事休整，在短暂的春天一晃而过之后，继续向海拔更高的夏牧场而去。

夏牧场可以说是哈萨克族牧民一年中活动的主要场所。在整个阿勒泰地区，几个县的夏牧场都在阿尔泰山脉的高处。那里牧草茂盛，特别肥美，森林连绵，牛羊需要用四五个月时间在夏牧场里抓膘。这样，到秋天的时候，除了为次年再生产所必须存栏的羊，牧民会卖掉很多膘肥体壮的羊，变成现钱。而这个过程，也是哈萨克族牧民由夏牧场向秋牧场和冬牧场转场的时间。

这就是哈萨克族人直到今天仍旧存在的生活方式。可能今后也不会改变，因为完全的定居是不可能把牛羊养得膘肥体壮的。尤其是阿勒泰的羊，它们每年在阿尔泰山的海拔三四千米的高山草甸上吃的草，才能保证它的肥美。在这样的地方，它们吃到的是真正中草药一样的牧草，这是阿勒泰羊品质的唯一保证。

而在整个夏天，在夏牧场里的生活，对于一个哈萨克族人来讲，也是最为惬意的。当他远途跋涉，行程几百公里来到了鲜花盛开、空气清新、牧草茂盛和森林广袤的高山夏牧场，他的心情就会十分放松和愉快，实现秋天之后牛羊抓膘的期盼是指日可待的，所以牧民会度过整个快乐的夏天。在这个夏天，他只要每天将羊群和牛群赶上山就万事大吉了，晚上，再赶畜下山，清点牛羊。除此之外，他可以在天地之间骑马遨游，自由自在。这种生活也是我们最为羡慕和渴望的。

牧民都有一个本事，那就是在他的羊群走过眼前的时候，能快速清点好自己的牛羊头数，很少出错。有时候，他们一眼就可以看出哪一只不是自己的羊。所以，即使漫山遍野的几家羊群混在一起，他们也能以最快的速度把它们分开来。有的人家会给自己的羊做上记号，在羊身上涂上标记。

而牧民最为担心的就是雪暴和疫病，这是对

他们的游牧生活构成最大威胁的因素。每当遇到这两种灾难,牧民的损失就大了。有时候,这样的灾难就在转场途中发生。

草原上的月亮

这天是中秋节,月亮似乎消失了,夜幕低垂下来,我在草原上看不见月亮。浓重的云在黑色的天空密布,我们在一个草原小卖部买了一些烟酒罐头,准备在草原上度过这个别致的中秋节。

当你从草原上牛羊身边走过的时候,你的心中充满着喜悦。柴火燃烧后的炊烟味在夜幕苍茫的草原上飘荡,你喝过的马奶子酒在你的胃里晃荡,甜甜的酒气在你的喉咙里升浮。你看到在高山草甸上吃了一天草显得十分壮硕的牛羊都回来了,它们比你还安详满足。

对于经常在外过中秋节的我来说,中秋节的月亮就是一枚铁月亮,是在这一天看不到亲人在身边的人眼中的月亮。它的颜色和光辉格外冰冷,它的沉默如铁,像一个闪亮的铁盘子。

而这一天,我在草原上根本看不见月亮。如果它是一枚铁月亮,有总比没有好。但是,好长时间，它都在云层之后隐藏，似乎并不想很快露面。后来它还是露面了。这已经是我们在毡房之中唱了很久的歌之后，走出来时发现的。

哈龙别克情绪也特别好。他拿出冬不拉，准备给我们献上草原的祝福。

哈龙别克在县里当过政府办公室主任。他在乌鲁木齐的学校学国家通用语言，因此在牧区有他在，我们和哈萨克族人的交流就变得十分通畅。他是在这个牧区挂职锻炼的，可能不久还要回到县里。他的形象和面部轮廓很像草原石人的形象，因此我和朋友私下给他起了一个“草原石人”的外号。

这天晚上，他拿出一把冬不拉，同巴尔哈提一起，一边喝着烧酒，一边为我们唱了几首草原的牧歌。冬不拉是哈萨克族民间的传统乐器，大都由整块的松木或者是桦木凿成，精雕细刻，一般都镶嵌彩色玻璃，大多数是两根弦，也有三根弦的。过去，弦一般是用羊肠子做的，今天一般由尼龙缠钢丝制成。

这是一个能歌善舞的民族。常年的游牧生活，养成了他们奔放豪迈的性格。在放牧的间隙里，面对自然的山川草原、高山大漠，他们就会放开歌喉。

歌唱当然是有地域性的。黄土高原诞生的歌,青藏高原诞生的歌,以及云南苗族山寨里的歌声都是不一样的。环境不仅造就了人,也造就了歌词和歌声。

哈龙别克的歌声十分欢快和豪迈,而巴尔哈提的歌声中带着一种金属般的忧郁。巴尔哈提的形象有点儿像我看过的一部德国电影的男主角,并不像哈龙别克那种方面大耳的典型哈萨克族人的形象。

我们用大碗喝着浓烈的草原烧酒,吃着羊肉,想着自己的心事。摄影师老杜可能仍旧为他的关于哈萨克族人转场的片子能否拍摄成功而有一些忧虑;而朋友则借着蜡烛的一点儿亮光在一个小本子上写着什么,一路上,他都在写着诗句和格言、题记、关键词备忘之类混杂的文字。毡房外,忽然传来了一阵迪斯科的音乐声。原来,这是巴尔哈提的两个没有出嫁的女儿,在月光下跳着迪斯科舞。

虽然草原上仍旧保留着“姑娘追”一类的体育加爱情的公共游戏,但是,即使是在今天,如果一个哈萨克族小伙子想要娶媳妇,仍旧要向女方家长送很多彩礼。而且，不光是向他未来的岳父岳母送，连女方的其他亲戚，都要送礼。所以，经过自由恋爱的男女，就会反抗这种不堪重负的习俗。因此，在草原上想象的浪漫爱情背后，仍旧有着严峻的生存现实。

哈龙别克和巴尔哈提唱的歌，有很多是一个叫白山布·杜南拜的哈萨克族音乐家谱写的。白山布·杜南拜的歌，让我迫不及待地想看到月亮。

我一个人走出了毡房，我看到了中秋的月亮。

一开始我以为我看到了三个月亮，它们连成上下一串。我以为我喝醉了，可后来我明白了，是不断滚滚涌现的云层，使月亮在瞬间的遮蔽当中变成了三个。这是视觉的错觉，但这也是这个草原上的中秋之夜带给我的奇异之处。苍茫云海间浮沉的中秋之月，是倏忽间隐现的三个月亮。

画下大地

在阿孔盖提秋牧场，每天早晨太阳还没有升起来，我就醒了，悄悄走出毡房，蹚着沾满露水的草地，向毡房后面的一个山包走去。这个山包并不高，但却是一条山脊的延伸部分，因此这个山包实际上是一个制高点。

我向山坡爬去的时候,可以看见牛羊已经开始被它们的主人吆喝着赶向远处的草甸子。一些马肃立在毡房后面的拴马桩前,早晨的炊烟在各家毡房上空斜斜地升起来,而后突然在一阵风中飘散。

坐在这一个山包上,四周的高山牧场一览无余。白色的毡房散落在这片大地的各个角落,每家的四周都游动着羊群的激流。我向四下看去,羊群像一片白色的棋子,在山坡上越走越高,因为那里的草好。很快,太阳向上跳,一跃一跃地,把四周的群山都给照亮了。

这个天色由鱼肚白色过渡到满山跳跃着金黄色阳光的过程中,我都坐在一块巨大的石头上,一边俯瞰远处,一边在一个速写本上画下眼前的美好河山。

给眼前的山川写生,是一件惬意的事,因为你画下了身边的大地,从而与它真正地相遇了,我体验到了真正的快乐。尤其是这个早晨太阳光的变化层次分明,周围的景色仿佛是活的一样。我喜欢辽阔的事物,因此我的笔触在跨页的白纸上尽量地画出眼前一百八十度的景观。这样的景观由起伏的山脊线、像白色棋子一样在山坡上移动的羊群、低头吃草并不时甩动长尾的骏马、烧火煮奶茶的女人和吆喝着快速奔驰的年轻的骑手构成，我画下全部的他们和它们。

有的中午，因为吃了很多手抓肉，迫切地需要消消食，我也爬上山包，在中午强烈的阳光下画大地。我会对废弃的马掌子感兴趣，把它当作静物画个不停。

中午的阳光强烈到了仿佛四周的一切都要在阳光下消失似的，那些羊群、马匹、白色毡房的颜色都暗淡了许多，流云在天空中快速移动，快得就像是电影快镜头，在我眼前的大地上拖出了迅速流动的黑色影子。

这一片高山草甸秋牧场，是牧民们歇脚休整的好处所。大地黄绿相间，显示了夏天的残余和秋天的逼近。

还有很多生命比我们更忙碌。坐在草坡上，我看见眼前的草地上忽然飞起来一个东西，飞行声音巨大，就像是震耳欲聋的飞机的轰鸣。这是秋天的蚂蚱在舞蹈。因为属于它们的时间不多了，所以要抓紧时间狂舞一番。蚂蚱的飞动疯狂而又虚张声势，似乎毫无目的，或者只是为了表达对秋日骄阳的烦躁情绪。突然的起飞和突然的消失是瞬间发生的,我在杂草当中似乎找不到它们的踪迹。

倒是那草原田鼠的痕迹比比皆是。在山坡上,只要看见一堆堆被从草根下面挖出的黑色的虚土,都是田鼠干的。它们已经是草场退化的元凶之一,加速着对草场的破坏。我凝视着眼前的山间牧场,既为它的美丽动容,又为它们显然是过度放牧造成的退化和伤害感到无所适从。

和一个牧羊人的谈话

一天黄昏,我在山坡上画画,阳光的舌头从山体上拖过,留下一片巨大的阴影。

黄昏的牧场,处处是羊群和牛群归圈的牧歌气氛。这些在山体高处吃草的牛羊显然都被主人吆喝着从山上赶下来,它们各个吃得滚瓜肚圆,被主人清点着数目,并被赶回毡房附近过夜。

远处的一片山梁上,潮水一样的一群羊被一个牧羊人赶着,这样的景象极有动感。那个牧羊人骑着快马,把羊赶下山坡以后,向我这里奔来,在我跟前翻身下马,向我走来。

这是一个戴着一顶圆边毡帽的壮实的哈萨克族牧人，似乎对我很好奇，向我打了一个招呼，就坐到了我的身边，看我写生。

我把写生本递给他，叫他翻着看，他很高兴，还用手指着山脚下的毡房，意思是那里就是他的家，我把他的家画在了本子上。

他一句国通语都不懂，而我只会说简单的几句哈萨克语，我们的交流显然比较困难。我们费劲地比画着，交谈了一会儿，彼此都不知道对方说了什么，似乎又都听懂了。

后来，我们不再交谈——也许我们不需要交谈了，我就和他笑一笑，并排坐在山岩上，沉默地看着暮色中的草原。

在金黄色阳光的照耀下，一切都深沉美好。我仍旧画着风景。我想起了少年时代在天山牧场的一次经历。

那也是在一面山坡上。当时我独自一个人坐着，一个牧羊人走过来。他抽着烟，我们就并肩坐了很久，一句话也没有说，一直到抽完好几根烟，我们想尽了各自的心事，才握手而去——彼此一句话也没说过。因为，我们似乎已经非常熟悉了。

后来我写了一首诗，来描绘当时的情景："其实和一个牧羊人你不需要交谈／你只管和他笑一笑／并排坐在山坡上／看着远方的山冈／和浩大天空中／云的流动／以及草地上盛开的羊群的花朵／这时候一切都亲切起来／你的心里升起一面温暖的旗／在无风的日子都会舒展／这就是西部／和西部的牧羊人／带给我的感觉／在那样的静默当中／我细眯起眼睛／忽然就失去了自己／天地之间的大美在燃烧／而我在沉醉／羊群像水流一样漂过草地／我从牧羊人的眼睛中读到了诗意／我刚要开口说话／牧羊人伸过一只手／递来一支烟，和一苗活火／说：把这个秋天接住，兄弟。"

这天，我和这个牧羊人并排在山坡上坐了好久，直到太阳落山，我们才默默握手告别。

这是一种奇异的感受。当一个陌生人和你坐在一起，你们语言不通，你们的交流可以实现吗？我想，是可以实现的。就像人性千百年来没有太多的变化一样，只要你理解了人性，你就可以和任何人交流。

我和这个牧羊人交流了很多的东西，最主要的是我同样喜爱这片土地，这是我和他沟通的基础。

他最好奇的是我是一个什么人，来到这片草

原——来到他的生养之地干什么。他看见了，我将他的故乡画得壮美生动。

我和他，就是由于对这山林草原的关注和凝视，进行了一种深深的沉默的交流——我们真正地交流过了。

关于阿尔泰山的古诗

从历史上看，到达阿尔泰山脉的历史人物，有不少都留下了他们的足迹，其明证就是他们写下的描绘阿尔泰山脉景色的诗篇。

我在喀纳斯湖的时候，在通往湖边码头的木板铺就的林间小道牌楼上，看到了成吉思汗的军师耶律楚材的一首描绘喀纳斯湖的诗：“谁知西域逢佳景/始信东君不世情/圆沼方池三百所/澄澄春水一时平。”

在我看来，这是一首十分平庸的诗，比打油诗稍微强一点儿，根本没有描绘出喀纳斯湖的真正气韵。尤其是后两句，几乎可以说是败笔。

但耶律楚材的另一首描绘阿尔泰山风景的诗，相对好多了。这是一首写于距今近八百年的诗。当时，作为已经被成吉思汗征服的辽代皇族，耶律楚材应成吉思汗之召，前往克鲁伦河畔的成吉思汗行宫拜谒大汗，而后就随成吉思汗一路西征，经过了阿尔泰山脉，后来，一直到达今天的乌兹别克斯坦境内的撒马尔罕，前后达六年时间。这首诗叫作《过金山用人韵》："雪压山峰八月寒／羊肠樵路曲盘盘／千岩竞秀清人思／万壑争流壮我观／山腹云开岚色润／松巅风起雨声乾／光风满贮诗囊去／一度思山一度看。"

这首诗比上一首他描绘喀纳斯湖的诗要好一些，但这首诗的最后两句，也有一些头重脚轻，收不住尾。这两句诗的意思是他把阿尔泰山的风景都装到诗囊里带走了，一路上想起了阿尔泰山的风景，就取出诗篇来看。由用六句描绘阿尔泰山的美丽风景，到突然转折，写得轻飘飘，有些虎头蛇尾。

我在这里举出一首被发配到伊犁的清代官员、诗人祁韵士的诗《晚过大河沿》，虽然是一首描绘天山的风景诗，但却技高一筹："沙路随山转／雄奇仰巨观／别开生面目／无数小峰峦／翠吐青莲瘦／烟凝玉笛寒／欲移屏障里／留作画图看。"这首诗的前六句也是描绘山景，后两句也是想将这种风景画在自家的屏风上。但是峰回路转，气韵生动，尤其是“翠吐青莲、烟凝玉笛”十分美妙。

耶律楚材同时善于模仿，这是一个二流诗人的拿手好戏。他的《过阴山和人韵》，是一首完全模仿李白《蜀道难》的诗。

而长春真人丘处机的一首诗，就写得大气、清新。这首诗叫作《金山》，诗句是这样的：“金山南面大河流／河曲盘桓尝素秋／秋水暮天山月上／清吟独啸夜光球。”丘处机也是应成吉思汗召见，于1222年到达今天乌兹别克斯坦境内的成吉思汗行宫拜谒大汗，在途经阿尔泰山时的一个月夜里写下的这首诗。这首诗里，出现了额尔齐斯河，出现了阿尔泰山秋天的风景，以及这个秋天清凉月亮的光辉。这首诗写得单纯、空旷，有一点儿淡淡的忧郁和寂寥。

据说丘处机当年为了见到成吉思汗，一路西行，走了两年多，路上历尽艰险，十分不易，是我们今天无法想象的。他的西行事迹收录在他随行弟子李志常的《长春真人西游记》里。

而清代的满族贵族、曾任两广总督的阿克敦，于1738年奉命到达伊犁，在西行的路上写了一首《过阿尔泰岭》：“一干来西北／迢遥势不群／诸山皆拱卫／众水自平分／雪色千年在／风声万壑闻／

征裘当暑月/策马入层云。”

这首诗写得相当漂亮。前两句描绘阿尔泰山的走势,气势就出来了。中间四句分别写到了山、水、雪、风,灵气飞动,最后两句写的是夏天里行人还穿着皮衣服,骑着马走进了山里的白云深处。全诗写的是作者本人在过阿尔泰山时的见闻和联想,有着非凡的动感,是一首好诗。

这些古代行走者来到阿尔泰山,留下他们的诗篇,也留下他们打量这一片土地的心灵,从而使阿尔泰山具有了更高的审美意义。

我和朋友在阿尔泰山中旅行的途中,经常也作一些五言、七言的诗。朋友的一些诗写得相当不错,但是当我想收录在这里时,却遭到了他的拒绝。可能在他看来,诗是私密的东西,是不好叫人看的吧!

我们一路上读得最多的还是李白的诗,写西北风景的诗中,还是李白的诗写得最好。只可惜李白没有到过阿尔泰山脉,要是他从这里经过,一定会留下最好的诗篇。

哈萨克族大诗人阿拜

每一片土地都会诞生它的诗人。额尔齐斯河广阔的流域,就有一位哈萨克族杰出的诗人阿拜。

阿拜的诗被称为“哈萨克族人生活的一面镜子”,可见阿拜在哈萨克族人心目中的位置。我上高中的时候读过我的同班同学、哈萨克族君玛德力在一个笔记本里翻译成国通语的阿拜的诗歌,就了解到阿拜的诗了。

他生于1845年,出生的地点在今天的哈萨克斯坦境内的中亚成吉思汗山区的托不克泰部落,父亲是这个部落的首领,而他出生之后的年代,正是沙皇俄国的势力逐渐向中亚地区渗透的时期,整个额尔齐斯河中下游地区,已经渐渐被沙皇俄国的士兵占领了。这一地区,长期以来,都是哈萨克族的生存区域。

沙皇俄国在这一地区的哈萨克族部落之间挑起纷争,让他们自乱阵脚,并且在一些部落中树立起代表他们的傀儡首领,甚至不允许哈萨克族人进入额尔齐斯河水域十俄里的地区放牧。这里是哈萨克族传统的冬牧场,因此,直接影响到哈萨克族人的基本生存。

但是，由于哈萨克族的氏族和部落形态，他们当时缺少团结，部落纷争不断，俄国人也时不时地掠夺哈萨克族人的牲畜。

就是在这样的历史背景下，诞生了近代杰出的哈萨克族诗人阿拜。我在牧区和哈龙别克聊天的时候，谈到了阿拜，他对我了解阿拜的诗十分吃惊。因此，我们迅速地拉近了距离。

在一些毡房中度过的夜晚，哈龙别克弹奏起冬不拉。他唱的歌词，有的就是阿拜的诗谱写的。

阿拜对诗的看法是：

诗是文学的精华，语言的皇帝
诗人千锤百炼锻造诗句
节奏要鲜明，词句要精练
韵辙要合乎语言的规律
我的理想是让诗的语言更加精练
我要用诗的清泉灌溉人们的心田
决不为个人消遣去挥舞笔墨
只是为了勉励那些上进的青年

我在想，为什么阿拜会在哈萨克族人的心目当中地位那么高？在和哈龙别克的多次有关阿拜的谈话当中，他给了我答案。

阿拜的伟大在于他是哈萨克族文化的振兴者和歌唱者，他以诗歌为武器和纽带，团结了当时迷茫的哈萨克族各个部落，同时又写出了关于哈萨克族人生活的哲理和智慧、希望与启示。既有尖锐的批判，也有对未来美好生活的向往，他用语言提炼了哈萨克民族的文化精神。

但是，诗是不可翻译的，这一点大家都有共识。我一直对俄罗斯诗人的作品兴趣不大，就是因为翻译成国通语的俄罗斯诗人的作品并不耐读。像普希金的国通语翻译诗，我从来都没有读出过味道。

因此，对阿拜的诗的翻译也是这样。他的几首长诗已经被翻译成了国通语，我觉得有一些片段是相当不错的，但是，仍旧翻译不出阿拜诗的哈萨克语的神韵。

比如他讽刺哈萨克族人当中的沙俄走狗的一首诗：

为了当上部落头人
我几乎把财产全部耗尽
整个部落没有剩下

一块毡垫，一绺马鬃
对上司我像马一样驯服
对下面的哀号我充耳不闻

他希望哈萨克族人多学习文化知识：

有智慧的人能够明察秋毫
任何事都考虑得全面周到
判断和裁决也非常合理
而庸人只会在人群里乱吵

而对像阿拜这样的民族诗人，根据我的阅读经验，他们的诗篇当中有很多箴言和格言似的诗句，这样的句子对人民的启迪往往赛过一部长篇小说。比如：

高尚的人有远大的生活目标
不会在生命的中途灰心动摇
庸人只是任凭命运去摆布
甘愿在生活的浊流里潦倒

有一些句子是他对势利的人的告诫：

要根据人们的言谈行动
判断他们的人格
不要根据他的地位
猜测他的言论对错

他也警告懒汉们要勤劳生活：

汗水是财富的唯一源泉
不爱劳动是可耻的懒汉
无论什么脏活都可以做
劳动本身并不分贵贱高低

他还希望哈萨克族部落团结：

如果人民像一盘散沙
家家就会断绝炊烟
一旦你在路上摔倒
就不会有人把你扶起

我引用了阿拜诗篇的国通语翻译片段。即使诗歌是不可翻译的，我们仍旧能够从阿拜的诗中读到一个人的伟大心灵。

一场哈萨克族人的订婚

听巴尔哈提说，附近的一个哈萨克族人家要举行一个订婚仪式，问我们想不想看一看。我一听，当然很想去看。

我和朋友跟着巴尔哈提，骑着马，去十几公里以外的那户哈萨克族人家。走在这片高山草原上，我可以感受到秋天在一天比一天加深。天空湛蓝，离我很远，群山逶迤而去，到处一片褐黄。

哈萨克族人的结婚过程比较烦琐，订婚仪式之前，已经进行完了说亲的过程。我从巴尔哈提那里知道了说亲的情况。一般都是男方的父母亲去他们看上的姑娘家说亲，并且要带上礼物。如果女方的家长同意，就会收下礼物，约定订婚的日子。说亲时，有的时候是父母看中了儿媳妇，有时是儿子看中了一个姑娘，但是，都得由男方的父母亲出面说亲。

看来，我们要去的这户人家，已经经过了说亲的这道“工序”，进入定亲的程序了。我们骑了二十几分钟的马，来到了一条溪水环绕的一个哈萨克族人的毡房后面，把马拴在拴马桩上，走向毡房。已经有不少马拴在了马桩子上，这一定是一个热闹的订婚仪式。

果然，我们走进毡房的时候，里面已经是高朋满座，毡房都显得小了。这是在女方家里。巴尔哈提向主人介绍了我和朋友的身份，我们递上一点儿礼物，也就是一些罐头、茶叶、香烟之类，因为草原的唯一一个小卖部里只有这些东西。

主人高兴地收下了。我们盘腿坐在地毯上，喝着奶茶。这时，巴尔哈提小声地向我介绍来人的身份。

我知道了谁是男方的家长，也知道了他们带来了一匹两岁的儿马和几只羊作为订婚礼物。很快，有人牵进来一只白色的阿勒泰大尾羊，让大家看过以后，就推出去宰杀了。我们在一起闲聊，还喝着马奶子酒。

马奶子酒当然好喝了。我发现订婚的姑娘今天也很高兴。看上去，她的年龄不大，肯定不到二十岁。她出出进进，没有老在毡房里待着。她的两个好看的被山风吹出来的红脸蛋，今天似乎更红了。

巴尔哈提和他们几个成年男人似乎在瞎起哄，说的话我也听不懂，只是看见他们在说说笑笑，声音很大，也非常爽朗。哈萨克族人是天生快乐外向的，很少忧郁内向。很快，在等待手抓肉上来之时，他们开始弹着冬不拉唱起了歌。

每当他们唱歌的时候，我就知道白山布·杜南拜和诗人阿拜在他们的歌声中复活了，这使我很专心地听他们唱歌。很快，手抓肉就上来了，我们大吃了一顿。吃完手抓肉，姑娘家的女主人又端上来了一盆乳白色的里面还夹杂着灰黑色碎块的食品。这种东西我过去没有见过，也没有吃过。巴尔哈提告诉我，这是一种奶酪，里面混合有羊尾巴油和羊肝。我明白了，这里面灰黑色的东西，就是羊肝。

哈萨克族人认为羊尾巴油最肥，羊肝最香，所以将这两种东西混合到一起，是为了祝福客人们的生活像羊尾巴油那样富足，像羊肝那样醇香。而吃这种东西，需要女方的女主人们亲自给客人喂，我们是不能自己去用勺子吃的。

当这种奶酪喂到我嘴里的时候，我觉得那种味道比较特别，油腻、香甜、酸咸、温暾，像土豆泥中拌了黄油。对有的人来说，一定好吃，但是对有的人来讲，也许就不那么好接受了。

巴尔哈提在我们之前吃到了这种东西，他掏出了礼物。而男方的客人当中有没有带礼物的，被喂过这种奶酪之后，脸上就被女方的妇女涂上了这种奶酪，大家一阵哄笑。这是一种约定俗成的习惯，客人脸上被涂上这种东西，他还不能躲避。所以，场面十分热闹。

我听说这种订婚仪式中，为了营造气氛，女方的女主人们会拿着针线，将男方客人的衣服襟角往地毯上缝。但是，我们这次没有遇到。可能是他们觉得订婚仍旧是庄重的，这种搞笑的活动就没有进行。

我还听说这种订婚活动进行到高潮的时候，女方的主人会将男方客人当中的年轻小伙子拉出去，推到门口的小溪或者是小河里，热闹一番。如果没有小河小溪，他们事先也会在门口挖一个坑，里面倒满水，把男客人推进水里。这个游戏的意思是：掉到水里，就再也不能毁除婚约了。但是我们在的这一次没有这样做。我想，是不是我们这些客人的到来，反而让他们拘谨了呢？

这次订婚的仪式一直闹到了下午，其间男方和女方的主人还讨论了彩礼的数目。太阳偏西，订婚活动结束了。男方客人们准备离开时，女方也回送了礼物——几头牛羊和一些颜色鲜艳的布料。

这次订婚仪式之后，还要择日进行观看彩礼的“吉尔特斯”仪式和给女方送彩礼的仪式。最后，就是十分隆重的女子出嫁仪式了。

在草原上，这种结婚的习俗很多年是没有改变的。但是今天，一些自由恋爱的哈萨克族男女因为不堪彩礼的重负，也有私奔逃婚的。如果一户人家中有几个女儿，情况就好得多。但一户人家中有几个儿子的话，那么给儿子们娶媳妇，就能把家里的财产给弄光了。

离开草原牧场

我们决定下山了。因为我改变了行程，还要去很多地方，不能再在这里等待哈萨克族人的转场了。他们转场，至少要十天以后。在马路上，我们仍旧可以看见从山上下来的牧民，还在向这里会聚。摄影家老杜留下来。他要拍摄哈萨克族人的转场，这是他来这里的目的。

我们搭乘了一辆经过改装加长的吉普车，摇摇晃晃地向山下开去。道路十分崎岖，似乎比我们上来的时候还要难走。而且，不断有人上车。通往县城的公共交通车，主要就是这辆吉普车。

车里的人越来越多，已经严重超载了，爬山的时候，车就像要翻了似的。这一段路是十分难走的盘山路，路两边是高山荒漠地带。

远看山林，白桦黄了一片，在绿松林中十分显眼。

我旁边坐着一个戴一顶褪色的蓝色鸭舌帽的神情忧郁的牧人，不停地向窗外打量，盯着路经的牧场上的马群，似乎在寻找着什么。司机休息的时候告诉我，这个牧人的马不见了，在找他的马。但是，直到中途下车，他还是没有找到他的马。他的马到哪里去了呢？

我们的车历经三个小时的颠簸，到达了新疆布尔津县城。我们离开了这片生机盎然的高山草原牧场。

2000年

没有“故乡”的人

一

前段时间，中央电视台播放了系列纪录片《文学的故乡》，莫言、贾平凹、刘震云、迟子建、阿来、毕飞宇出镜，非常生动，让我们看到了他们所创造的文学世界和他们的真实故乡之间的血肉联系。

我很羡慕这些作家。他们都有一个真实的故乡，能和自己建立的文学“故乡”联系起来。我在少年时期就开始阅读这些作家的作品，那是在二十世纪八十年代中后期。我羡慕他们的同时，也意识到，我不可能和他们一样，拥有一个取之不尽的写作资源——故乡。他们只要拿着铁锹回老家一挖，文学的萝卜就出来了。

在文学的意义上，我是一个没有“故乡”的人。我不可能建立一个地域文化意义上的小说世界，就像莫言的“高密东北乡”、贾平凹的“商州”和“秦岭”那样的地域文学世界。

为什么呢？因为，我父母亲是二十世纪五十年代的支边青年。我出生在新疆，从小就是迁徙移民的后代。我的老家在河南省南阳市西峡县，一岁到两岁时，我在西峡山沟里住过两年。十岁的时候，又回到西峡住过一年。在老家河南一共居住过三年，无法形成书写河南故乡的记忆资源。再说，周大新老师已经建立了他的南阳伏牛山的地域文学书写宝库了。

那么，我出生在新疆，我能不能将新疆作为我构建文学世界的“故乡”呢？我想了想，也不行。因为我十八岁就离开新疆出去求学，大学毕业后又到北京工作和生活，至今有二十八年了。我变成了一个新北京人。我对当代新疆也不很熟悉，只有一些少年的成长记忆，新疆生活构不成我文学“故乡”的书写资源。

那么，像我这样一个没有文学意义上的“故乡”的人，注定就不能成为沈从文、贾平凹、莫言、刘震云、阿来这样的作家了。这是我很早就意识到的。我一开始以为这是我的短处。我没有故乡可以写，很悲惨，而那些拥有故乡的作家们太幸福了，我太羡慕他们了。而中国现当代文学史上的很多杰出作家，大都拥有一个文学的“故乡”，然后他们通过对故乡的大力书写，取得了傲人的文学成就。

可我和他们不一样。我很悲哀，也许吧！但也不一定。后来我发现，这也可能是我的长处，可以变成我的优势。我的“故乡”在跟着我走，我走到哪里，哪里就是我文学的“故乡”。我的文学“故乡”，就是我此刻所在之处。

于是，在二十世纪九十年代里，我写了一些关于城市变化的小说，成为那个时期“新生代”作家群中的一位。在那个时候，作家刘心武对我启发很大。他给我的一本小说集写序言，题目是《与生命共时空的文字》，这一下就点破了我的方向在哪里。他说，你就写与你共时空的文字就好了，这就是你的长处。而且，你写的是城市文学，无论是沈从文，还是谁谁谁，那些拥有故乡的作家，他们大都是乡土文学的写作者，他们很难去书写城市，这是你们的根本区别。

我恍然大悟，刘心武老师点醒了我，我必须、也只能够书写当下生活、城市生活、内心生活，我能迅速将正在发生的城市生活故事和意象、人物和场景都转化成具有审美形式的小说作品。从此，“与生命共时空的文字”就是我的书写方式。多年来，我写下了二百多篇中短篇小说，写了长篇小说《夜晚的诺言》《白昼的喘息》《正午的供词》《花儿与黎明》《教授的黄昏》等，这些都是“与生命共时空”的小说作品。

可光是“与生命共时空的文字”，有时候很容易缺乏厚度和纵深度。我不喜欢重复自己，喜欢那些有几套笔墨的作家。在我三十岁之后，看了大量的文史书籍。我在“与生命共时空的文字”之外，又开辟了“对历史展开想象”的写作。对历史展开想象，能够带我离开当下现实过于具体的限制，使我进入时间和空间的长时段中去构建文学世界。在“对历史展开想象”的规划下，我写了中短篇小说集《利玛窦的一封信》和长篇小说系列“中国屏风”之《贾奈达之城》《骑飞鱼的人》《单筒望远镜》《时间的囚徒》，以及长篇小说《长生》。

现在，“与生命共时空”和“对历史展开想象”的写作，仍旧在我的写作中进行，我的左右手就这么交替着，有两套笔墨自由地转换。我现在比较安然了，虽然我没有一个文学的“故乡”，可此地是故乡，我依旧能插上想象的翅膀，在时间和空间中来回奔走。

2018年以来，我的文学创作也是按照这一思路进行的。三年来，我完成了武侠小说集《十侠》和当代题材的小说集《望云而行》，还写了一部非虚构文学作品《北京传》。下面，我谈一谈这三部作品的写作情况。

二

“对历史展开想象”的最新尝试，是我的《十侠》这部武侠小说集的写作。它源于我小时候练过几年武术的体验。从初一到高三，我在业余体校武术队参加训练。每天早晚三四个小时的高强度训练，是很艰苦的。从蹲马步开始练基本功，到练组合拳，再到学习长拳、南拳等传统套路，最后是刀、枪、棍、剑、绳镖，也学习了拳击和散打。上大学练了一阵子，后来，就荒废了。

因为练武术，我就很喜欢看武侠小说。十五岁的时候，我写过一部武侠小长篇，有十多万字，没有发表。当时看了好多金庸、梁羽生和古龙的小说，手很痒，模仿着写了一部，很不成功。上大学后，我读了《燕丹子》、汉魏笔记、唐传奇、宋代笔记、明清侠义小说、民国武侠小说等，脑子里有一个中国武侠小说的源流线索。

有一次碰到毕飞宇，他说，华栋，你要是写武侠小说，估计会写得很好。这让我受到了很大的鼓舞。于是，2020年春节期间，我完成了《十侠》。这部小说集一共收录了十篇小说，篇幅在一万字到两万字之间，小说的题目都是两个字：《击衣》《龟息》《易容》《刀铭》《琴断》《听功》《画隐》《辩道》《绳技》《剑笈》。2020年11月，人民文学出版社出版了这本书。

我写这些武侠小说，把小说的背景放到从春秋时期，历经秦汉、魏晋、唐宋，一直到明清，似乎有一个隐隐的侠义精神的流变。有的是实有其人的侠客或者刺客，有的是我虚构的。

《击衣》写的是春秋晚期的刺客豫让的故事。《龟息》是以秦始皇去蓬莱一带寻访仙人为背景，描绘了“龟息功”的神奇。《易容》是以王莽新朝覆灭为背景，写了易容术。但古代侠客如何易容，确实是一个很复杂的问题。这一篇作品我并没有很好地解决历史真实和虚构的隐逸侠客之间的关系。《刀铭》写的是东汉末年，外戚擅权的背景下，一个刀客如何在政治搏杀中获得生命的意义，取材于《后汉书》。《琴断》取材于耳熟能详的魏晋名士嵇康的故事。《听功》的时代背景是唐代，以唐太宗李世民换立太子事件，作为小说叙述的线索，取材自《旧唐书》。

《画隐》的故事背景，就到了宋徽宗时期。我非常喜欢宋徽宗的书法和绘画，钦佩宋徽宗的审美眼光，这篇小说纯粹就是为他量身定做的。《辩道》的故事背景，是元代忽必烈召开的一次佛、道两家之争的殿前大辩论，故事的取材来自宋代笔记。《绳技》写的是绳技作为一种绝技，如何在建文帝和燕王朱棣之战中起到关键作用的想象。《剑笈》的背景是乾隆皇帝让纪晓岚编修《四库全书》，一群剑客围绕一册剑术秘籍产生的恩怨纠纷。部分情节取材自笔记《古今怪异集成》。

以上十篇小说的历史背景跨度很大，上下两千年。我把一个个刺客和侠客放在某个著名的历史事件中，对历史情景进行想象和重构。

我写短篇小说有个习惯，喜欢一组组地写，有一种图谱式的组合。我这么干，是为了强调小说题材的特异性，类似音乐的不断回旋，以及某种意象、颜色的不断强调，来加深题材的丰富性和宽广度。那么，《十侠》也是如此。可能每一篇的完成度并不一致，有好的，也有硬写出来的，这也是没办法的事情。

我写作时喜欢听音乐。只是听单纯的音乐，不能有歌词，不然，歌词会把我写作的思绪带走。二十多岁的时候，我喜欢一边听摇滚乐、爵士乐一边写作，为我的小说语言找到音乐的调性和年轻人的节奏。三十岁后，我喜欢听欧洲古典音乐，在抽象的音乐世界里寻找想象历史的可能。四十岁之后，我听的更多的，则是古筝和古琴曲。这与我现在的中年生命状态和宽和的心境有关。

音乐虽然大多数很抽象，却能给我带来写作灵感。比如，有段时间我常听古琴曲《广陵散》。听多了，就想到了嵇康。不知怎么回事，眼前就浮现出嵇康打铁的样子，以及钟会前来拜会他的情形。然后，就出现了一个少年侠客，无名。他在嵇康被杀后来到四川，用古琴的琴弦杀了钟会——我就这么在古琴乐曲中浮想联翩起来。这就是小说《琴断》的由来。

三

“与生命共时空的文字”也在继续。我的小说集《望云而行》书写了当下全球化时代的景观。主人公在地球上到处出现，演绎着他们精彩的人生。这部小说集2020年秋天完成，北京十月文艺出版社计划出版。

我喜欢看地图，各种地图。每到一处，一定要找到当地的地图，按图索骥，找到我所在的位置，以及要去的地方。这些年，我搜集了不少有关地图的书，比如《泰晤士世界历史地图集》《古代世界历史地图集》《改变世界历史的一百幅地图》《地图之王——追溯世界的原貌》《谁在地球的另一面：从古代海图看世界》《中外古地图中的东海和南海》《失落的疆域——清代边界变迁条约地图》等。这些地图能够把我带到很远的地方，带到时间和历史的深处，让我想象到一般人很难体会的关于历史地理、时空交错的有趣生动的场景。

我还喜欢摆弄地球仪。我有几个地球仪，有大的，也有小的，有三维的，还有通电后通体发亮的。把玩地球仪，有一种“小小寰球，尽在手中”的感觉。写《望云而行》这部小说集时，我就常常转动地球仪，心里想着在地球表面生活的当代人，如何拥有着我能够书写的精彩人生。

我现在是在把地球当作我的“故乡”，进行文学书写。现代世界交通工具的发达，能够让人到达你想去的任何地方，包括那人迹罕至的生物圈边缘。大洋之下，冰原之上，沼泽之中，大河之里，江湖之内，雪峰之顶，人都能够抵达。只要是你想去，物质条件具备，各类交通手段就能帮助你到达那里。

我的《望云而行》系列小说一共九篇，每篇篇幅在一万字到三万字之间。其中，《唯有大海不悲伤》《鳄鱼猎人》《鹰的阴影》分别发表在《人民文学》《十月》和《长江文艺》杂志，2019年4月由北京十月文艺出版社以《唯有大海不悲伤》为书名结集出版。另三篇，《望云而行》《冰岛的尽头》和《河马按摩师》，分别发表在《十月》《作家》和《作品》杂志上，读者有兴趣的话，可以找一下。发表在《芳草》2020年第六期有三篇，《普罗旺斯晚霞》《圣保罗在下雨》《哈瓦那波浪》是这个系列新写的部分。

小说《唯有大海不悲伤》的写作，有触发我的动因。近些年，我听到有些朋友的生活突然遇到了变故。比如，有一个朋友的独子留学归来正待结婚，却因病忽然去世。白发人送黑发人，何其悲伤。还有一个朋友的孩子年仅十岁，不慎溺水而亡。痛失自己的孩子后，夫妻俩陷入困顿和悲伤，婚姻关系岌岌可危。突发的生活变故给他们个人和家庭都造成了巨大痛苦。那么,他们如何承担这悲伤、重新获得生活的勇气呢?化解痛苦,不能靠豪言壮语,只能是个体生命去承受。

我就去想象他们面对的境遇,内心要承受的东西。在《唯有大海不悲伤》中,小说的主人公遭遇了丧子之痛。最后,他通过在太平洋夏季的潜水运动,逐渐获得了救赎和生活下去的力量。

小说发表之后,有朋友问我,你啥时候学会了自由潜水啊?其实,我顶多会简单的浮潜。但我爱看关于海洋的纪录片。中央电视台九频道播放了多部关于海洋的纪录片,如《海洋》《蓝色星球》《加拉帕戈斯群岛》等,我都看了好几遍,对海洋里的各种生物了解很多。此外,《美国国家地理》《中国国家地理》杂志也有很多关于海洋的文章,都是我写作这篇小说的材料支撑。

我觉得,作为一个小说家,要对读者尊重和友好。人家花宝贵的时间来阅读你的小说,你能给他们带来什么?我就在小说里增加知识含量,比如潜水的知识、海洋动物的知识。这就使小说有更多的内容,小说也就变得有趣和好看起来。毕竟,大部分人都生活在陆地上,很难去太平洋上进行自由潜水。

《鳄鱼猎人》的写作念头，我在很多年以前就萌发了。我曾经去过几次澳大利亚，也接触了一些在澳大利亚生活的华人。他们各有各的精彩故事。华人在澳大利亚的历史和现实处境，一百多年来有很大的变化。比如，淘金的近代华人、改革开放后去澳大利亚的华人和二十一世纪澳洲的新华人，他们的生存景象都不一样。一代代华人演绎出了精彩的故事，促使我写成了这篇抓鳄鱼的小说。但对如何在小说里抓捕一条鳄鱼，我自己也颇费踌躇。好在小说家都有想象力，抓捕一条白化鳄鱼和这篇小说的主人公帮助警方抓获一个白人罪犯——他强奸并杀害了一个中国姑娘，有着象征和同构的关系。小说中，两个夏天里，进行两条时间线索的并置，取得了对照的效果。

《鹰的阴影》这篇小说，讲述了两个登山爱好者在中亚雪峰上攀登的故事。我出生在天山脚下，小时候一出家门，往远处一望，就能看见海拔5445米的东天山山脉主峰博格达峰。它被冰雪覆盖，十分巍峨，令人向往。登山运动是一种极限运动。现在，顶级的登山家，要有14+7+2的履历才是完美的。什么是14+7+2？那就是，登顶地球上一共十四座海拔8000米以上的高峰，然后再登顶地球上七大洲的最高峰，最后，抵达南极和北极两个地球上的极点。这就是14+7+2的意思。深圳有一位叫张梁的普通人，就完成了这一壮举。关于他的情况，《中国国家地理》2018年第八期有专门的报道。全世界完成14+7+2的人只有几十个，可见这一极限运动的伟大与艰难。写这篇小说时，灵感和材料纷至沓来，包括我见到的人和事，以及看到的一则新闻报道。这些构成了我这篇小说壮丽的色彩。

我写小说，往往由一个很小的灵感或细节延展开来。《普罗旺斯晚霞》这篇小说，缘起于多年前我在法国南部的一次旅行。我记得，有一天我从一个法国画家的画展上出来，正巧看到了普罗旺斯的晚霞，灿烂夺目。这个景象一直在我的脑海里萦绕，并最终变成了我这篇小说的题目。

《哈瓦那波浪》的写作缘起，是某年我出访古巴的时候，不经意地在酒店大堂咖啡厅里，看见一个表情忧郁的华裔少年独自坐在那里的样子。他的孤单和忧郁让我记忆深刻。我不知道他从哪里来，将要到哪里去。

后来，我在面对古巴一个风平浪静、碧空如洗的海湾白沙滩的时候，想象着这里应该有一场冲浪的比赛。实际上，那个海湾并没有适合冲浪的条件，但我在小说里完成了它。这篇小说我本来还想写得更充分一些，比如，我专门了解了翼装飞行这项运动的细节。一开始，我想把这篇小说写成男女主人公分别进行冲浪和翼装飞行，同时与对方进行心理对话和交流的结构。最终，我只写了男主人公的冲浪这一条线，不知道充分不充分。

《圣保罗在下雨》的缘起，是有一年在圣保罗上空，我乘坐的飞机即将降落的时候，看到的一场细雨。这场细雨让圣保罗这座城市都在雨幕中变形，成为我记忆中的雨之城。巴西是一个充满希望也充满矛盾的国家，在圣保罗、里约热内卢和巴西利亚的旅行，让我深深地感受到了这一点。对于我来说，每一篇小说都是由一个很小的感觉、印象，逐渐地被我的经验和想象扩展、填充起来而完成的。小说最大的魅力，就在于它的完成，是灵感和构思的一次次的釉变。它常常会变成与我最开始的构思完全不一样的结果。

上述九篇小说的地理背景十分广大。如果《十侠》是我在两千年的时间长河中打捞出来的东西，那么《望云而行》则是我在空间中构造出来的世界。

这九篇小说的主人公,他们都有自己生活中的缺失和困难,也有强大的生存希望和勇气。他们活动在地球上的各个地方。如果转动地球仪,去寻找我的小说主人公所活动的场所,会有很有趣的发现。

要简约讲明白《望云而行》这部小说集里写的是什么,那么题目可以变成:“如何在太平洋潜水”“去澳大利亚抓鳄鱼”“攀登喀喇昆仑山的雪峰”“到古巴冲浪”“在圣保罗解救被绑架者”“穿越欧亚大陆的自驾看云旅行”“品赏法国红酒的绝望之旅”“直到冰岛尽头的徒步旅行”和“最终前往肯尼亚山国家公园去寻找一个按摩河马的男人”。

这也正是我写这一组小说要形成的一个效果,那就是在全球化的时代里,中国人或华人的故事,本来就非常精彩。

我也不喜欢被看成是一成不变的作家。不断寻找新的写作资源,对于我很重要。写小说得非常具有创造性。我不喜欢重复,就经常换换写作的题材,左手写了当代的,右手就写历史的。也许,以后还会写写科幻小说和寓言小说、乌托邦小说、奇幻小说。这能让我一直保持写作的兴致,读者也会感到新鲜。

四

再来说说我的非虚构文学作品《北京传》的写作情况。

2017年夏末的一天，我碰到了北京十月文艺出版社的总编辑韩敬群。他问我在读什么书，我说我在读《伦敦传》，这是一本英国作家兼记者彼得·阿克罗伊德写的作品，很厚，规模约在八十万字。关键是我后面还来了一句："读了这本《伦敦传》，我觉得我也能写一本《北京传》。"

言者无意，听者有心。韩敬群是编辑家，他听进去了。没多久，他就打电话来说，要跟我签一个约稿合同，先把选题定下来，就请我写一本《北京传》。我有点儿犹豫，后来觉得这是一个很有意思的挑战，就答应了。

实际上，多年以来，我不断地积累着关于北京的资料，已经有二三百种。得闲的时候就在翻阅，一直在做准备。我是1992年夏天大学毕业后就来到北京工作，到今年已经二十八年了。二十八年生活在北京，不算短了。作为一个新北京人，我对北京一直充满了好奇和热爱，给这座伟大的城市写一本“传记”，也是我个人的小心愿。

2017年10月，在“十月文学月”的一次活动中，韩敬群请我和阿来、刘庆邦、李洱、宁肯、徐则臣等几位作家，一起签约给十月文艺出版社写新作。签约之后，等于是给套上马嚼子，我不写也得写了。两年多来，工作很繁忙，我总是想着这本书，就利用节假日和晚上的空闲时间写，2020年4月完成了全书。

我对城市建筑文化感兴趣，受到了刘心武老师的很大影响。二十多年前，我在报社当编辑，曾向刘心武老师约稿。那段时间，他给我的报纸写了一系列解读长安街建筑的文章，叫作《通读长安街》，后来结集为《我眼中的建筑与环境》出版。他还出版过一本有关建筑材料的随笔集《材质之美》。一个当代小说家对建筑这么感兴趣又很懂行，我很好奇。平时和他聊天，也常常聊到城市建筑与规划，这就影响了我。刘心武老师有一个观点对我很有启发：我们可能最注意建筑的外观，但我们更应该走进建筑物，获得身在建筑之内的体验才是重要的，才能更好地理解建筑。所以，我常常把自己置身于某栋建筑之内，来感受建筑的空间和我的生命体验交汇的感觉。

对一座城市也是如此。要身在城市中，在城市的各个空间中去感受你所在之处，就能感受到城市的空间与时间交汇时的丰富意味。我是一个建筑文化爱好者，家里有很多建筑书籍，有空就会翻一翻。二十世纪九十年代，我就曾和冯骥才、张抗抗、韩小蕙、叶廷芳、刘元举等诸位先生老师，参加过两次作家和建筑学家的对话论坛。这一交流平台，在文学和建筑文化之间搭建了桥梁，我也认识了很多建筑学家。

我读了不少关于城市的传记图书，像《伦敦传》《罗马》《巴黎》《柏林》《威尼斯》《伊斯坦布尔》《纽约史》《阿姆斯特丹》《耶路撒冷三千年》《南京传》等，读罢也有很多启发。特别是叶兆言老师的《南京传》出版之后，使我有了写作的动力，促使我完成了它。

我心目中的《北京传》，还有一个副题“时空中的人与万物”。最开始是想写一本规模更大、更具个人化体验的《北京传》。但因工作繁忙，两年的时间我才写出了这本《北京传》，已经有点儿疲倦了。要知道，一座伟大的城市，的确是万花筒般千变万化中又包罗万象，很难在二十万字的篇幅里写出一部全息式的传记。那么,我的这本《北京传》,等于是纲举目张中的“纲举”,是一个骨架,是一座城市发展的历史传承、空间变化、功能演进的大致脉络。这本书的“目张”却远未达到,以后有时间,我再努力增写。

北京有三千年的城邑史(从公元前1046年算起),八百年多的首都史(从建立金中都的公元1153年算起),如今是一座世所瞩目的全球大城市,在世界城市评价体系中占据着举足轻重的地位。这和中国在当代世界的发展和地位是相关的。对北京这座城市的来路和未来发展,很多人可能有兴趣去了解。那么,我的这本书,就是一个纲要性的简约版,邀请你来阅读。北京城市空间生长变化的历史过程,时间跨度有三千年。北京城市空间格局演进的变化,是我一直关心的。这同从历史事件和人物的角度去写一本城市的传记不一样。

《北京传》这本作品,是城市人文历史,是建筑文化史,也是散文随笔、纪实文学或非虚构作品。我在结构上分为了主章和副章,主体章节是城市演进过程中的重点叙述,是对朝代更替过程中城市状态的描述;副章选取了一些代表性的人物、事件和建筑、规划等，作为一种补充性叙述。这样主、副搭配，主干清晰可辨，副线点缀强调，能让读者迅速获得对北京这座城市是如何随着时间演进在空间结构发生变化的清晰认识。

在我看来，城市本身就是一个生命体。人创造了城市，但城市反过来也在不断地生长。这座城市的生命比一个人的生命长很多。人是城市的过客，但人可以改变城市的空间，构成新的关于城市的记忆。建筑是历史和文化的载体，人又创造了历史和文化，人与城市建筑是共生的关系。但我还是把城市看作一个生命体。北京已经存在了三千年，如果三十年算一代人，那么都过去一百代了。一代人接着一代人，努力地创造着属于自己的城市文化和记忆。

因此，我们这些城市的过客和大地上的短暂居住者，必须谦逊地对待城市。无论是作为城市的主人，还是过客，我们必将和城市一起生长。每个生活在北京的人都有自己的北京经历与记忆，希望你也来写一本属于你自己的《北京传》。

2020年

器物、灵魂与民族志

当一个作家已经动笔写作三四十年,他会渐渐丢掉那些最初催动下笔的愉快,变为履行写作的苦役。换句话说,作家开始进入一种有意识的写作状态。最焦虑的问题不是寻找新鲜的写作资源和挖掘成长的秘密,而是把自我意识到的事件、时代、状态转化出来。二十世纪八十和九十年代,我像一个摄录机,以奋斗者的个体视角呈现城市生活,呈现边疆小城的生活。当时吸引我的是显然散发着陌生化吸引力的巨大物质,如立交桥、摩天楼。后来,我开始对一个个小玩意儿感兴趣起来了,如锦帛、石器、缥缈的古乐。我开始意识到,探寻沉默的档案开始变成我的重要课题。作为作家的使命,是要用想象赋予它立体的形象。于是,我的写作开始在纯然的虚构和非虚构之间形成两极摆荡。

我最新完成的长篇小说《空城纪》，采取了石榴籽结构，由短篇构成中篇小说，再由六个中篇籽房——分别是《龟兹双阕》《高昌三书》《尼雅四锦》《楼兰五叠》《于阗六部》和《敦煌七窟》，构成长篇小说。比如，在《于阗六部》中，有一个篇章是《绘画部：于阗花马》，以一匹马的第一人称自述。讲述这匹从张骞出使西域的时候就已经奔走在昆仑山山麓上并向张骞出使西域的队伍投去了长长一瞥的花斑马，它后来借助牧人的岩画、僧人的壁画、妇人的织锦、木版画及纸本绘画，一直在这个世界上永不停息观察和生活，充满活力。

这匹于阗花马穿越千年，经历生生死死，不停地在时间中驻留与奔跑。这匹马的形象来源于岩壁、锦帛、卷册，也来自"五花马，千金裘"的启发。我愿意相信它曾经在我们踩着的大地上矗立过，具有强健的生命。是这种生命力呼唤着我，冲破对于大部头民族志、考古学研究等学术路径的畏惧。相反，我怀抱着兴趣，去搜寻所有可以缝合历史的蛛丝马迹。我们今天认为是玄奘和辩机留下的地理史籍《大唐西域记》为于阗最早留下了印记，实际上在我们所熟知的宋朝李公麟《五马图》问世时，于阗国可能早已亡于十一世纪初的喀喇汗王朝。这样一个隐匿于有限的物质实物和难辨的文献里的古老国度,不以交叉的视角将其唤醒是很可惜的。因此,我认为一匹美丽传奇的花马倒是最能够担负书写西域民族志的任务。这匹马可以以隐身的姿态逃逸出历史,并可以从正史中游离出来参与到时间的跋涉之中。《简牍部:流沙坠简》这一部分也运用了同样的方法。我让一块简牍开口说话,讲述自己所见证的历史。

在这个爬梳史料、缝合兴趣的过程中,民族志成为我的常读书目。民族志即一种所谓的定性研究。古代文人雅士留下的文字,通常是记录其个人耕读、做官、交友等过程,交织着个人经历和明理问道,也就是说留下了庞杂散落的主观视角。一些域外记载中有丰富的甚至无法证明其真伪的事件。另外,墓碑、县志等多来源记录都丰富着大历史的书写。因此,我也想让我笔下的器物开口。不过,在处理视角的时候,我首先遇到的是立场的问题。比如,简牍所说及其本身被刻录的事件大致应该一致,我的叙述和叙述的叙述一定程度上同构了。但在花马的故事里,"我"的讲述就显得更加自由。因为马儿经历的事情不需要定论,马儿的观察可以串联所有琐碎的细节,供我随意选择裁取。

然而，马儿的鸣叫是嘶嘶或咴儿咴儿，一匹马如何能够理解他面前的佛寺、僧人、帝王、将相呢？其实是很难的，尤其是当语言都不互通。另一边，不同的简牍上使用的文字也是不同的。它们如果真的能够开口讲话，需要怎样的语言中介呢？这是我解决不了的问题。所以需要承认，确实我的写作本身也是人类自恋，以及文化中心霸权的产物吧！在逻辑上聊可成立的是，我找到了让器物开口的叙述动力。田野调查是为人类学知识论提供资料基础，因为一切都基于“我”的现场叙述、“我”对社会或文化的整体考虑。马儿的行动一定程度上是其天性。它热爱奔跑，为寻找生存所需，它天然地能够在自然物候中独立生存，而且有时候它选择留在哪里可能直接取决于它看上了哪匹小母马。所以，它在时间中穿梭的行为符合我们对于动物的理解。简牍则不太一样，它本身“无情”。因此，我也只好以一个记载的人物作为中介，让简牍感染人类的感情，最后选择开口讲述故事。

这次探索对我个人而言是圆了一场几十年的西域梦，也与最近几年浮现的非洲文学对我产生的启迪有关。为什么非洲文学那种奇诡的想象力对我造成“震惊”，并逐渐在我的趣味中显得重要起来？我想是因为，全球化的5G时代，挖掘新鲜的当下生活逐渐失去意义，但从神话传说甚至是民俗信仰中寻求其中能够延续至今的古老民族心灵和现实感，是最重要的。所以转化成物质层面，即我认为的可以将历史遗迹中的器物作为支点，去创造自己所理解的历史。

尼日利亚作家本·奥克瑞的《饥饿的路》，以“鬼孩”阿扎罗在人间的漂泊经历和阿扎罗父亲的成长为叙述线索，以阿库比的神话传说作为核心意象。什么是“阿库比”呢？尼日利亚大部分地区还保持着原始传统的生活方式，婴儿死亡率较高，夭折的婴孩在约鲁巴文化传说中会转化成婴孩幽灵。他们在幽灵国王的命令下，要继续投胎到人间，又在未成年的情况下突然夭折，成为不断转世的孩子。而且，阿库比们在投胎前都已经在冥界约定好，一旦投胎到人世间，就要尽快脱离人间苦海，重新回到鬼魂世界里去。于是，阿库比就这样不断地往返于幽灵鬼魂的世界和现实的世界。

《饥饿的路》叙事是第一人称，“我”是一个投胎到穷苦人家里的阿库比。父亲曾经作为雇佣军,参加英军在缅甸的镇压当地民族独立运动的行动,退伍后回到小镇当搬运工。母亲是一个小商贩。这一家人虽然贫穷,但是生活祥和平静。因此,这个小阿库比不忍心离开他们,不断推迟回到冥界去和其余阿库比们相聚的时间。但是,其他的阿库比就经常来纠缠他。最后,小阿库比终于得了重病,亡后被父母亲装进了棺材里入殓。结果,幽灵国王怜悯他的父母亲的仁慈和善,又让他从棺材里复活。复生的阿库比备受父母宠爱,母亲则亲昵地称他为“阿扎罗”。于是,整部小说就是通过阿扎罗的遭遇和他的视线变化,来审视和呈现尼日利亚的当代历史、现实政治和传统文化的。阿扎罗在冥界中那些不断催促和诱惑他的阿库比们的纠缠下,顽强地生活在一个动荡不安、一片飘摇的世界上。他眼看着苦难不断地降临到他的父母亲和周围人的头上,感到了困惑和痛苦,却又对亲情十分依恋,不愿意失去人世的牵挂。阿扎罗看到了尼日利亚的现实世界被巫师所统摄,整个世界也陷入权力所带来的混乱中。

在小说中,路是一个活的物体,路和人一样存在在世界上,并不断地生长。大路之王的胃口特别大,人们要不断献祭,才可满足它的贪婪。因此，路上有那么多的带来死亡的车祸。如今，由于大路王吃了带有毒性的祭品发了狂，开始吃掉树木、石头、房屋和更多的人，人已经控制不住路王了。阿扎罗的父亲有一次参加了带有赌命性质的拳击比赛，被对手打伤，很快死去。他的灵魂几经周折回到了家中。他对家人说："在我沉睡期间，我看见了许多奇妙的东西。我们的祖先教会我许多哲学。我的父亲'道路祭司'在我面前出现，告诫我务必把门打开。我的心必须打开。我的生命必须打开。一条打开的路永远不会饥饿。奇异的时光就要到来。"小说在这里点题了——一条饥饿的道路打开之后就不再饥饿。阿扎罗明白了，他决定不再返回冥界。他要在人间那条饥饿的路上坚强奔走、继续成长，并且去接受生而为人所面临的各种挑战。

《饥饿的路》是一部具有尼日利亚本土文化传统风格的魔幻之书。小说中的现实世界和鬼魂世界在篇幅、结构和情节上，都是等量齐观的。也就是说，人和鬼的世界大致平行。大量的阿库比在两个世界之间自由穿梭，带有强烈的神话、传说和魔幻色彩。小说中隐含了对尼日利亚社会现实和非洲现实的深切观照。在生界和死界轮转的阿库比本身就是一个隐喻，象征着二十世纪的非洲国家纷纷独立之后，社会争取人权、民主、自由和富裕的梦想的夭折、诞生、再夭折、再诞生的艰难历程。

肯尼亚作家恩古吉·瓦·提安哥的小说《乌鸦魔法师》，虚构了一个非洲国家，一个大权在握者统治着这里。这部小说情节十分荒诞，塑造了国家政权结构下的各色人等。掌握最高权力的人，有三个马仔。为了取悦执政者，他们千方百计让自己的眼睛变大、耳朵变大、舌头变大。有趣的是，第三个马仔舌头变大的过程出现了问题，语言的混乱惹恼了执政者，而最高行政长官自己的身体也在发生变化，他的身体不断扩张。最后，他那膨化的身体飘浮起来，飘到了屋角处的天花板上。在夸张的魔幻情节背后，隐含着作家对当代非洲现实的忧虑。

再简要介绍1937年出生于法属瓜德罗普的黑人小说家玛丽斯·孔戴。她的长篇小说《薄如晨曦》情节处处都混合着现实和非现实的元素，具有“巫术现实主义”的鲜明特征。这部小说以1692年的塞勒姆女巫审判案为素材，描绘了黑人女奴蒂图巴的生活。塞勒姆女巫案以十九个人被处以绞刑、一个男人被处以石刑的结果而告终。最终蒂图巴被指控为女巫，在塞勒姆镇最后一个被带上了绞刑架。但是，蒂图巴依旧存在在这个世界上："有时，我还会变成萨曼莎身边的山羊和蜗牛，可她从来不上当。我的这个小姑娘已经学会了如何从动物毛发的摆动中、从篝火的噼里啪啦声中、从四溅溪水的虹色中、从弄乱山林树丛发型的风声中认出我的踪影。"

据说，在非洲撒哈拉沙漠以南的地区，巫术文化非常普遍，依旧影响着老百姓的生活。可以说，继拉丁美洲文学爆炸之后，在现今的非洲作家、亚洲作家笔下，这些小说家创作出一种"巫术现实主义"或者说"魔法现实主义"。"现实主义"是我强加上去的，因为巫术本就是属于他们的医学或者科学，是与非洲的历史与现实紧密结合的一部分，与那些可被还原、可被证伪的科学的部分犬牙交错难以分割。中国文化自古以来有"子不语怪力乱神"之传统。我们社会主义的政权已在艰苦的努力的代价下改良了迷信滋生的土壤，构建科学的观念。不过，不可否认的是，现实指涉的并非就是"正确"的事物。人的头脑认识的或者愿意相信的事物，一定程度上塑造着现实，至少是他们基于这种现实会延伸出的生活选择和生命体验。

通观上述作品，无论是二十世纪六十年代的非洲，还是十七世纪的美国小镇，它们的历史都是这些文学作品最大的来源。当然，这里我无意于讨论殖民地与被压迫人群的知识生产问题，我仅仅讨论一种文学编码。作家只不过是对于历史进行重新编码。我的好奇心让我无法满意于历史书里宏大的词汇。语言在拉康的意义上，是塑造大他者的条件。象征界表征着人类语言和符号系统构建的意识规范。正如法律条文必须得用谁看了都会打瞌睡的语句书写，历史语言也让人的精神感到无法满意。我想借助于微观世界去融合历史。我想，也许故事不一定是有着颠覆性的重新叙述，尤其是关于善恶明暗的叙述已显得不那么重要。但作家写作历史是为了把历史编织在扑朔迷离、充满歧义且更具有弹性的语言中，解放其本身被牢牢束缚在史书那几行字中的命运。

近年来我特别倾心于游记。不是为了发表，而是享受自由书写的快意。抒发胸臆，快速打下随意简单的语言，似乎比虚构故事更加让我感到愉悦。我对地理很熟悉。世界各地的山脉、海沟都似乎形成一道道清晰的界限隆起在我脑海。在我写作《毯书：心是归处》时，作为大宋供奉官出使的“我”王延德及因恐惧警惕而分裂出的王延德人格，两两轮流值班，应对掺杂着凶险的契丹势力的宋与高昌国的复杂外交。待“我”最终平安归来且逐渐进入人生的寂灭状态，西域岁月遗留的沉默档案——花毯，才终于对我说话，“我盯着那氍毹花毯看，那些像是蝌蚪、飞鸟和虫子的文字在跳跃和旋转，最后变成了四个字：心是归处”。我想，这大概呼应了我在此文中想表达的意思。小说写作基于一种丰富的民族志式的知识理解，对故事的虚构也是有限度的。因为，再上天入地的想象也脱离不了人的心灵。各种各样的原型和阴影在一定程度上决定了我们虚构的视域。因此，我们要用看似虚构的故事去创造更立体的历史，用令人欣喜的语言文字丰富民族志书写。这样，作为写作者，心内才会感到充盈宁静，出于偏见所设定的禁忌话题才会被掀开“危险勿进”的脆弱面罩，呈现一种可感的实在性。

2023年

剧作

鸿门宴(课本剧)

出场人物:

刘邦　项羽　张良　项伯　范增　项庄　樊哙　陈平

画外音:秦朝末年,政治腐败,民不聊生。于是,群雄竞起反秦。刘邦先攻入咸阳,秦朝灭亡。但刘邦没有掠夺咸阳,而是听取谋臣和妻妹夫樊哙的建议,约法三章,封闭了秦朝重宝财务府库,退出咸阳,率领十万大军,在霸上驻扎下来。项羽此时正与秦军主力作战。打败章邯的部队后,听说刘邦已经占领咸阳,很着急。而刘邦的左司马曹无伤暗中派人告诉项羽,说刘邦要在汉中称王了。项羽十分生气,率领四十万大军,号称百万,逼近咸阳,在鸿门驻扎下来,准备与刘邦决战。

一、项羽的军帐中，谋士范增和项羽在一起

项羽：你说，这刘邦他占了咸阳，却又还军霸上！他的葫芦里，究竟装的是什么药呢？

范增：这个刘邦，你可不要小瞧了他。当初他占领崤山以东，贪恋财物和美女。可是这一次他入了关，占领了咸阳，自己分文不取，不骚扰百姓，也不抢掠美女。看来，他的志气不小啊！我派人察看他所在地的气象，有五彩和龙虎之气，那是天子的气象啊！大王，看来他要和你争天下。你赶紧进军攻击他，不要延迟！

（项羽沉默了片刻，点了点头。）

二、夜。霸上。刘邦的部队军帐中。项伯来找张良

项伯：恩人，过去你救了我，现在我要救你来了。

张良：你这话怎么说呢？

项伯（很着急）：哎呀，告诉你，我可是偷偷地从那边跑过来，告诉你一个重要的信息。项羽要攻打刘邦了！他有百万大军，打败刘邦易如反掌。你不要和刘邦一起送死了！

张良（激动地站起来）：过去刘邦待我不薄，这个时候，我要离开刘邦，太不仁义了。不过，我也谢谢你的好意。你先等着，我去他那里看看再说。

三、刘邦的统帅军帐中。刘邦正在看书，看见张良进来了

刘邦：这么晚了，还不休息？是不是有什么紧急的情况？

张良：对呀，情况危急！刚才，项羽的叔叔项伯从项羽驻扎的鸿门那边过来，秘密地告诉我，那项羽听信了小人的谗言，说您要把守关隘，不让他进关来，自己称王了。他现在准备率领百万大军，来攻击咱们！您觉得，以咱们的实力，能不能抵挡住他呢？

刘邦：咱们只有十万人，哪里能抵挡得了他的百万大军呢？不行啊！

张良：我看我们先取一个权宜之计，现在，项伯还在我的帐里等着呢！您去跟他说，您没有和项羽一争天下的愿望，不敢违逆项羽。这样，可以缓解眼下的危机啊！

刘邦：好！可是，你怎么和他认识呢？

张良：这项伯过去杀过人，投奔我的时候我庇护过他。现在，他把这个消息告诉我，希望我能够跟他一起走。我当然不会离开您了，沛公。

刘邦：谢谢了！多亏了你辅佐我呀！你和项伯两个，谁的年龄大些？

张良：他比臣的年龄大一点儿。

刘邦：好，那你把他请来，我要以对待兄长的方式来接待他！

（张良赶紧把项伯叫来。）

刘邦（请项伯落座，拿起酒樽）：项兄，我以小弟的身份，先给您敬一杯酒吧！祝您身体健康！咱们一同喝了这杯酒！

项伯：多谢沛公！沛公礼贤下士，果然名不虚传！（一口喝了酒）

刘邦：我入关以来，攻入咸阳，又退了出去，驻扎在这里，对百姓秋毫无犯，对财物也不曾掠夺半点。我调查登记秦朝官吏和百姓的情况，封闭了秦朝的宝物和财物的库房，一心一意地等待项羽大将军的到来。我怎么可能与昔日共同作战、对抗秦朝的项羽大将军为敌呢？这是小人在项羽大将军那里陷害我呀！

项伯：沛公所言有道理，我放心了。可是，毕竟，您派人把守函谷关，不让各路起义军攻入汉中，也给项羽大将军留下了猜忌的口实啊！

刘邦:哎呀,兄长,你不知道,我派人把守函谷关,是为了防止盗贼的出入和非常事态的发生啊!我日夜盼望项羽将军的到来,哪里敢反对他呢!我绝对不会忘恩负义而和项羽大将军为敌的。请一定相信我,项兄。

项伯:沛公,我相信你。那你明天一早来鸿门项羽大将军帐中,亲自把这些话说给他吧!我先回去了。

刘邦(站了起来):好,项兄,多谢你前来斡旋,我明天早晨一定去面见项大将军,亲自给他说明。送客!

刘邦(项伯出去了,刘邦长出了一口气):我明天,真的要去鸿门和项羽见面吗?

张良:沛公,您明天是一定要去的!否则,项羽一定会起疑心的。放心,我会安排好一切,您只管和他周旋就是了!

四、夜。鸿门。项羽在帐中沉思。忽卫士报:项伯大人到!项羽抬头看门

项羽:叔父,这么晚了,有何要紧事?

项伯:将军,我刚才连夜到刘邦的军帐中探听情报。因为刘邦的谋士张良是我的救命恩人,所以，我想策反张良。不料，刘邦和我见了面，告诉我，他日夜等待你入关，丝毫没有与你一争天下的意思。而且，他明天早晨要来亲自和你解释。

项羽：他趁我和秦军主力作战，先攻入咸阳，抢了头功，怎么不叫我怀疑呢？

项伯：大王，他要是不先攻入关中，你哪里又能够到了这里？现在，他退出咸阳，驻军霸上，为的就是专门等待你的到来。他是有大功劳的，你要是攻打他，是不义之举啊！不如等明天他来了，善待他，这样才能说服各路豪杰，和你一起得天下。

项羽（眉头一展）：好啊！我说这小子也没有这个胆量！他一个小小的亭长出身，哪里敢和我贵族世家一争天下？看他明天敢不敢来！要是来了，就说明他没有和我为敌的念头。叔父，天色晚了，你也早点休息吧！

（项伯答应之后，退下。）

五、白天。鸿门。项羽驻军的大帐外

项羽（往远处看，对范增说）：这刘邦今天要是来了，就证明他不是和我为敌了。

范增：将军，我看他不敢来。现在，他可是您的强劲对手啊！即使他来了，也一定要趁这个机会把他除掉，才能绝了后患！

项羽：他要是来了，我杀他，就是对天下豪杰表示我无义啊！天下人都要耻笑我。

范增：可是，要是你不杀他，就是一个很大的后患啊！到时候，我举玉玦为号，您就下令杀了他！

项羽：到时候再说吧！你看，他果真来了！那边尘烟四起，恐怕就是刘邦吧？

卫兵上前：报告大将军，有一队人马，大约一百骑兵，说是刘邦的人，前来拜望大将军。

（项羽大喜，立即迎了上去。刘邦远远地看见了项羽，翻身下马，疾步走过来。）

项羽：沛公，咱们又见面了！

刘邦：臣与大将军联合攻打秦国。大将军您转战黄河以北，我转战黄河以南，各自都很用心卖力。我自己都没有料想，倒抢先攻入了关中，击破秦国。现在，终于又能够和大将军见面了，我高兴啊！可是，听说有小人在我们之间挑拨是非，企图离间我们，使大将军您和我有了罅隙。今天，我特地前来赔不是！（躬身一拜）

项羽（赶紧把刘邦扶起来）：哎呀，这是沛公你的左司马曹无伤说的坏话，要不然，我怎么可能相信呢？来来，快快入帐，我已经准备好了酒宴，咱们一起喝个痛快！

六、项羽的大帐中，酒宴摆好了。项羽和项伯坐东面；范增坐南面；刘邦坐在北面；张良坐在西面

项羽：沛公你辛苦了，咱们喝了这杯酒！

刘邦：多谢大将军！这些年，大将军和我一直领兵作战，没有时间好好坐下来喝酒叙谈，今天总算有个机会可以一起好好喝酒了！喝！喝！

（范增三次举玉玦，示意项羽派人进来杀刘邦，可是项羽假装没有看见。于是，范增就出去，把项羽的堂弟项庄叫来。）

范增：项庄啊，你的大将军哥哥有妇人之仁，不愿意杀刘邦。假如今天不杀了他，那今后我们都会是刘邦的俘虏了！

项庄：那您说怎么办？

范增：我要你进去给刘邦敬酒，然后舞剑助兴，趁刘邦不注意的时候，就拿剑刺死他！

项庄：好，我这就进去！

（范增和项庄先后进来。）

项庄(给刘邦敬酒):将军您请喝酒!(一饮而尽)可是,光喝酒有什么意思,我要给大家舞剑助兴,哥哥您觉得如何?

项羽(觉得有些突然,但是拍手笑了):好,你舞剑助兴吧!

(项庄于是舞剑,舞到了刘邦的跟前,项伯觉得他来者不善。)

项伯(也站了起来):一个人舞有什么意思?不如我和你对舞吧!

(于是,两个人舞剑,剑光闪闪,金戈相碰,铿锵作响,气氛十分紧张。)

张良起身出去了,找到了樊哙,樊哙问:里面的情况怎么样?

张良:哎呀,里面的情况不妙!那项庄舞剑,意在沛公,要杀了他!

樊哙:情况紧急!臣请求进去一同舞剑,来保护主公,和他共生死!

(立即拿着盾牌,撞开守卫,拔剑进了大帐。他掀开大帐的帷幕,怒视项羽,头发都竖立起来了,眼睛圆睁,都快把眼眶撑裂了。)

项羽(手按佩剑):你是什么人?胆敢拿着兵器进来!

张良(急忙说):哎呀,大将军,他是沛公的警卫樊哙。

项羽:啊,好一个壮士啊!来来,既然是沛公的属下,就来喝酒,大家一起高兴高兴!来人,赐酒给壮士!

樊哙(接过来酒,一饮而尽):多谢大将军!

项羽:来人,给壮士赐肉食!

(旁边的人拿来了一个生猪前腿给樊哙。樊哙把盾牌放下来,把生猪腿放在肩膀上,拿剑割着吃。)

樊哙:好吃!好吃!

项羽(很吃惊):壮士,你还能喝酒吗?

樊哙:臣连死都不怕,还怕喝酒吗?那秦王有虎狼之心,杀人唯恐杀不尽,处罚人唯恐不能用尽各种刑罚,所以,天下的人都背叛了他。过去,楚怀王说了,谁先入了汉中,破了咸阳城,谁就是汉中王。现在,沛公先击破咸阳,但是却约法三章,对老百姓秋毫无犯,还封闭了秦朝的财宝仓库,把部队拉到霸上驻扎,等待大将军您的到来。沛公劳苦功高,可是却得不到任何奖赏。而您,大将军,竟然听信小人谗言,要杀了沛公这个有功之人,这是秦王的后继者才干的事情啊!我认为大王您还是不要这样做为好！

项羽（低下了头，沉默了片刻）：壮士，坐下，咱们接着喝酒！

（又过了一阵子，刘邦出来上厕所，悄悄地示意樊哙跟了出来。）

七、白天。项羽军帐外

刘邦：看来，他还在犹豫要不要杀了我。现在，危险仍旧没有解除，你说我现在是走还是不走？

樊哙：做大事不必注意细枝末节，行大礼就不用回避小的责备。现在，我们在人家这里，人家是刀和切菜板，咱们是切菜板上的鱼肉啊！为什么不可以不辞而别呢？走吧！

张良（也出来了）：沛公，你赶紧走吧！带来什么献给项羽的礼物没有？

刘邦：有啊，有白玉璧一双献给项羽，还有白玉斗一双，想给范增。刚才情况不妙，大家都心怀鬼胎，不好拿出来了。

张良：那你都给我留下来，我来给他们就是了。这里离咱们的军营四十里路，一会儿就到了。情况紧急，主公你就赶紧走吧！

刘邦：好！看来我是不能骑马了，需要步行而走，这样不会引起他们的怀疑。你估算一下，等约莫我到了自己军营的时候，你再进去和他们周旋。我走了！

（他和樊哙等几个部将一起，拿着盾牌刀剑，悄悄地沿着一条小道飞快地走了。）

张良眼看着他们走远，一直在帐外徘徊。

八、项羽的大帐中

项羽：陈平，你出去看看，怎么刘邦上个厕所，还要这么长时间？把他找来大家接着喝酒！

陈平：好，大王请稍等。

（片刻之后，陈平和张良一起进来了。）

张良：大王，沛公不胜酒力，喝多了，怕在您的面前出丑，只好不辞而别，先回去了。他特地派我留下来，给大王敬献白玉璧一双，给范大人送玉斗一双。

项羽（很吃惊）：沛公现在在哪里？

张良：大王，他担心大王要责备他，早就回去了。现在，恐怕已经回到霸上的军营里了。

项羽（接过玉璧）：也罢，由他去吧！

范增（十分生气，接过来玉斗，拿剑砍破了）：

唉，我真是不愿意跟你们项家的小子为伍！告诉你，大王，将来夺你项王天下的，必然是他刘邦！我们从今天开始，就是他的俘虏了！

九、霸上。刘邦军营中

刘邦（气喘吁吁地回到了军营）：哎呀，樊哙，今天多亏了你，要不然，我就成了项庄剑下之鬼了！

樊哙：主公，他们奈何你不得的，你必将得天下也！

刘邦：我是躲过了一劫啊！可是，都是奸细曹无伤干的好事！来人，给我把曹无伤捆起来杀了！

（军中锣鼓声阵阵，刘邦立即杀了奸细曹无伤。后来，项羽攻入咸阳，焚烧了咸阳。大火燃烧三月不绝。再后来，项羽杀了楚怀王，自称西楚霸王，和汉王刘邦展开了四年的楚汉战争。最终，刘邦打败项羽。项羽自杀，刘邦建立了西汉政权，成为一代开国者。）

1999 年

非虚构

北京传(选章)

第一章:蓟城与燕都

都城的诞生

一座城就像是一个人,也是慢慢生长起来的,城市是一个生命体。那么,书写北京城的传记,也要从她的诞生写起吧?可北京城从什么时候诞生的呢?在这一点上我们要依赖两本书:一本是历史文献的记载;另外一本书,就是考古学家们发现的出土文物证据。

我肯定不会从周口店的北京猿人开始写起。那个时候的北京人,虽然叫北京人,可还是猿人。

北京城的诞生,与生活在这里的人繁衍到一定程度、文化发展到一定程度之后,根据地理、气候等生存条件,聚合起来,建立城邑有关。一座城市的诞生,绝对不是偶然的,是人们对如何更方便生活选择的结果。

北京,从地理位置上讲,位于华北平原西北部。北部是燕山山脉作为屏障,西部是太行山由南向北环抱,面向东南,则是一片开阔平原地带。永定河的河水一泻而下,带来了丰富的土壤,并给这一区域带来了适宜生物生存的水源,这样就形成了一个面向冲积平原的北京湾。北京湾地处华北平原、辽河平原的交界之地,同时又受到了蒙古高原的俯瞰式的影响,因此,从文化上讲,是农耕文化、游牧文化和海洋文化三者的交汇点,也是采取这三种生活方式的人群能够聚合的地点,非常适合建立一座城市。

在华北大平原之上,从古至今,多条河流纵横流淌,带来了丰富的水源和土壤。滦河、海河、黄河、淮河共同作用,给华北大平原带来了生机。有水就有生命,而源自山西和内蒙古的永定河,就成了北京的母亲河。它一路走来,经过了河北、北京和天津,与潮白河、温榆河一起,冲刷出一个土地肥沃的北京湾中的扇面平原,这就为人们在这片土地上营造城邑奠定了很好的基础——为北京的诞生,创造了有利条件。

那么,营造城邑的必要条件有了,建造城邑,

人的心理和文化上的要求是什么呢?《吕氏春秋·君守》中,有这样一句表述:

古之王者,择天下之中而立国。

这句话是什么意思呢?就是说,古代的帝王、皇帝、国王,都选择他心目中天下的最中心地点,来建立国家的国都。这样的位置,到达国家边界比较适中,有水源,有物产,便于统治。

那么,在北京湾这一片区域中,南部中原、东部辽东、西北部的蒙古高原方向的古代大道的交会处,人来人往,人们慢慢定居下来,在那永定河畔的开阔高地上,在太行山麓的山脚下营建一座城邑,就有了可能。

城市,就是人们建立在大地上的居所的汇合。城市,得靠近水源地,取水方便。城市得有城墙,有房屋,有交易的市场,所以字面意思非常简单明了。在中国古代的周朝,对国都的营建就有一些规定。比如,在《周礼·考工记·匠人》中,对如何营建城邑,有着十分具体的规定。提出的原则是:

匠人营国，方九里，旁三门。国中九径、九纬，经涂九轨。左祖，右社；面朝，后市。市、朝一夫。

这段记载，很清晰地表明了周代对都城营造的规制。就是一国之都城，要建成四方形的城市。有城墙，四边城墙每边长九里，每边城墙上各开三座城门，这样是十二座城门。由九条经纬大道贯穿全城，城门对着城门，马路对着马路。这座城面向南，左边是祖庙，右边是社稷坛。

“面朝”的意思，是指后宫宫殿要面对三朝殿，也就是外朝、治朝、燕朝。外朝是皇帝举行朝会、颁布法令、进行大典的地方。治朝，在外朝之北，是皇帝和大臣商量国家大事的地方。燕朝，是内朝，是皇帝履行册命、接见群臣、举行喜庆典礼的地方。

明、清两代的宫城里，核心的三大殿的营建规制，与之十分相符。故宫三大殿，明代叫皇极、中极、建极殿，清代改了名字，叫太和、中和、保和殿。这样的规制，与《周礼》记载的规定是相符合的。

“夫”，指的是面积单位，“一夫”就是一百步的平方。如果一步是六尺，一百步为六十丈，那么方百步，就是三千六百平方丈。

一般认为，《周礼·考工记》虽然号称是周代人所作，其实是西汉晚期的人整理的。假托“周礼”，却带有西汉时期鲜明的儒家思想。比如，在《周礼·考工记》中记载了如何营建城邑的礼制规范，对王、诸侯、宗室、大夫建造城邑的营建规制，规定了三个等级标准。最高的标准，当然是王城。其次，是诸侯封国的诸侯城邑。再次之就是宗室和大夫的采邑之城，叫作都。

我们能看到，王城的营建规制是四方城，分为外城和内城。外城是老百姓居住，内城也就是宫城有君王处理国事的宫殿和寝殿，由君王办公和居住。同时，这一四方城的边长都是九里。这样，九九八十一里的周长，是王城的基本规制。由此看来，王城就是一个国家的政治中心，是君王发出命令的统治中心。君王必须位居城中央，君权神授，受命于天，体现着天人合一的理念，带有与上天沟通并且达成和谐的“奉天承运”的基本理念。

北京城溯源

北京城的起始源头，是从什么时候开始的呢？又是如何发展和不断扩大的呢？经历了哪些历史阶段？空间格局发生了哪些变化？

一些历史地理学家进行反复研究，结合出土文物和历史记载，从各种历史信息和自然信息中推导出来，北京建城史历经了蓟城、燕上都、秦汉广阳郡、唐幽州城、辽南京城、金中都、元大都、明北平府，以及北京、清京师、民国北平特别市、新中国首都北京等各个历史阶段。

根据相关文献记载，大部分学者把北京城的时间起点定在了西周初年。有多种历史文献记载，前后大约相隔十年左右，周武王分封了蓟国。他去世后，过了几年，周成王又分封了燕国。蓟国的首都叫作蓟城，建立的年代为周武王十一年，也就是公元前1046年。

从那个时候起，北京城的历史就开始了。在司马迁的《史记·周本纪》中，这么记载：

武王追思先圣王，乃褒封神农之后

于焦，黄帝之后于祝，帝尧之后于蓟，帝舜之后于陈，大禹之后于杞。于是封功臣谋士，而师尚父于为首封。封尚父于营丘，曰齐，封弟周公旦于曲阜，曰鲁，封召公于燕……

这一段的信息量很大。周武王分封了先王后裔，也分封了一些功臣谋士。这一次的分封，帝尧的后代被分封在了蓟，也就是现在北京广安门一带，建立蓟国都城。分封了姜尚到现今的山东营丘——营丘还是我的邱姓的起源地。因分封了姜尚后人在营丘，结果他的后人就姓丘。再后来，为了避讳孔丘孔圣人，加了一个耳朵旁，就改为邱了。

周武王的这次分封，还封了召公在燕地建立封国。那么根据《史记》里的这一段记载，北京湾这片地方，在西周时期有两个方国，一个叫作蓟国，一个叫作燕国。

实际上，无论蓟国还是燕国，应该是很早就在这一地区统治与管理着一片国土，建立的小方国。周武王分封的时候，不过是强调了周朝一统天下的理念，将这里本来就有的地方政权分封为周朝的诸侯国蓟国和燕国。褒封，指的是原先就有的、周武王再次分封的意思。说明北京地区的蓟国和燕国是在商朝就有的小方国，历史更加久远。北京湾的大地之上，在永定河两岸相距几十公里处，两个小诸侯国蓟国和燕国同时存在着。

那么，蓟国和燕国后来的关系如何呢？司马迁在《史记·周本纪》中也有记载：

> 蓟燕二国俱武王立，因燕山、蓟丘为名，其地足自立国。蓟微燕盛，乃并蓟居之，蓟名遂绝焉。

司马迁的这一段的意思也很明确。蓟国、燕国都是武王时代分封的（也有人研究认为，燕国是周成王分封的）。燕国的国名来自燕山这个地名，蓟国的国名来自蓟丘这个地名。后来，蓟国实力小，被燕国吞灭。燕国占领了蓟国的都城“居之”，蓟国就灭亡了。燕国就把蓟城当作都城，继续发展。

为什么叫作蓟城呢？古代的城邑得名，一般是根据地名或者物产特征来取名。蓟城是建立在蓟丘边，蓟丘就是长满了蓟的、地势较高的高丘。

蓟是一种菊科的植物，分大蓟和小蓟。大蓟长得非常高大，能够长到一人多高，所以很受先民关注，就把这个地方叫作蓟丘了。所以，蓟城的来历就是这样的。现在我们在北京城郊的山林野地里还能找到小蓟。这种植物较温顺，叶子有小刺。而大蓟则逐渐退到了山林深处，不好寻找了。这就是人进植物退却的历史变化。

也有历史学家认为，是山戎把蓟国先灭了，燕国联合齐国，又把山戎赶走了，在蓟城建立了新燕都。

如此来看，蓟城比燕都建立的时间稍早一些，是北京城的真正起始点。我们要记住周武王十一年，这是周武王分封蓟国的年份。据夏商周断代工程推算，这一年是公元前1046年。

这就是“北京建城三千年”的由来。

历史地理学家侯仁之先生，还有一些考古学家综合研究后认为，蓟国的位置以北京广安门一带为中心，燕国的位置以现今永定河以南的拒马河一带为中心。蓟城在广安门内外，燕国在永定河畔建立了燕都。考古学家发掘了一处西周时期遗址。这个遗址位于现今北京房山区琉璃河董家林村，出土了大量文物，证实了遗址是西周燕国都城所在地。因此开辟了一个博物馆，叫作“西周燕都遗址博物馆”。

有关蓟国的历史文献记载很少。根据司马迁的《史记》记载，燕国强大起来之后，就把蓟国灭了。燕国从南向北而来，把首都迁移到了蓟城，就是现在的北京广安门一带。此时的燕都城还叫作蓟城，但已经是燕国的上都了。

班固在《汉书·地理志第八下》中，对蓟城风俗做了描绘：

> 蓟，南通齐、越，勃、碣之间一都会也。初，太子丹宾养勇士，不爱后宫美女，民化以为俗，至今犹然。宾客相过，以妇侍宿，嫁取之夕，男女无别，反以为荣。后稍颇止，然终未改。其俗愚悍少虑，轻薄无威，亦有所长，敢於急人，燕丹遗风也。

这一段话，把燕国蓟城人的性格奔放、落拓不羁的样子描绘得很传神。

蓟城作为燕国的上都存在了很多年。此后，经过了秦、汉、三国、两晋、南北朝，一直到隋代，蓟城的城址都没有什么变化，一直在现今的广安门内外、南北的区域。

在漫长历史长河中，蓟城也遭到了多次破坏。公元前226年，秦军攻克蓟城，蓟城遭到焚毁，燕王喜逃到了现今辽阳、当时叫作襄平的地方躲了起来。公元前215年，秦始皇听了方士的话，担心各地有王气出现，就破坏旧有诸侯国国都的城墙，拆除了蓟都的部分城墙。

后来，在西晋、后秦时代，蓟城都遭到过战火的焚毁和破坏。因此，根据考古发掘，蓟城并没有任何地上建筑留存至今。

历史地理学家、考古学家确定蓟城的位置，经过了一番争论。在现今广安门外以南七百米处，考古学家曾发掘出了战国及更早期夯土墙的遗址，但并无西周时期都城的考古发现。

不过，北大环境考古学家岳升阳教授对北京古河道的考古勘察发现，永定河河水从西冲荡过来，由于八宝山的阻挡，分成了两条河道，一条在北侧，一条在南侧，刚好将现今从公主坟、白云观、广安门，一直到亦庄的连续长条形高地包在中间。他推想，蓟城是一座长方形的城池，建立在白云观到广安门一带的高丘上，两条河道一南一北，蜿蜒而过。

岳升阳先生的这种猜想因为有对古河道的考古发现做支撑，很有说服力。他认为，蓟城至少在西汉还是长方形的城市，被两条河道包围着。到东汉时期，这片连续高地被河水侵蚀后部分坍塌，致使蓟城缩小了很多。

在现今右安门东边、开阳桥北侧的河道考古中，出土了几条唐代的木船，证实了至少在唐代，滔滔河面上还能行驶装载量较大的船只，直达幽州城墙之下。

现今广安门内外的区域，也是辽代和金代的宫城遗址所在。考古学家们继续深挖，在辽、金时期宫城夯土基地土壤的下面，又挖掘出了更早年代的文化层土壤，出土了不少战国时期的陶片、瓦砾、陶豆、瓦当等的残片。根据测定，这一带的土壤扰动非常复杂，说明在辽代和金代的宫城遗址之下，还有一个都城的所在，那可能就是蓟城的旧址了。

不过，这只是一个推测，历史文献和考古发掘证据都不足以证实这一点。但侯仁之先生根据郦道元《水经注》的记载，判定这里就是蓟城的位置。

1995年10月，侯仁之先生为“蓟城纪念柱”题写了一篇非常重要的《北京建城记》。这个纪念柱是前碑记后纪念石柱，矗立在广安门立交桥北侧的滨河公园里。这篇碑文如下：

北京建城之始，其名曰蓟。《礼记·乐记》载，孔子授徒曰："武王克殷反商，未及下车而封黄帝之后于蓟。"《史记·燕召公世家》称："周武王之灭纣，封召公于北燕。"燕在蓟之西约百里。春秋时期，燕并蓟，移治蓟城。蓟城核心部位在今宣武区，地近华北平原北端，系中原与塞上来往交通之枢纽。

蓟之得名源自蓟丘。北魏郦道元《水经注》有记曰："今城内西北隅有蓟丘，因丘以名邑，犹鲁之曲阜、齐之营丘矣。"证以同书所记蓟城之河湖水系，其中心位置在今宣武区广安门内外。

蓟城四界，初见于《太平寰宇记》所引《郡国记》。其书不晚于唐代，所记蓟城"南北九里，东西七里"，呈长方形。有可资考证者，即其西南两墙外，为今莲花河故道所经；其东西墙内有唐代悯忠寺，即今法源寺。

历唐至辽，初设五京，以蓟城为南京，实系陪都。今之天宁寺塔，即当时城中巨构。金朝继起，扩建其东西南三面，改称中都，是为北京正式建都之始。惜其宫阙园囿湮废已久，残留至今者唯鱼藻池一处，即今宣武区之青年湖。

金元易代之际，于中都京北郊外更建大都。明初缩减大都北部，改称北平；其后展筑南墙，史称北京；及至中叶，加筑外城，乃将古代蓟城东部纳入城中。

历明及清，相沿至今，遂为人民首都之建设规划奠定基础。

综上所述，今日北京城起源于蓟，蓟城之中心在宣武区。其地承前启后，源远流长。立石为记，永志不忘。

侯仁之先生的这篇碑记，将北京城发源于蓟、一直延续下来的历史变化、在各个历史时期的历史地位，以及作为全国性都城的历史要从金中都建立算起等重要观点，梳理得非常清楚。

燕国的故事

从中原地区和关中地区来的人，在古代向华北和东北方向走，就是要沿着太行山脉的东侧山麓下的道路，一路向东北方向走，就能走到古燕国的所在地。这条古道上河汊纵横，一个通向更北和东北方向的渡口，就是卢沟桥所在地。卢沟桥曾是永定河的一个渡口，从这里过河，然后进入北京的冲积平原。蓟城作为最早的城邑，就耸立在距离渡口几十里外的高地上。

永定河是从蒙古高原上穿山越岭流下来的。因此，华北、中原地区的人要想前往蒙古草原一带，必然要经过蓟城。从这里向北，从昌平的居庸关向西北方向，就可以进入蒙古高原的边缘地带。人们沿着几条贯通南北东西的古代大道而来，在蓟城燕都停留下来。

燕国虽然吞并了蓟国，把蓟城变作燕都，但燕国当时还比较弱小。从周武王封燕（或周成王封燕）算起，到公元前221年秦始皇灭了燕国，燕国的历史有八百多年。这么长时间里，在北京湾这片美丽的土地上，燕国演绎出了多少动人心魄的故事呢？

我想，也许燕国人喜欢击筑鼓琴，因为高山大水养育了他们。北方的游牧民族和南方的农耕文明都影响到了这里。燕国的位置三面环山，蓟城就像一个安全的婴儿那样被抱在怀里，生活在燕国的人，性格都很豪爽，喜欢慷慨悲歌，就像他们自身的命运一样。

关于燕国的历史，明代郭造卿的《燕史》做了较多爬梳与记述，《史记》中也有只鳞片爪，但关于早期燕国情况的记载并不多见。

燕国成为战国七雄之一，与齐、楚、韩、赵、魏、秦国并列，当过霸主，肯定有很多有意思的事。《史记·燕召公世家第四》中，记录了一些燕国的主要史事。全篇其实写了三件事。一是燕召公以德治国，讲求德政。这一点被司马迁大加赞许。二是燕昭王选贤任能，忍辱负重二十八年，最终崛起，将齐国打败。第三件事，就是我们耳熟能详的荆轲刺秦王的故事了。

荆轲刺秦王发生的时间，已经是燕国的晚期了。除了燕太子丹和荆轲，燕国比较有名的王是燕昭王。他的崛起很传奇，形成了一个典故。公元前314年，齐国讨伐燕国，杀了燕王哙，还抢走了燕国的青铜大鼎。在韩国做质子的太子回到燕国即位，称为燕昭王。他励精图治，到处招徕勇士和有才能的人。有一个叫郭隗的贤人投奔了他，但燕昭王似乎还不怎么重视他。他对燕昭王说了一番话，燕昭王听进去了。

燕昭王抓紧时间造了一座好房子，院子里还构筑了一个高台，起名为黄金台，台子由黄金和美玉装饰得十分炫目。台子中间，放了一千两金子，熠熠生辉。然后，燕昭王对外公开宣布，这个屋子是他赠送给郭隗的，以此来对待贤士和人才。

其实，这本来就是郭隗给燕昭王出的主意。

燕昭王以黄金台馈赠贤士的消息传开了，很多有才华的人就来投奔他，燕国在他治下人才济济。燕昭王能够沉得住气，不断积累力量。公元前284年，他下令大将乐毅率燕国大军出击，一举击败齐国，夺回了燕国大鼎，雪了前耻，并抢夺了很多齐国的财宝，燕国从此崛起成为战国七雄之一。

燕昭王建筑黄金台对待贤人郭隗的举动后来广为传颂，黄金台由此成为招纳贤人的代称。黄金台是燕国修筑的，所以也叫燕台。

燕国灭蓟国后，占领蓟城为燕都。很多年里，蓟城都是燕国首都，也可称为燕都蓟城。后来，燕昭王将蓟城变为燕上都，在今天的河北易县又建造了燕下都，算作陪都。这座城池靠近易水。

在今天的河北易县，经过考古工作者挖掘，发现有城墙遗址，呈现两个长方形的斜角交叉的不规则形状，被北易水和南易水环绕。可见，营造城市，首先考虑的问题就是水系来源。

燕下都之所以建为燕国陪都，是因为城市的水系在那个时候很发达，被两条河流围在一片高台上，易守难攻。

燕下都的城墙根基遗址东西约八公里。目前，还有几个夯土台子遗址，被考古学家命名为武阳台、张公台、老姆台、路家台等。这几个台子连成了一条中轴线。现存的高台夯土遗址，很可能就是燕下都城垣宫殿建筑的夯土基础。

这样的高台建筑在春秋战国时期比较常见。一般都建有台阶，不断上升，在土台的顶端建筑木质的房屋，土台在下面作为基础相互连接。木质建筑形成楼阁和宫殿，体量巨大，气势宏伟，是营造城邑的主要手段。这一点，也和当时的建筑工艺相配合。燕下都的遗址中除了宫殿地基夯土，还有居民居住区和手工业作坊区。此外，在城郊还有墓葬区遗址。当时，铁制农具就已经被大量使用。在整个战国时代,冶铁技术有了长足的发展,铁制农具在农业生产中使用广泛。

现今易水县,也有一个被称为黄金台的土堆,并不可考。

《史记》里记载的燕太子丹派荆轲去咸阳刺杀秦始皇的故事,一直在流传。当代作家莫言还写了一部话剧,演绎这一故事。这个故事已经成为中国历史的原型故事,会不断被后人解读。

公元前227年,距离燕昭王去世四十多年,燕国在战国群雄中衰落,逐渐尝到了唇亡齿寒的味道。此时,秦国越来越强大。燕太子丹就秘密招募勇士荆轲,前去刺杀秦王。结果功败垂成,荆轲没有成功,反而被杀。

公元前226年,秦王政派大将王翦率大部队攻打燕国,攻破了燕国的首都蓟城。燕王喜沿着前往辽东的古道,逃到辽东半岛躲起来。四年之后,他被秦军俘获。燕国自召公受封,到公元前222年灭国,存在了八百二十四年。

对于燕国的历史处境和命运,司马迁在《史记·燕召公世家第四》中说:

燕外迫蛮貉,内措齐晋,崎岖强国之

间，最为弱小，几灭者数矣。

这段话的意思是，燕国外部生存环境恶劣，既要抵御燕山北面匈奴和东胡等游牧民族强敌南侵，还要面对南方，抵挡齐国和晋国这样的强国。和战国其他雄国比起来，燕国最为弱小，好几次都差点儿灭亡了。真不容易啊！

小小的燕国存在了八百多年，在夹缝中求生存，留下了像荆轲刺秦王这样的可歌可泣的人物故事，构筑了这片土地上人的慷慨达观的精神气质。这种精神气质，在今天的北京人身上也有体现。

白云千载城邑在

秦王政统一全中国，是在公元前221年。

秦王政不再叫作秦王政，他要做一个中国的始皇帝。一统天下之大功，的确是他开创了。他将治下的国土分为三十六郡，相当于三十六个省，并且花了很大的力气修建供双轮战车和四轮马车快速奔驰的秦驰道。条条驰道一马平川，直达大多数郡治的治所。

在秦朝，蓟城作为一座城邑继续存在，属于广阳郡管辖，成为秦朝在北方的重镇。从咸阳到蓟城，也有一条驰道相连接。如果发生战乱，高速奔跑的战车就会迅速抵达蓟城，剿灭来犯的敌人。

秦始皇还设置了居庸关。庸，指的是犯人。居庸，就是让犯人集中居住之处。居庸关，是北京西北面通向河北、山西、内蒙古的隘口。设置为一个军事关隘，提升了这个地方的防卫能力。

现今的密云区则属于渔阳郡，不属于广阳郡。渔阳郡的郡治在密云。秦二世统治时期，陈胜、吴广等被秦征发的九百个人，就是在前往渔阳郡戍边的半路上，发生了暴动。这支起义军举起反秦的大旗，最后导致秦朝灭亡。

刘邦兴起，攻破咸阳，打败项羽，建立了汉朝，都城设在长安，史称西汉。西汉时期，旧燕国这片地区仍旧叫广阳郡，蓟城仍是郡治所在。

到了汉武帝朝，他的儿子刘旦被封为燕王。燕王刘旦在蓟城大兴土木，建造万载宫。后来，汉武帝死后，他因谋反被告发，自裁而死，埋在北京西部的山区。因结局不好，他的陵墓叫作戾陵。

公元25年到220年的东汉时期，旧燕地被提升为幽州，管辖着广阳、渔阳等十一个郡。这时的州相当于省级建制。

公元265年到317年间属于西晋时期，这一地区仍称为幽州，治所设在蓟城。就是在这一阶段，佛教从山西大同一带继续东传。佛教兴盛于幽州地区，出现了一座古老的寺庙嘉福寺，也就是潭柘寺的前身。

公元317年到420年是东晋时期。这段时间里，北方的幽州先后为走马灯似的小政权前赵、后赵、前燕、前秦、后燕所据有，名称并未改变，州的治所还在蓟城。

郦道元所著《水经注·漯水》中记载，公元350年，鲜卑人慕容儁从东北辽东方向攻打蓟城。破城而入后，他在宫城的东掖门塑了一尊马的铜像。这匹铜马的原型是他父亲慕容皝的坐骑，还有个名字叫“赭白”。铜马像铸成之后，这匹马就死去了。后来，蓟城的东掖门改名为铜马门，还设立了铜马坊。

南北朝时期，北魏、北齐、北周继续统治这片地区，先后叫作幽州和燕郡，治所在蓟城。

隋代初建时期的北京叫幽州，下辖燕郡、范阳郡、渔阳郡，在蓟城设立了幽州总管，管理幽州军政事务。隋炀帝又改幽州为涿郡，郡治在蓟城。

隋文帝一开始建都在长安。因人口增加，长安近郊破坏严重，从江南来的粮食运输是一大问题。隋炀帝就建东都洛阳，开凿运河，便于将江南的粮食、丝绸等东西运到洛阳和长安。

隋文帝和隋炀帝这两位皇帝在中国历史上都很有名。隋文帝名声比较好，统一中国，开科取士，休养生息。隋炀帝就不同了，他是一个好大喜功、颇有雄心的皇帝。在大业年间，隋炀帝开凿了大运河，将洛阳、长安、余杭都连接在一起。他还下令开凿了永济渠，使船队能够沿着永定河的故道抵达涿郡的郡治所在蓟城的南侧城下。

这个时候，涿郡的军事地位开始增强。为什么？因为隋炀帝发动了对辽东崛起的高丽政权的战争。在当时，高丽是东亚第二大强权。在中国陷入分裂的时期，高丽趁机扩大地盘，不断侵蚀辽东一带，势力急剧扩张。高丽上层统治集团雄心勃勃，既善于韬光养晦，也很善于抓住时机突然发动攻击，侵占土地，扩大地盘，因此成为隋朝建立之后在东北的大患。

公元611年，隋炀帝乘船从江南江都出发，进入永济渠后，于四月抵达涿郡，住在临朔宫，下诏讨伐高丽，总征天下兵士。一时之间，大运河上南来北往，士兵、粮草船只络绎不绝，蔚为壮观。隋炀帝发动的征伐高丽的战争中，大运河的功用较大。

公元612年正月，各路大军在涿郡集结一百一十三万人，号称二百万大军。隋炀帝下令出击，大军开始分道出发，攻打高丽。七月，征伐高丽的大军遭遇了失败，他不得不回到东都洛阳。公元613年、614年，他又发动了两次征伐辽东高丽的军事行动，取得了部分胜利，高丽派人乞降。但这两次战争受到了后勤补给、瘟疫和风浪的影响，军队损失惨重，直接导致后方空虚，国内大乱，隋朝很快走向灭亡。

这两次征伐高丽的辽东之战，隋炀帝都是在涿郡进行军队集结、粮草筹备和战争谋划的。从地缘政治角度讲，涿郡治所蓟城就成了军事重镇。

可以说，从东汉初年朱浮担任幽州刺史、东汉末年刘虞担任幽州牧，到晋、隋朝，再到唐代的幽州，幽州这一地名使用时间较长，都是以蓟城为治所的，虽然蓟城的名字后来不再使用了。

在唐朝，幽州的军事重镇地位凸显出来。唐太宗曾在幽州城检阅出征辽东和高丽的军队，就是以幽州作为军事基地。

唐朝的衰亡也和幽州有关。公元755年，范阳、平卢、河东三镇节度使安禄山在范阳，也就是现在的北京南部的涿州起兵，自称为大燕皇帝，将幽州升格为燕京。后来他的部将史思明也跟着反叛，这场“安史之乱”持续了八年时间。

在时间的大河里，朝代变换是一朵朵浪花。白云千载飘过，目睹历史沧桑惊变，北京湾的这座城邑宠辱不惊，仍在大地上生长。

副章：董家林与永定河

董家林遗址

从北京城出发，驱车往西南方向去，没多久就会来到琉璃河镇。

前些年，琉璃河水泥厂很有名，出产高标号的水泥。但琉璃河镇也是寻找北京起源考古的一个好去处。这是因为，在房山区琉璃河镇董家林村，有一座“西周燕都遗址博物馆”。

从这一遗址出土的文物，在博物馆里都能看到。作为一个政治实体，燕国在西周初年被分封在这一地区。在现存的燕国封国遗址上，经考古学家仔细发掘，遗址面积达五点二五平方公里。经过考古发掘，勘探出燕都所在遗址有长方形的城墙遗址。燕都遗址东南方向，还发掘出商代和西周时期的不少古墓葬。

这个位于董家林村的燕国古城遗址，经过考古学家发掘和测量，东西长八百多米，南北长六百米，城墙厚度约四米，夯土构筑，在城墙外还有一条壕沟，显然是护城河。

董家林村的燕都遗址，没有遗存任何地面建筑，这是一大遗憾。因为时间过去得太久远了，地面建筑很难留存。而遗址的地下发掘，收获却很丰富。考古学家在这里发现了人们居住的房屋夯土遗迹、陶土窑遗迹，这里出土很多陶器、石器和骨头做的生活用具，还出土了一件带有“匽侯”铭文的青铜鬲。

匽侯，就是燕侯。由此可以判定，燕国的封国和国都，就在琉璃河镇董家林村。可以猜想，西周初年的燕国都城就位于现今房山区琉璃河镇东南方向的董家林村的这片遗址之中。

穿越了时间的帷幕，我们似乎能够看到三千年前，永定河奔放不羁的河水逶迤而来，又盘旋而去，给这里带来了水源和生机。在永定河河道边的高地上，南来北往的人们在这里建立了一个渡口，建造了一些房屋。久而久之，一座城池拔地而起。这就是燕国的首都，背靠太行山，面向东部高地。

要是拉远视线，以更大的大地尺度来看，董家林村所在的燕都城，地处华北平原的北端。侯仁之先生认为，这里是古代大道经过的一个交叉点。在古代殷商时期，沿着太行山山麓的古代大道向西南方向走，就可以抵达安阳。向北走有两条路，一条古代大道沿着山麓一直向东，走到现今秦皇岛附近，再向北走就能进入辽东半岛。过了现今山海关边的一条狭窄的通道，就能进入广袤的东北平原，辽河平原和松嫩平原在那里等待着你。

另外一条古代大道则是向东北方进入燕山山脉的崇山峻岭。翻山越岭，过了张家口、宣化谷地，继续走，就能抵达塞上的蒙古高原。

燕国就是从这里向东、向北开拓疆土。燕国文化可以说是杂糅了草原游牧文化、山地狩猎文化、平原农耕文化和海洋渔业文化的综合体。董家林村的西周燕都遗址的发掘，更是给我们想象古代燕国在此繁衍生息，构筑城邑、村落的景象增添了证据。

司马迁撰写的《史记·燕召公世家第四》这一章的内容,是关于燕国历史的。但因燕国在中原以北,召公被武王分封后,有两百年的时间完全没有任何记载。所以,不可靠的历史信息,司马迁也没有采用。他只写了燕召公以德治国、燕昭王奋发图强、燕太子丹派荆轲刺秦王失败等几件事情。

郭沫若先生认为,燕国是殷商时期就存在的、自然生长的小方国,历史非常久远,并不是周武王或者周成王分封时才诞生的诸侯国。这样的观点很有道理。我在前面也说了,周武王分封蓟国和燕国,是再次确定了蓟和燕在周王朝灭商之后的诸侯国地位。

侯仁之先生在他的《说燕》一文中,对这一问题进行了更多的阐发:

> 近年来,在房山区琉璃河镇董家林一带所发现的大规模的商周遗址,终于使这个至关重要的问题得到了解决。这处遗址包括居住地、墓葬区和古城址三部分。从出土的大量有"匽侯"铭文的西周青铜器中,不仅可以确定这里就是周

初燕国的始封之地,同时还发现有两座商末周初墓葬打破了残存的城墙夯土,从而证明该城始建的年代最晚也不会晚于商末周初。

这就进一步证明:前人认为周武王分封燕国之前,当地就早已有个自然生长起来叫作燕的地方势力的存在,是正确的。至于燕的得名,迄今仍无定论。它始建的年代,也就更难考订了。

我们今天喝着燕京啤酒,到达燕山石化附近那广阔的山峦边,遥望着燕山逶迤远去,心里还能怀念燕人的慷慨悲歌吗?这一切,在董家林出土的大量陶片上都有回声。燕国也是在分封后没几年,就灭掉了蓟国,然后把都城搬迁到蓟城,这里就废弃了。

董家林村的西周燕都遗址,是一座被时间的容器封闭了三千年的处所。从那里,我们可以听到永定河破空而来的呼啸声。

永定河

北京的母亲河是永定河。这条河的名字叫作“永定”,但它其实很长时间是最不定的。水量不定,河道不定,因此走向也不定,脾性就更加不定。它沉默,它狂野,它发怒,它温柔,它喧哗,它消遁。

永定河现在的名声衰微了。在古代,永定河一直是北京最重要的水源。它有两个发源地,南脉在山西宁武县发源,流出来的时候叫作桑干河。北脉发源于内蒙古兴和县的大山中,流出来的时候叫洋河。桑干河和洋河在朱官屯汇流之后,就叫作永定河了。

在早期燕国时代,可以想见,永定河从蒙古高原发源,穿越了崇山峻岭破空而来,与潮白河、温榆河共同构成了从西北、东北方向,流向东南和西南方向的河流。三条河流在古代的水量都比现在大很多,挟带的泥沙就更多,在北京湾形成了一个个冲积小平原。这几个冲击小平原的扇面土地十分丰腴肥沃,慢慢连接起来,就构成了更大的华北平原北端部分。

我也曾在永定河的上游和中游的河道勘察

过。可以想见,那干涸而宽阔的河道在古代会是如何奔腾不息,水流汹涌,咆哮不止。永定河从北京西山的重峦叠嶂中破空而出,在现今的三家店显露真容,奔流在北京冲积扇平原之上。一旦冲出三家店,河水就在北京冲积平原上四下乱窜,加之挟带的泥沙又比较多,等于是水患连连,泥沙滚滚,河水浑黄,号称小黄河,甚至一度还叫作浑河。

这条水量非常不稳定的河流,在几千年的时光中多次改道。由于从蒙古高原的夹缝中奔流而下,蒙古高原往南的宣化和怀来盆地中积累了千万年的黄土细沙,都会随着永定河的河水被不断冲刷下来,一年年、一月月,将这些黄土细沙一层层地铺展在北京小平原的土地上,这样的场景在过去每天都在发生。从南方来的人,也可以经过古北口继续北上,前往北方。但如果永定河河水不稳定,春夏季节河水暴涨,到了秋冬季节又十分干枯,就不能成为良好的水源地。所以,对永定河的治理,总是历朝历代的统治者比较头疼的一件事。

永定河在地表奔腾,也带来了丰富的地下水。在燕国时代,可以想见,在现今卢沟桥、琉璃河一带都是沼泽连片。人们行走在古代大道之上，古道沿着山麓蜿蜒而去，并不是像现在这样在平原上自由穿梭。不然，那长满了青草的沼泽就可能吞没你。

永定河常年水量不稳定，经常改变下游河道。北大环境考古学家岳升阳先生根据他对北京古代河道的勘测发掘就发现，永定河的河道曾经向北连接了现今清河的水系，也曾连接高粱河，穿越了北京皇城的“三海”水系，还曾在现今长安街国家大剧院之处冲刷出几百米宽的河道，更是莲花池到亦庄的一条唐代古河道的始作俑者。

根据更多的历史文献和当代考古学家的发掘也可以证明，永定河的河道与现今的清河、高粱河都有关系。特别是连通中海、南海和北海的水道，对北京皇城的营建，起到了很大作用。

越靠近现在，永定河的河道就逐渐向西南移动了。我们可以想见，永定河之所以是北京的母亲河，它从大山里一出来，就开始在北京湾来回摆动，像是一条脾气暴躁的巨龙，翻滚着身体在北京湾上扫动出一个扇面来。它从现今昌平的清河到高粱河，又到金口河，再变成了现今的西南部一条几乎干涸的河流，经历了太多混乱的改道。

它是那么无定，因此，才给它起名叫“永定”。

现今卢沟桥的位置是古代渡口和交通要道。南来北往的人们经过这里，看到咆哮而下的永定河水带着滚滚的泥沙，觉得并不安全，需要再继续走，寻找到一个地势较高的地方建立居所。

永定河不断改道、冲刷出来的冲积小平原，北到昌平清河，南到大兴和涿州交界，西到石景山脚下，东到通州潮白河畔，这样一个三千平方公里的平原地带，北高南低，最适合营建城市了。这也就是为什么卢沟桥附近并没有发展出都城，而燕国最终向更高的地方迁徙，灭了蓟国，占领了蓟城，继续发展燕国势力的原因。

北京作为都城，之所以能够从蓟城发源，然后三千年里一路走来，就是因为一代代的城建设计者，包括那些深谋远虑的皇帝，优先考虑的就是水源问题。在这一点上，永定河起到的作用是至关重要的。

有关北京城建过程中对水系的利用与考虑，历史地理学家侯仁之先生对此有着详细的考察和研究。他的考察成果大都收在了《北京城的生命记忆》中，可以查找参阅。

我还要继续说一说永定河。它带给了我们近三千平方公里的冲积平原，视线良好，坐北朝南，一览无余，当然是建都城最好的地方了。北京能够成为都城，和永定河水密切相关。不仅营建都城需要水源滋润，北京的园林、郊野皇家宫苑，无不和永定河的来水有着密切关系。

如今在怀来县境内的官厅水库，就是一个北京水源地。在官厅水库入口，汇聚了流经延庆的一条河流——妫水，这是一条古老的河流。妫水汇聚到了官厅水库，然后沿着山峡一路下泻，从官厅水库流出的水沿着官厅山峡，一路在夹缝中奔流而下一百一十公里，从三家店走出大山，流向北京湾的小平原。

过去，没有官厅水库调水蓄水，永定河就是无定河。发怒时充满破坏性，遇到旱灾年，在断水时却像一条垂死的小溪，了无生气。

公元250年，曹魏政权的曹操派出征北将军刘靖，攻破并占领蓟城，然后驻守这里，蓟城成为曹魏政权防止北方强敌南侵的重要地方。

刘靖将军仔细考察蓟城水源系统，发现了永定河的河水对于蓟城的重要性，于是派出挖河大队，从石景山的永定河进入北京冲积平原的入口，开凿引水渠。这条引水渠就是车箱渠。车箱渠的挖掘，目的在于将永定河上游来水引入古高粱河。古高粱河北部连通颐和园的昆明湖，在北城外还与坝河连通。坝河的下游和温榆河连通起来，这样，北京的水系就打通了南北西东。

金代曾经修建卢沟桥，并修建引水渠进行水系沟通，保证了金中都的用水。水源也引自永定河。

京杭大运河通到北京之后，连通潮白河、温榆河，在北京北部又挖掘新高粱河。新高粱河在北京水系中起到了连接内城三海水系、沟通护城河、连通通惠河的关键作用。

在清代，为了拱卫京城，朝廷专门派工匠治理这条河，主要是加固河堤，引水向南，固定河道，然后给这条河起了新名字叫“永定河”。它古老的名字“㶟水”不再使用了，㶟水的故道也废弃了。

我还记得2012年7月21日发生在北京的那次洪涝灾害，根本想不到强降雨瞬时就达到一百毫米，不仅使北京城发生内涝，从怀来上游的大山之中，山洪沿着永定河河道一路下泻，冲到了房山区、丰台区，导致城内和郊区几十人在洪灾中丧生。这就是永定河发脾气了。

清代以前，尽管屡次进行永定河的治理，但限于工程技术原因和永定河本身的无定性，一直没有治理好。中华人民共和国成立后，在上游修建了官厅水库，能调节上游来水，使永定河真的成了永定河。

桀骜不驯的一条河就这样被驯服了。

永定河虽然是北京的母亲河，在当代的地位却不断下降。由于北京城常住人口已经达到了两千多万人，这座都市日益缺水，年人均水资源在一百立方米左右，水资源非常紧张。多年来全靠地下水开采，但早已超量，南部地区形成了地下漏斗区，地质灾害隐患很大。

2014年底，南水北调中线工程竣工，开始将丹江口水库的水通过引水渠南水北引，沿着永定河南下的河道东侧反向奔走，给北京带来了新水。五年来，已经带来了五十多亿立方米的水，人均水资源在2019年底达到了一百五十立方米，地下水位持续上升。密云水库的蓄水量达到了二十六亿立方米，使北京这样一个日渐缺水的城市，再次获得了新的水源和生机。

2020年

自叙

盛代元音

——长篇小说《空城纪》后记

我生于新疆天山脚下的一座小城。那时还很年少，我去了位于吉木萨尔县的一座古城废墟，当地朋友说这就是唐代的北庭都护府遗址。我在那些残垣断壁中流连忘返，看着夕阳西下，看着成群的野鸽子腾空而起，看着拉长的身影引来了大戈壁的阵阵小旋风。出了废墟，我的脚下是芨芨草，是骆驼刺。暮色降临，北风卷地，那些蓬勃生长的红柳丛逐渐幻化成守卫军镇的唐代士兵，发出盛世边陲的呼啸。

后来，我又断断续续造访了很多地方，高昌故城、交河故城、库车克孜尔千佛洞、尼雅精绝国遗址、于阗约特干古城、米兰遗址、楼兰古城废墟等。昆仑山以南、天山南北、祁连山边，在塔克拉玛干沙漠和古尔班通古特沙漠边缘，那些人去楼空的荒芜景象,引发了我不绝的文学想象。

汉晋文献里关于楼兰的记载早已断流。可如今,人们反而对楼兰更加神往。十多年前,我曾和一些朋友到楼兰古城废墟一探究竟,若羌博物馆里展示着罗布泊地区的文物和干尸。那趟行走给我留下了难以磨灭的印象,让我直观地触碰到了西域大地自汉唐盛世以来所累积的丰富的历史文化。

一部作品的酝酿和诞生必然会经历一个漫长的过程。多年来,我收集了许多关于西域历史地理、文化宗教、民族生活方面的书籍,得闲了就翻一翻。久而久之,这样的阅读在心里积淀下来,那些千百年时空里的人和事就连缀成了可以穿梭往返的世界,对我发出遥远的召唤。

人在大地上短暂借居,是浩渺星空中孤独的存在。因此,在倏忽而逝的生命旅程中,人才会对历史和记忆、时间和空间产生敬畏。面对西域古城的废墟,就更有了沧海桑田、云谲波诡的复杂感受。在我脑海里,公元纪年后的第一个千年,汉、魏晋、隋唐史书里的记载和眼下的废墟交错起来,演绎成无数场景,一个个人物开始有了生命,有了表情,他们内心的声音冲撞开了那些本来覆盖于其上的风的呼啸、沙的呜咽，越来越响亮和清晰。于是，我为这个世界命名“空城”，就是想复原这些废墟。紧接着，废墟之上的人们重新来到这里，就像创世纪似的，远古的精神依靠自己充沛的底气矗立起来。我为那些远古的人和事做时间刻度上的记录，是为“空城纪”。

千卷书我已读过，万里路我已走过。五六年过去了，如今我完成了它，心里得到一种安慰。在表达形式上，我这部小说采取了石榴籽、橘子瓣或者糖葫芦式样的结构。全书分为六个部分，写六座古城废墟遗址的故事。如果再拆解开来，则又能分解成三十篇以上的短篇。相当于我在尝试着“装配”这个小说，由短篇构成中篇，再由中篇组装成长篇小说。

这部小说的几部分在题材表达上各有侧重。比如，在《龟兹双阕》中，侧重的是西域音乐，贯穿于小说中的是汉琵琶的声音和形状。在《高昌三书》中，侧重的是历史人物和帛书、砖书、毯书等书写表达的关系。《尼雅四锦》主题是汉代丝绸在西域的发现及背后的历史信息。在《楼兰五叠》中，主题是楼兰历史层叠的变迁，贯穿其间的是一支牛角的鸣响。在《于阗六部》中，侧重的是于阗出土文物背后的想象可能，涉及古钱币、简牍、文书、绘画、雕塑、玉石等附着的故事。《敦煌七窟》涉及的是佛教的东传和敦煌莫高窟发生的人间烟火故事之间的联系。这部小说中所有的古城故事，都延伸到了当代。在六个部分的最后，小说主人公身临废墟，并发生了和这些地方的深刻联系。

在书写小说中历史主人公的时候，我更侧重于描绘人物内心声音的肖像，那些背景式的、脆薄的、窸窣的、噪钝的、尖锐的声音，让位于鲜活历史中的人物，以此表达出他们在汉唐盛代中发出的元气充沛的初始强音。而铸牢中华民族共同体意识，也是作品中要表达的主题。即使我在写这部小说的时候远在北京的书房里，可我还是时时都在想象中，回到汉唐盛世西域大地上那些奋斗和掘进的人物身上，处于身临现场的激动人心的状态中。

某一年，我曾在库车的克孜尔尕哈烽燧遗址前久久徘徊，写下了一首诗《克孜尔尕哈烽燧》：

他就在那里，就在那里
已经在戈壁滩上站立了两千年

像一个没了头颅的汉代士兵
依旧坚守着阵地

他就在那里,就在那里
从未移动,也从来不怕黑沙暴
夜晚、大风、洪水、太阳、马匹和鸟群
以及所有时间的侵袭

这就是我写作《空城纪》时不断在我眼前出现的意象。烽燧已经化为站立大地的士兵,千百年来都在那里守卫着。而我写这本书,也终于完成了我埋藏多年的心愿,那就是,为我的出生地献上一个宏大的故事。

2022年

山海的距离用文学来丈量

——写在《现代小说佳作100部》出版后

进入二十一世纪之后，随着全球化时代的深刻变革，世界文学的面貌出现了纷繁复杂的变化。小说不仅没有死亡，而且借助新型传媒具有了撒播效应，世界文学呈现出现代性和在地性、大众关注和精英阅读并行不悖的景象，一些文学大奖的影响也呈现出跨越国界、语种和地理范畴的面貌。

今年，是习近平总书记提出文明交流互鉴倡议十周年、提出全球文明倡议一周年，也是我们践行总书记文化思想的实践之年。因而，世界文学是由山海相连，但却并不隔绝，而是在不断的交流交往和交汇中。山海是一种地理的大尺度的距离，文学却能够架起沟通的桥梁，并把所有的距离拉近。

可以说，我的这本《现代小说佳作100部》从作家的生命历程与社会发展的变迁，从文学自身的传统到时代思潮的互相激荡，整合了文本、生平、个性、民族、宗教、政治、经济、地理等一切相关方面，凝铸成一部丰富、多元、深厚的现代世界文学精神史。也许存在着个人的趣味和取舍，但广义上说来，毕竟凝聚了一个持续阅读和写作的文学人的眼光和对定评作家作品的关注，所选的绝大部分都是经典之作。

那么，什么是经典？卡尔维诺说：

> 经典得是一部开放的作品，能够在时间的长河中始终保持生命力。无数充满“热情”的重读和解读，不仅不会穷尽那部作品的可能，反而会使它在不同的环境中迸发出新的活力，赋予人类个体或群体生活以“新的意义”。

回想1988年秋天，当时我还是武汉大学的本科生，学校邮局旁一面绿树掩映的山坡上有一家书店。就在那里，我买到了一本书：《现代主义代表作100种 / 现代小说佳作99种提要》。书名双行排列，红与黑的封面显得醒目而果决。作者为英国学者西利尔·康诺利和作家安东尼·伯吉斯，后者以小说《发条橙》而闻名，译者为李文俊等。大学期间我就按图索骥，读到了书中提及且已被译成中文的小说。于是，现代小说在我脑海中有了初步轮廓。这本书被我“啃”得品相很旧了，以至于多年后我专门找了一本崭新的《提要》做纪念。

1996年底，我又读到余中先先生翻译的《理想藏书》。其中大约超过一半的书已经被翻译成了中文，我都买了来。后来，余先生和女儿余宁补充修订，2011年又推出了新版《理想藏书》，厚厚的一大本，变得更加完备。《理想藏书》在很长时间里都是我的案头书。这本书的撰述人是法国著名节目主持人、作家贝尔纳·皮沃先生。全书分为四十九个章节，按照各个语种和品类，每一章节介绍四十九种书，因此总计两千四百零一本书。

有意思的是，安东尼·伯吉斯和贝尔纳·皮沃都很尊重读者的选择。安东尼·伯吉斯推荐了“现代小说佳作99种”，有意给读到这本书的读者预留一个名额，邀请有心的读者挑选一本自己喜欢的书补足一百种。贝尔纳·皮沃认为，五十个品类共两千五百册是法国家庭必备的基本藏书量，也就是“理想藏书”的构成。因此，读者的自我发挥余地就是可自行组织一个单独的品类，每一品类里读者也可以自行提名一本书。

后来，我接触到更多的相似书目类图书，但这两部对我个人而言影响深远。多年来，我依然会时不时翻阅一下。我也逐渐发现这两本书的一些缺陷，比如它所包含的英国中心论或者欧洲中心论的偏见。然而瑕不掩瑜，这两本书目仍十分值得重视。

我阅读世界文学起步很早。大约十二三岁，我在邻居家看到一本被撕去了封面的小说。书里的内容深深印刻在我记忆里，可我一直都不知道这书叫什么。后来，我在武大图书馆与之重逢，原来，它是美国犹太作家马拉默德的小说《伙计》。从那时到现在，四十多年的时间里，我阅读了世界文学经典的大部分，及时跟踪当代世界文学作品，也搜集了一些外文版原版书，根据个人兴趣做了些笔记。久而久之，我对现代小说的发展和构成就熟悉了起来。

2022年，外部世界被战争和疫情所裹挟而纷扰不堪。在书房中，夜深人静，一眼望去，成千上万册图书簇拥着我，让我摆脱了某种忧虑。翻阅那些书籍，我萌发了写一本《现代小说佳作100部》的念头。

根据我自己的阅读经验，每年精读的书也就在几十部，而泛读、浏览、暂存的数量可达上千部。在2022年，我依然认为，阅读极其重要。哈佛大学教授哈罗德·布鲁姆曾说过，阅读在其深层意义上不只是一种视觉经验，而是一种建立在内在听觉和活力充沛的心灵之上的认知和审美的经验。

习近平总书记今年在法国访问的时候，特意赠送给马克龙总统一些翻译成中文的法文小说，其中也包括了普鲁斯特作品的翻译本。

这使我回想起来，1922年对现代主义文学来讲是一个极其重要的年份，其标志性事件是《尤利西斯》在1922年2月2日的出版，以及这年10月，T.S.艾略特的长诗《荒原》的出版。同在1922年，普鲁斯特自1907年开始创作的鸿篇巨制《追忆似水年华》七卷全部完成。其第一卷《在斯万家那边》的英文版也于1922年隆重推出，在英语世界引起了反响。这一年，卡夫卡完成了他的主要小说，两年后他就过世了。弗吉尼亚·伍尔夫在1922年开始写作长篇小说《达洛维夫人》。E.M.福斯特在写他的《印度之旅》，D.H.劳伦斯在写作小说《袋鼠》。在中国，鲁迅于1921年12月4日到1922年2月12日，在北京《晨报副刊》连载了其小说代表作《阿Q正传》，引领了中国现代小说的潮流。

而从1922年到2022年这一百年里，包含中国文学在内的世界文学发生了巨大变化。百年间，杰出作家不断涌现，佳作连连。是他们的表达塑造了如今我们看待世界的方法，创造出一个个瑰丽的小说世界。

于是，我动笔开始写作《现代小说佳作100部》。我一边转着地球仪，一边想着活跃在地球表面上的作家们。我发现，如今，我们看待世界文学的眼光已然发生了很大变化。我首先确定了约三百位作家和他们的小说代表作，然后删减，范围逐渐缩小到一百位作家的一百部小说。当然，小说世界中的生命都互有辐射。实际上，这本书涉及的作品有好几百部。

我把这本书的内容分为三卷，大体上按照作家生活和写作题材的地理板块来划分。第一卷是欧洲作家的作品，第二卷是北美洲、南美洲和大洋洲作家的作品，第三卷是亚洲、非洲作家的作品。这里有一个情况需要说明，分卷并非严格按照作家的国籍，也不按照语种或年龄来编排，而是按照我的写作顺序进行排列的。其中，有些作家出身非洲、南美洲或亚洲，但后来入籍欧美，我是根据其题材来定位。比如，第一卷中的匈牙利作家马罗伊·山多尔后来持有美国国籍，第二卷中的卡夫雷拉·因方特，第三卷中的迈克尔·翁达杰、罗欣顿·米斯垂、萨尔曼·拉什迪等作家的情况也类似，但他们的笔下很多作品题材都和祖国原乡故土密切相关。这样的分卷，更能体现出二十一世纪世界文学的某种“小说地理学”意义上的图景。

写作这本书，还有一个基本的设定，就是每一本小说都要有简体中文译本，这样读者就能找到原著去阅读。唯独印度作家维克拉姆·赛斯的《如意郎君》不是全译本。这部小说英文版厚达一千四百多页，由刘凯芳先生翻译的一部分发表在《世界文学》杂志2001年第一期上，全译本我尚未见到。但我特别欣赏这本书，它有资格排进这个书目里。

从收入这本书的一百部小说的构成，大致可

看到每隔二十年,现代小说在地理意义上会发生转变和“漂移”。比如,从二十世纪二十年代到四十年代,现代小说出现的重点在欧洲,它们几乎奠定了如今我们所谈论的现代主义小说的基本范式。二十世纪四十年代到六十年代,现代小说的大潮转移到了北美和南美,出现了美国文学的多元生长和“拉丁美洲文学爆炸”现象。二十世纪七十年代到九十年代,出现了“无国界作家”和“离散作家”群现象,更多亚洲、非洲作家涌现。这一阶段,中国当代文学也带着独特的生命印记汇入世界文学大洋,世所瞩目。

假如不同语言的文学是一条条大河,那么,这些小说就是文学之河边醒目的航标,显示了里程和方位,指引后来者找到自己的目标。航标的出现对于行路之人是十分亲切的,就像当年十九岁的我从书店捧回一本《提要》时的心情。我在写这本书的时候也注意到文风的朴实,希望在每一篇三五千字的篇幅之内,把这个作家的基本生平信息说清楚,把他的代表作的主要内容大致勾勒出来。因此,这本书是一扇门。打开门,我希望读者可以迈出更远的步伐进入小说那广袤的森林,不要止步于此,只了解一个大概。

我选择译林出版社出版这本书也有原因。早在1989年秋，我就开始邮购译林出版社推出的《追忆似水年华》七卷本的第一册《在斯万家那边》。这套书直到1991年才全部出齐。两年多的时间里，我读完了这部让人望而生畏的巨著。后来，我又读到译林出版社出版的萧乾先生与文洁若女士翻译的《尤利西斯》上下册。无巧不成书，多年来，我在报刊工作时刊发和撰写书评的许多书籍，很多都是译林出版社出版的。在对世界文学的译介中，译林出版社一马当先，久久为功。时隔三十多年的2022年11月，译林出版社又推出了《追忆似水年华》新的纪念版。这些年，他们开始出版中国作家的原创文学作品，其潜在标准是，出版具有世界文学品质的中国当代文学原创作品。因而，我把我的长篇小说《空城纪》和这本《现代小说佳作100部》先后交给译林出版社出版，表达对这家出版社的敬意。

读书是最好的事。作家索尔·贝娄说过："自然而然，书一向是买得多、读得慢。但是，只要那些书摆在书架上，就像是一群广阔生活的保证人站在我身后。这就是书籍的感召和力量。"

作家们创作出了优秀或杰出的文学作品，它

进入了我们的思想和生活，改变了我们的情感结构，变成了人类新的自我认知的方式。那么，我们为什么不把这些书摆在自己的书架上呢？

2024年

演讲

“诗辩”或我们时代的文学

一

一个显而易见的事实是，现在越来越多的人都在通过微信微博快讯、短视频抖音、电影电视剧网络剧等电子传播类型和不断滋生的延展载体，获取信息和一定含量的知识。我承认这个渠道的快捷和便利，以及它在瞬时引爆的快感冲击。如果我们再悲观一些，就无法忽视这种可能的即将演化出来的趋势：伴随着科技和媒介的发展，我们正在经历一个相较于纸质媒介兴盛时期文学阅读狂潮之后的文学衰退期。然而，我不愿意将其视为“危机”。所谓文学的危机，或者阅读的危机，往往被解读为人文精神的危机，而人文精神的危机，从三十年前开始讨论至今也没有可信的结论。

随着人类逐一发现莎草纸、羊皮卷、竹简和锦帛等可以作为书写工具,阅读者经历的任何一种时代,都是他所能经历的最好时代。那么,对于上一代的阅读传播载体而言,新的媒介也就不可避免地让旧媒介经历着衰微的命运。因为不断更新的书写和传播工具,不仅仅抛弃了上一种阅读习惯,还必然在一定程度上改变文学的生产方式。远的例子,古代帝王出行时携带的文牍有多重我们能想象得出来吗?因此,越古老的文学越是佶屈聱牙、古奥难懂、缩略微言,那样的文学形态和书写的不便利有莫大的关系。在造纸术和印刷术发明后,书写和阅读的形态变得平稳多了。

此后,汉字排版的最大变化,是由《科学》杂志首创。他们为了更好地传播数学公式或者外文,将竖排版变成了横排版,从左往右书写。这也极大提升了中国人的阅读速度和书籍的内容含量。近些年来的电子阅读,只是一种对纸质书阅读形态的模拟,它的创新之处在于数字化的容量几乎可以无限大。

这种变化的弊端是存在的。因为容易获取,人们没那么珍惜阅读机会了。阅读注意力和时间都变得碎片化,很难集中深挖文字核心的意义。这是让很多人将其列为阅读危机的原因之一。但我想，获取路径的极大拓宽，令今天有心的读者可以轻易获得阅读的各种形态：纸质书籍、随携电子书、有声书……哪怕仅仅是将全套的《四部丛刊》电子版找到，让它在电脑里沉睡，也肯定比以前进步了。阅读的成本降低，使得文学或知识增加了其民主特性。虽然不能叫作形势大好，但也没必要渲染所谓阅读危机。因为，这无法澄清今天读者真正面对的问题。况且，每个读者阅读本就抱着不同目的。众所周知，读图和娱乐时代让读者养成了思想惰性。就本质而言，高质量的阅读当然是聚精会神的艰苦劳动。科技的便捷与阅读的苦作之间，大多数读者选择便利和简约。但阅读要有多深的层次，才能算作合格的文学阅读？这都很难量化。

当然，我也不是在说，今天任何有价值的可供阅读的信息都是俯拾即是的状态。首先，文学书的市场的确需要一个称职的推荐者、引领者。另外，有些书也无法真正进行大众传播。不过，我们的时代毕竟早已不复以往。玄奘要历经八十一难才能求取真经，而埃科的长篇小说《玫瑰的名字》里，那些中世纪在图书馆里抄书，并因为执念造成对书籍的恐惧和狂热的残杀的故事，带给了我们永远的隐喻。

从锡德尼到雪莱，都曾为诗辩护。这里的诗，应被理解为具有诗性的文学。我们时代的悖论在于，文学一直都是伴随我们的文化精神物品，但我们投身其中的人却要不断为它辩护发声。最常见的辩护，不仅仅是文学，还有哲学、神学等较为抽象的学科，都宣称自己的“无用之用”。

春节期间，在书店看到罗伯特·伊戈尔斯通的《文学为什么重要》，我就如获至宝地将其带回家细细揣摩起来。总体而言，它依然延续了那种已成主流的观点，即文学是一种多因素、多主体的交互关系。文学的阅读乃至写作，都被解释为一种对话。这在批评史上并不新鲜，俄国学者巴赫金的“对话理论”是最重要的前例，姚斯等人视作者写作即在寻找恰当的接受视阈，召唤隐藏读者。我们今天的文学多么需要理想的读者啊！现在，罗伯特·伊戈尔斯通所说的“鲜活的交谈”则带有更多的市井烟火气，像是一个开放社会的生活方式。在这个话语建构时代，或许没有什么行动比通过文学重建我们的日常生活更有意义的了。

不断为文学辩护，伸张文学的正义，只是一个时代文学阅读热闹的褪去、一个时代文学力量疲软的缩影与反驳，但同时也反映出我们读书人一直以来的理想和执着。

二

在进行完上面不算完善的交代后，我想要真正进入主题，解释一下像我这样的人，为什么更愿意或正襟危坐或惬意倚靠，手里卷着一本书，与书里面那些低像素的字和词做心智的博弈呢？我将梳理自己如何理解这种对于文学阅读的渴求。我们的孩子在经历小学中学的读书时期，多少次地听到过老师家长“不要看闲书”的“告诫”。大家都清楚，所谓的“闲书”，指的其实正是所有有着天马行空的想象力的书籍，以文学作品为主。而数学习题集、英语词汇手册、化学分子式、法律条文、会议记录、成功学口号簿等内容则不仅不“闲”，还相当重要和紧迫，必须争分夺秒地反复领会。但文学书籍，它讲述的故事让孩子的思绪飞到天外，无垠的阈值显然耽误了他们将有限的精力、记忆力，集中于应付考试的局促课桌上。反过来，我们可以想象这些孩子是如何渴望在做习题之外，那些带有故事和感情，哪怕只是微弱的想象，能够给他们带来什么样的解放、什么样的心智和什么样的创造性可能的书籍。

从某方面来看，世界似乎是一本"封闭的"书籍，只允许一种固定的解读方式。科学结论和定律或许某一天将被推翻。但是，在推翻之前，它的范式研究，一定要遵循某种共识，说得更刻意一点儿，也就是一些公式和模型。与此相比，书本的天地在我们眼里却是个"开放的"宇宙。如果我们愿意敞开心扉，去想象不同的历史结局，文学会允许我们在这方小天地里随时准备修正自己的信念。

文学并不是实用性质的文本，它们不具有实质的立竿见影的帮助价值。它的吸引力，首先在于自我存在意义的满足、为人类的愉悦而创作出来的文本。众所周知，被广泛接受的文学起源，一个是劳动来源，我暂且撇开这个不谈，专注于另一个席勒所说的"游戏说"。大家阅读文学文本的目的在于享受，在于启迪灵性，在于扩充知识，但也或许只求消磨时间。

如果将时间放长一点儿，文学阅读的重要能量在于，它是以一种审美的语言保持个体的语言活力和思考能力。乍一看，这可能有一点儿夸张。因为谁不是活在普通语言的世界里呢？难道只要活在这个语言的世界里,就不会与其他人同步更新其言语吗?

近年来,网络语言不断增殖。它的迅速传播和简便沟通,甚至是爆炸发展,都能够让懂得那些暗语的人迅速地会心一笑,当然有其存在的理由。但这些语言也是被快速抛弃的一次性物品,类似于纸水杯、宾馆的塑料小梳子等廉价的权宜之计。我这么说可能有些绝对。但这也是我们正在经历的经验:最后会怎么样呢?时过境迁,当你发现某个过时的电子文档上(即便它才过去两三年)的“双击666”“扎心了”“我伙呆”等奇怪的语言,你还能够领悟当时的情境和含义吗?那些“火星文”你现在还有莫大的兴趣和识别能力吗?恐怕以上的本属于这两年的几个简单句子,已经在你的记忆里暗淡了。

那么,上述电子语言究竟是一种语言的“遗产”,还是语言的垃圾呢?我想,我们应该明确,在它诞生的时刻它就被注定了速朽的命运,因为能够葆有真实活力的只可能是文学的语言。

维特根斯坦说过,一个人语言的界限就是其世界的界限。在特德·姜的短篇《你一生的故事》里,外星生物的语言法则与地球人类的不同。它们的语言表达不分先后与因果,而是直接呈现出书写结构。这使他们以这种思维方式,同时看得到过去、现在与未来。我们管这叫作"预知",其实这是语言的能力。当然,科幻电影里的情况较为极端。更多时候,文学语言代表一种更多维度的思维方式。起码,能够在一个较为复杂的故事中,得到更多的有益价值。懂得文学阅读的人,他也许不太容易被淘汰或者埋没。反之,被排除在这个文学世界之外的人,他们将无法得到那其中的价值。

文学所具有的这种超强自我进化和选择的功能,可能让所有人始料未及。文学协助建构语言,而它自己也创造了认同感及社群意识。假如没有创世史诗,印度文明能够延续至今依然代表古代世界文化的完整和恢宏吗?没有荷马的吟唱,希腊文明会是什么局面?没有普希金,俄文会走向何方,伟大的俄罗斯精神还有现在这种厚重坚韧的质地吗?

在马克思看来,"世界文学"关联于"世界市场"的形成,它指向文学未来的一种发展形态。1827年,歌德最早提出后来通行的"世界文学"概念。他在谈话录中说:"我相信,一种世界文学正在形成,所有的民族都对此表示欢迎,并且都迈出令人高兴的步子。在这里,德国可以而且应该大有作为,它将在这伟大的聚会中扮演美好的角色。"所谓的"伟大聚会",即世界文明的交汇。这种未来文学的发展形态,寄寓着一种超越了地域、族群和语言的普遍性交往的可能。文学是交往中坚实的桥梁,而不像政治、经济利益那样具有灵敏的风向性。

最后,我想回到人类一直在追问的难题:我是谁?我从哪里来?我到哪里去?

终极三问,这无疑是几百年来科学家大显身手的舞台,他们提供的答案,从物种起源到宇宙理论不一而足。尤其是对于"我是谁"这个千古难题。文学给出的回答,不一定正确,但却迷人。关于人性的斯芬达克斯之谜,千百年来烛照我们的生命。中国人对人性的追问始于几千年前,"人之初,性本善"更是黄口小儿都能够挂在嘴边的训谕。在最早的史书《尚书》中有这样的记载:"惟皇上帝,降衷于下民,若有恒性","衷"即为"善"。上天把善良的秉性赋予人,这成为他们永恒的人性。这代表着古代中国文明对于"人"之本性的理解。

科幻史上最有名的一段话，是电影《银翼杀手》里复制人叛军首领对追杀他的人类警察所言："我所见过的事物，你们人类绝对无法置信。我目睹了战舰在猎户星座的端沿起火燃烧，我看着C射线在唐怀瑟之门附近的黑暗中闪耀。所有这些时刻，终将随时间消逝，一如眼泪消失在雨中。"这种生命（哪怕是人造的）惨剧的根源正在于，人类认为外表无论多么相似，只要是无法通过"人性测验"的仿生人，都不拥有存活的权利。人性内核这个神秘的东西，幻化成无数个动人或骇人的故事。它可以是真理，也可能是如《银翼杀手》中的误会。在不同的场景里，它都被设置成我们之所以为人的分水岭。它时时跳出来，拷问人类，让人羞愧，让人泪下。这是科学无论如何也不能解释的东西。

三

美国学者哈罗德·布鲁姆曾说过，阅读在其深层意义上不只是一种视觉经验，而是一种建立在内在听觉和活力充沛的心灵之上的认知和审美的经验。那么，这样复杂的认知与审美过程，所带给我们源源不断的惊异感，大概就是今天还需要继续阅读文学作品的重要理由。

席勒在《论人类的审美教育书简》里郑重许诺："只有当人在游戏时，他才是完整的人。"人的休憩、愉悦行为将"支撑起审美艺术和更为艰难的生活艺术的整个大厦"。当然，我们所知道的是，欧洲工人素质的提升乃至工人运动和他们开始在业余时间识字、阅读与朗诵有莫大的关联。我国二十世纪历史上的平民教育运动和农民识字运动，也进一步刷新了现代中国文化的面貌。从此，因为阅读和赏析，这些人开始分享一个过去对他们关闭大门的世界。因此可以说，文学语言的审美实践，有助于激发人的很多生活动能。

回眸历史，自文字诞生始，文学就是言志、抒情的凝结物。无论是文艺复兴、启蒙运动，还是共产主义运动，都毫不犹豫地借助了文学的力量。我们书写什么样的文学，就是在创造什么样的文化基因；阅读什么样的文学，就是召唤什么样的心灵。当世界进入"现代"时刻，无数的知识分子就投入到了改造人心、重建人文精神的事业中。所谓"现代"，除了先进的强大的科技、经济、制度等因素的支撑之外，它的核心之义，其实是降生作为现代主体的人。

我们在“现代人”的构造中可以提取诸多关键词，比如理性、欲望，比如想象、审美。而这些关键词都可以以文学的方式展开，抑或说文学推动了这些关键词的发展，参与了现代观念、现代意识的生成过程，并且促使现代人的觉醒。我无意夸大文学的作用，但是文学潜移默化“蛊惑人心”的力量无疑是十分特殊且有效的。对于正在进行中的中国当代文学而言，好的文学应该包含着“人”的丰富、复杂，甚至是矛盾的情感结构。它既能展示对新世界的乌托邦热情，也不回避沮丧和质疑，不掩盖人的现代困境。文学永远是鲁迅所说的“撄人心”的事业。说得再直白一点儿，新文学史简直是一段导流，后面轰轰烈烈涌来的，几乎是整部中国现代历史、国族史、政党史。

中国文学是无数个中国人个体经验的表述，也承载着几千年中国的集体记忆。作为“中国问题”的一部分，中国文学始终在与历史、国家，乃至廓大的世界进行对话。它为中国人想象共同体提供参照。正如保罗·德曼指出的，作为语言艺术的文学的多义性和不确定性，其实是多元现代性的表征。我们今天仍然需要文学，既是为了克服历史健忘症，也是在重新体会作为现代民族国家的中国，更是要把个体的精气神汇入源源不断的民族文化传统中。

我们阅读当下的文学作品，试图把这个时代纳入历史的洪流，也是一次承袭文学经典的实践。在隐喻的历史想象和绵密的文化传统中体会现代中国之所以如此，或不得不如此，或未必如此的可能性，将是我们寻找自己和共同体的来龙去脉的有趣路径。所谓的“中国性”，同所谓的“文学性”一样，不是恒久不变的。但是中国的历史意识和民族传统一直沉潜在文学之中，我们拥抱文学就是在打捞鲜活的当下中国。一旦我们尝到借助文学重返历史的趣味，我们也会找到通过文学想象未来的钥匙。我们信《史记》多过假设未来。我们往往看重历史的经验，却忽略未来伸向我们的危险信号。

二十世纪初，发动新文化运动的中国知识分子们大多怀着“中国人”要被“世界人”挤出去的“大恐惧”。这样的恐惧与其说是指向当时中国在资本、技术、制度上的种种危机，不如说是直面国人意识空间的局限和人文精神的茫然。故而，鲁迅那一代的文学家们对“中国人”的改造亦是对

"世界人"的召唤。于是,中国的新文学自诞生之初,就力图打破强权对"中国"与"世界"的想象分野,试图创造一个可以包容故乡与异地、我们与他们、内与外、东与西的"世界"。在今天,当外在的世界也已经不局限于七大洲四大洋,我们还要等待吗?科学家荣耀的徽章上绝不能少了文学想象的光泽。

在这个意义上说,文学应该是"越界"之旅。它可能超越个体,也可能超越国家。再进一步,正如无数想象未来的文学作品里所设想的,我们的生存地点也许在月球,也许在木卫二,也许仅仅是一艘太空奥德赛舰船上。要知道,在绝境中,一节名为格鲁特的枯枝,也可能是人类忠实的朋友。

尽管今天的全球化已经使地球变成一个"村",时间和空间被双重压缩,但是文学的奇妙之处恰恰在于:让我们在去往世界的瞬间又不会错过只有长途跋涉才能欣赏到的风景。想象多元的普遍性和不同的世界人,应该成为未来文学的更高追求。人、文学、世界互相打开和馈赠,是我们阅读和写作的意义所在。在离散和统一之间,文学可以铭刻族群变迁,跳脱地理空间的限制。我们要在这样的文学视野下,才能聆听现代性的众声喧哗,想象未来的繁复多姿。

最后,当谈论文学的现状时,作为一个作家,我深刻地感到,语言的审美、形式的创新固然重要,而更重要的是,赞赏符号和能指的变换漂移时要警惕双重危险:一是文学的虚构性和不确定性可能会引向的虚无主义的歧途;二是对所谓的静止的、凝固的、本质主义的"文学性"怀有绝对主义的偏执。文学本来就是一种危险的诗意平衡。创造和阅读文学,是我们不断失去又找回平衡的过程。近些年,我越来越倾向于充满想象力的写作,比如对于逻辑内核这种坚实的事物,比如对于城墙、河流这些历史支撑。这大概是我在平衡木上的一次惊险转身。我可能又会不断做出调整,让自己的写作更加宽阔。因此,我们要时常提醒自己,不要给文学自造藩篱。

在劳拉·米勒主编的《伟大的虚构》一书中,我看到了人类文学经典作品的最新排列。在此,分享给那些同样在心中有一篇《诗辩》的朋友们:

《奥德赛》《一千零一夜》《西游记》《太阳城》《海底两万里》《时间机器》《一九八四》《虚构集》《城堡》《魔戒》《百年孤独》《神经漫游者》《无尽的玩笑》《云图》……跨越三千年的九十六部作品,随着时间轴延伸开来,却并置在一个空间里。我们看到了神话、史诗、传说、神魔小说、传奇、科幻小说、童话、乌托邦、寓言小说、实验小说的线性阵列,看到了融合上述文学的胸怀,自然也昭示着文学的无限广阔的未来。

2024年

评论

“我点燃了火”

——AI的创造力来源

春节期间，日本小说家九段理江使用Chat-GPT（聊天机器人模型）协同创作的小说《东京共鸣塔》获得日本的芥川文学奖。她在获奖感言中将AI视为其创作灵感来源。我们不知道这句话是否言过其实，但也许我们见证了一位以虚构为志业的作家公开表示，灵感这一超脱于规律之上的抽象特权已经被拱手让“人”，也由此需要我们展开思辨，讨论我们人类文学艺术的创造者与AI的关系，它能够通过什么介入创造力领域，继而考量在与AI同行的时代，人类的舞台是更广阔了，还是不得不与其分席而坐，划疆而治？

人工智能的探索路径和发展标准是为了让计算机像人一样产生思考过程。但现实是，人类至今无法单独依靠某一具体学科知识理解自己的智慧，人文学者和作家更无法在灵感和天赋之外提供出可靠的关于创造力的解释。我们也仅仅知道这个被天灵盖覆盖的大脑是由数十亿个神经细胞组成的器官。今天，许多科学领域的论证似乎开始愈发依赖神经科学家，比如对于大脑二态性的猜测就需要由神经科学家进行揭示。通过核磁共振成像技术可以证明，在具体情境下男女大脑的性别差异性反应（据说事实上差异的标准差极小）。这些实验所能够提供的分析，其实已经在各种层面深入到了过去由心理学、哲学等学科所主导阐释的领域。当然，脑科学也许能够观察神经对美的反应，但依然无法独立理解美的涌现机制问题。可是，不妨碍我们看到这样的事实，过去经由历史层积和审美浸润所确立出来的创造力的领地意识，也许正在产生真正的动摇——不仅是因为AI算法强大，而主要是人类对自我探索的研究方法的范式性转化。

一

人工智能的应用已经非常广泛。早在二十世纪五十年代，计算机科学家们就已经展开了关于这个新的技术方向和学科的问题研究。既然是一种技术，自然就会蔓延进入人的生活生产领域。文学艺术生产是人类元状态的精神生产，洞穴中的壁画、结绳记事的环扣都是在为人类用精准的语言表达心灵世界做漫长预热。因此，从很早开始，计算机技术就已经与语言产生了勾连性的尝试，比如机器翻译就有严格的语义对应，自动文摘系统能够提取出反映文章中心内容的短文。这可以看作是AI运用于文字创作的早期雏形，其特点就是被逻辑严格规定。新闻等实用文体写作也属于这一类，比如近年来的“快笔小新”、《今日头条》写稿机器人“张小明”等。以上这些主要属于弱人工智能。

与之进行远距离对应的是超强人工智能，在科幻文学中以各种瑰丽奇崛的面貌出现。比如《2001太空漫游》的超级计算机HAL9000，它能够自主判断处境，争取自己的命运，甚至表演出比人类有过之而无不及的谋虑诡计。

从现有发展水平看，我们更需要讨论的是在现实和幻想之间处于过渡地带的强人工智能。强人工智能呈现出与人近似的意识，与人类展开交互式学习。近年来，在文学艺术创作实验上，小荷初露的正是这一类人工智能。诗歌，这一语言的黄金，承载着人类光荣梦想的文学体裁最早作为试验田被开发。早在二十世纪六十年代，智能诗歌软件 Auto-beatnik 就已经“创造”出公开发表的诗歌。1984 年，梁建章以《唐诗三百首》《千家新诗注》为数据蓝本开发出智能写作格律诗软件，在半分钟内即可根据要求作出一首五言格律。此后源源不断地产生这一类似产物，最出名的当为机器人小冰创作的《阳光失了玻璃窗》(2017 年)。小冰获得了在报刊上开设专栏成为专栏作者的殊荣，在诗歌领域造成轰动。不过可以肯定的是，目前AI生成的诗歌语言皆为外部语言。

AI能创作小说吗？答案是肯定的，但小说逻辑与诗歌逻辑不一致。1966年，首个聊天计算机程序Eliza诞生，为计算机日后开展虚构叙述能力提供了前提。在二十世纪九十年代以后，计算机写出的小说越来越多。最具有戏剧性的事件，一个是2017年算法程序 Mary Shelley 重写了玛丽·雪莱的同名小说《弗兰肯斯坦》，而那部人类玛丽写于1818年的长篇小说被视为西方现代文学史上的首篇科幻小说；另一个就是2018年陈楸帆的短篇小说《出神状态》，其中部分内容即是由人工智能机器完成的，并以微弱优势在评比中(AI参与了评选过程)领先于莫言的作品，其本人常雅谑自称“打败莫言的男人”。

为什么将诗歌和小说区分开来呢？诗歌主要依赖于人类已有的数据库，尤其是严格使用韵律平仄规则的古典律诗。比如，一个生活于唐朝的孩童的蒙学是从《三字经》和对对子开始的，学习古体诗的资源相对而言是一个封闭体系。小说则不然，它需要交互信息的介入。这就决定了一方面写作小说的人工智能的运作应配备成熟的对话机制(聊天界面)，另一方面，大面积互联网的铺设给机器的学习能力插上了翅膀。虚构叙事类的文学创作能力，取决于数据库的不断反哺。

因此，小说的人工智能写作过程中，人的作用还是相当大的。备受瞩目的小冰诗集《阳光失了玻璃窗》的出版也是这样，并不体现人工智能的能力，其优化和挑选完全是人在运筹，专家系统从一万多首诗中选取一百三十九首收录入诗集。另外，诗歌的理解也必须有读者的高度参与。诗歌字数较少，领悟又寄托于意象上。也就是说，诗歌除了吟咏的节奏、字词蕴含的韵味，其被接受需要依赖读者的“脑补”。这是诗歌AI写作似乎更加蓬勃活跃的原因。

除了一定框架下的文学创作等功能之外，人工智能的数据分析能力也能运用到文学研究方面。相对于以往强调的“细读”，这是一种带有距离的“远读”，大大提升了研究的效率。比如，对于《红楼梦》中的虚词进行数据统计分析（有一些多义字需人工再度甄别），很可能查验得出前八十回由同一个人完整写出，后四十回中有一部分较为接近前八十回作者手笔这样的结论。

事实上，抖音、快手等短视频平台的广泛应用，最为直截了当地拉近了普通民众——特指那些极少公开进行文学和艺术表达的人——与文化表达的距离。但无论是这些视频作品的创作者本人，或者专业从业者，都并不将其视为专业领域的闯入者。那么，今年春节期间 OpenAI（一家致力于研究和部署通用人工智能的公司）发布的 Sora 则可能预示着对于影像视频行业的颠覆。只需要提供足够明确的描述，Sora 就能够生成连续的六十秒视频，这再一次刷新了对于人类行为模仿的理解。机器学习总体而言是人类实践的一部分。这种学习本就是人类创造者能力的外化，只不过经过海量的计算之后，行为模仿被极大加速催熟，但距离真正的质变有多远,我们还下不了定论。

从以上各种各样的人工智能与文学领域的交叉实践可知,文学已经具备发生变化的势能,只是积极推动实践的人往往是具有科研属性的人员,而很少有真正的专业作家和非专业写作者。文学因为其较为特殊的属性,并不直接带来迅速的爽感反馈,因此,写作小程序或者App很难出现高度普及情况。而且,文学创作对于基本框架设计,对于语感声口等独特性的期待,对于逻辑和叙述节奏把控的要求,都必须由更专业的写作者才可能产出合格的作品。目前,我认为较为适合人工智能写作的一种是网络小说。因为,网络小说一般而言体量大、细节密度高,AI能够替人承担一部分的劳动。

影视剧剧本写作也如此,尤其是商业剧本本身就是多人团体合作的产物,人工智能能够补足多人协作时往往笔调不一致的麻烦。在科幻文学写作里,人工智能的优势也非常明显。它强大的数据库资源和计算优势,能够如迷宫一般设置出较为复杂曲折的情节。比如,科幻作家慕明就使用与AI共创的方式写作剧本。因此,在现有科技条件之下,人工智能的创作具有积极的方向,以参与和辅助我们的社会文化生产。

二

人文学者近年来热议AI的焦点并不是效力，而在权利问题。如上文已经铺垫过的，文学这匹华美完整的绸缎，是因为被注入了灵魂、灵感、心灵，才使绸缎泛出光晕。刘慈欣2003年写下的《诗云》，证明高等外星文明的恒星级算法亦无法冲破诗性关卡。大刘通过诗性这一抽象能力，牢牢把握住了人类的尊严和权利。

不过，我们可能得承认，这样的举例反而人为地拉大了普通人和天才人物的鸿沟。机器算法即便冲不破那关键的无形之门，诞生不了李白、李贺，但也并非绝对就创作不出贾岛经过苦吟推敲的诗句。而且，如果我们这么早就为灵感盖棺定论，认为它将永远不被提炼出可还原和可实证的规律，那么眼下人们写作的意义不就完全丧失了吗？文学存在的意义难道仅仅是提示我们，人类已经有如此多的天才存在，而不是召唤江山代有才人出吗？我想，灵感还是具有一定的讨论空间。

这就回到了那个我们文学学科讨论几十年的

话题，作家能够被培养出来吗？从经典文学史看，作家几乎都出现在学院之外。尤其是中国特殊的发展历史，作家来自更为广泛的田野江湖地带。自从二十世纪九十年代，许多学院出身的作家汇入到当代作家群之中。当然，即便是从中文系取得学位的作家，我们也通常将文学研究和文学创作视为两张皮。虽然这两张皮分享了同一个缝制者，但总体而言，依赖的是两块不同的大脑区域和技艺。近年来，社会出于对沟通能力的需要，以及学科自我开流的发展规律，创意写作确立为二级学科，学院派要开始真正面对这个问题：创作需要什么能力，这种能力怎么传授？

首先是文学创作规律。乐观一点儿说，写作训练是有用的。比如，我们耳熟能详的那个成功学故事：一万小时定律，其最著名的代表达·芬奇就是从练习画一只只鸡蛋开始的。他从不同角度和不同光线下的鸡蛋素描的枯燥重复中摸索到了抵达高深艺术境界的途径。规律学习主要属于行为学习，但还有一种能力学习，譬如小学生能够通过记忆学会数学公式，却并不一定代表他就能够理解数学，拥有数学思维。能够获得思维的智慧，可能需要很多难以概括的揣摩。这一点难以揣摩的东西可能与学习者的自我，以及在言传身教中的经历有关。怎么才能够达到数学思维和数学知识的融合呢？举一个不太恰切的例子，正如佛教里文殊和普贤两位菩萨的关系，或者说是狮子和大象的关系。“理”与“智”，一个是取得觉悟的客观条件，一个是主观条件，依理而发智，有智方证理。再用意识和潜意识来论证，潜意识无法被勘破，除非我们都如周公旦和荣格一样，能以多种形式记录和分析梦境。而且，潜意识并不是灵感的绝对来源，需要被意识有意识地从那个黑乎乎的洞口召唤出来。召唤行为是需要重复多次的长久努力。因此，写作当然也是可以教授的。机器的写作训练自然会向越来越好的方向发展。

另一方面，我们又很难想象机器会不会遭遇“卡壳”问题，算力会是匀速发展的吗？就人类而言灵感的出现往往都是量变到质变的一个结果。当思维停滞到一定的状态，现实生活以偶然性给文学表达一些剧烈或者微弱的补充。在偶然变化的行走路线中，作品也实现了弧度变化。

说到计算程序，如果学院的培养也是按照时刻表、知识结构、选拔目标严格规定的话，作者就很难有余裕的精力进行思维的有效拓展。并且，城市化进程和现代化发展使独一无二的故土逐渐消失,人人都生活在同质性空间,作者原本精神底色的差异也似乎在缩小。不过,随着互联网,尤其是移动互联网时代来临,间接经验已经高度占据很多人的日常生活,这确实在理论上允许,即便是同样知识结构和教育背景的人走上各具特色的写作之路,比如科幻文学就很具有代表性。但在较为传统的写作题材方面,作家能够通过间接经验的加持而取得的文学认知性和审美性的突破依然是有限的。

在科幻想象里,人死之前将意识先行上传,这个意识就变成了一种还能继续生长的客观存在,比如一个爷爷在死去的时刻是七十岁,但十年后,爷爷的意识并不会还在七十岁的情形里打转而与子女们无法交流,相当于这份意识依然在被现实投喂。机器也一样,除非上传新的程序。如果没有新的补充,比如行万里路、广结知己这样的壮游经历,一个最先进的AI即便投喂给他最全的李白诗文全集数据库(李白自己愿不愿意,还是一个有待解决的伦理与法律问题),那么AI版李白也只是一个已逝的李白。我们期待的文学不是死去的人的文学,而是仿佛山谷依然能够传来其文学回声，期待的是那一瞬间灵魂交互的心驰神往。

不过，我们也不能对自己在数据库中遨游的能力太过自信。人类仅仅是看似面临无边的信息洋流，却无法想象出自己没有经历之物。信息茧房的打破不是仅依靠收集信息的能力，而是考验构建问题的能力。构建问题的能力是综合能力。所以，AI还是得解决叙述搭建之外的困境，它怎么突破我们人类神秘的美学机制，进行审美累积？

文学生产过程中存在审美体验。AI的文学像是一个天才少年的即兴表演，它的写作是“事先张扬”的（机器写作混在人类作品中参与评选实质上也是一场秀），在场观众们等待的是这场演出的结果。但传统的作家写作姿态有事后总结的性质，并必不可少地附带有被赋予魅性的过程。机器写作带来的是惊奇感、新鲜感、震撼感，但读者的情绪共鸣往往毫不吝惜地给到了具有不同写作姿态的人类作家身上，比如复兴古文的韩愈、宦海苦旅的苏东坡、深沉博大的陀思妥耶夫斯基。他们最终汇入的不仅是文学史，更是心灵史，通达一切有人存在的领域。这些伟大的先行者的存在，令后来者也不由得生出敬畏，但却并不妨碍他们拎起自己的长矛刺向风车。必须承认，历史拥有霸权，文学史也当然以相对稳定的价值观携带着一定的遮蔽性。不过，人们汲汲于证明自己拥有某种不朽特质的时候，反而在局限性中塑造出独特美感。

机器写作最终的结果是一种汇编，我们指认不出3.0比2.0在思想和经历上有了哪些差异。因此，我的一个判断是，只要有历史、有时间的存在，人就永远停止不了对自身的追问。这才是为什么文学、艺术必然有“经典化”过程。但人工智能的文学艺术不会有，因为旧的作品由于数据库更小和促使突变发生的偶然性相对更低，而势必被更新的作品淘汰。那么，这种文学通向的是新，而不是好。文学的本质和文学为何存在的问题也就迎刃而解，那就是如果把创造主动权交给AI，说明人类根本不需要“创造”这件事，也不需要自己本身的存在。这倒并不是在巩固人文主义的成果和人类中心主义的自恋，除非我们真的已经来到了时间终结的尽头，不然，和人有关的一切事情还是最大的意义。

三

当叶文洁说“我点燃了火，却控制不了它”的时候，我们将火理解为一种变幻莫测的人造物。细细想来，叶文洁无法控制的主要是ETO组织的成员各自心怀立场，也无法揣测三体人对于地球是修正、拯救还是毁灭的意图。也许人类心智的本质就是火，一种一经点燃就不再易于受控的物质。无论是普罗米修斯的火种，还是伽利略的太空望远镜，或者玛丽·雪莱的科学怪人，或者约翰·冯·诺依曼的EDVAC方案，都是人类在漫长历史中，一步步脱去茹毛饮血的命运改造方案。在掌握了工具、乃至于工具的工具之后，人似乎进化为了一种新的物种。如果说一根钻木的棍子、一堆柴草，是最早可被划归为工具的物质，那么是火带来了最早实现工具递归的启示。木棍作为人的胳膊的延伸，火则成为人类智能的跃迁，实现了从工具到心智的联结。

在人类对宇宙公理的认知真正被一场危机倒逼展开之前，叶文洁其实已经把地球命运的哲学思考完成了。她进行的大量价值判断，暂不论全面与否，至少代表着理解力本身。因此，三体人既是叶文洁的目标,同时又是她的工具。技术不是客观中立之物,它是观念的产物,且同时在观念之中。技术代表着人与他者关系的机制。

在人工智能写作中,生产主体并没有发生从人到机器的转变,而是人重新尝试理解工具,让工具更像人,而不是让人更像工具。Sora发布后,哔哩哔哩(视频弹幕网站)博主"AI疯人院"迅速反应,发布出一条三分五十六秒的《西游记》视频,展示出混沌初开、石猴出世等情节。创作者先利用ChatGPT分析原著,完成分镜规划,再利用AI绘图,继而使用文生视频技术。因此,在内容理解和视频制作层面,作者有效理解了工具的递归性,是最关键的启动系统。当然,即便人失去了对于创作结果的控制,但人依然保有对于结果欣赏、评价、阐释、梳理和留存的权利。人工智能的主体性是在其工具性的第一层级意义上被搭建和赋予的。

但值得警惕的是,世界不仅向AI提供数据,世界也在被AI生成的数据重塑。当代年轻人管社交网站上的许多视频叫作"电子榨菜"。他们往往在吃外卖的时候选取一段时长合适的"榨菜"来"下饭",而且,无论是视频的观看者还是制作者都承认这些视频在心力成本上较为低廉。未来,有了人工智能创作者的参与,高速繁殖的艺术仿制品自然是越来越多,成为休闲活动的必要补充。我不认为大家在适应电子榨菜之后,会忘记还有鲜美的小烹和满汉全席。但担心由于榨菜数据的大量出现,会拉平数据库的估算,并且逐渐在评价体系下将那些花费功夫的大餐挤入角落。机器写作上亦如是,如果机器反过来继续学习自己输出的新一轮数据,如果这些平庸的数据来源足够大,也许会诱使越来越多的人无意识地去模仿机器的思考,最终放弃情感立场和审美偏好上的独特性,在一张跑过的旧地图上继续圈地,最终结局当然是越来越小的探索区域和越来越表浅的深度。

不过,可能我们都意识到了,这其实不是AI时代的特殊问题,而是一直在文学内部发生着。AI写作只是无情地凸显了我们对这种问题的焦虑,只不过今天我们换了一支名为AI的折射望远镜去观察而已。

在不同的民族文化里,文学知识系统都有相对独立的发展历史,有许多共性也有许多差异。今天,由于人工智能时代来临,文学知识系统迎来了新的反思契机。以考古学为例,这个学科的当下性在发掘古典性，既是极度的古，又是极度的新。解剖学知识学习和碳十四测量等现代科学技术并没有消除金石学的作用，但却进一步拓展了考古的深刻价值。古人的图画字迹，也同样赋予自然科学以厚度。这提示我们，有通识支撑的学问往往更不受固有体系的限制。主观学问和客观知识并不在天平的两端远远观望，而共同组成了对世界的解释。即便文学创作来源于个体生命，但能够被接受且进入流通流传的通道，还是因为基于精神底层的集体无意识，且出于同一时空的人类对于现实判断和未来预设的准备，这是思想和文化形成公共性的前提。

在这个巨大的系统里，AI的算力本身也在其中。因此，我们当下更为迫切的任务不应该是呼唤文学如何，而是大学科和通识教育的设置，对人的常识性理解和情感也许会逐步凸显出独特价值。排他性的知识壁垒让人们无法完整看待世界。但我们今天对于AI的讨论必须是多学科、多角度的。这样，我们对于人工智能发展方向才可能形成有效的引导。担忧AI僭越人类“特权”其实很遥远和虚幻，更值得担忧的是，我们对于AI话题对创造力领域介入一味采取单一的态度。

早在二十多年前,深蓝电脑就已经展开了与人类的智力作战。从当年的万人围观到当下下棋机器人元萝卜成为儿童小棋手的“陪练”和监考人,我们已经适应了这个有人工智能相伴相生的世界。在现实的土地上回望二百多年前的“土耳其人”傀儡骗局,我倒认为其中不无意味。也许正是人们对于传奇的向往,在吸引着人类塑造出可堪传奇的事物。想象一下,土耳其人骗局席卷全世界,始作俑者肯佩伦骑虎难下,他可能会无数次充满惊惧地回想起那个规划骗局灵光一动的瞬间。一块块木板和无数的齿轮皆为障眼法,藏在木箱里的真人棋手和行棋傀儡共同组成了这样一个似真似幻的魔法。这种能力根本不在算法之内,而是出于人的虚荣和疯癫。偏离科学和道德的判断,肯佩伦也许对于机械技术和计算原理理解有限,但他对虚构有着极为有魄力的想象。乐观一点儿说,是他的狂言妄语给了今天下棋计算机的灵感。

AI和人类永远都是新世界的共同创造者。

2024年

后 记

接到新疆人民出版社编审——老朋友陈漠的电话，说新疆人民出版社打算出版一套和新疆有深刻渊源的当代作家的作品“选本”系列。这个选题策划击中了我的心。写作了四十年，却很少与我故乡的出版社合作，而新疆是我文学生涯的起点，也是我童年和少年时代的关键锚点。我很乐意领受这份美意，于是迅速动手，按照规划的总体要求，挑选起来。

这个《选本》，依次收录了我的诗歌、小说、散文、剧作、非虚构、自叙、演讲和评论等不同文体的作品。时间跨度从1984年到2024年，以我的四十年创作历程中不同文体的作品作为经线，把我整个的文学创作风貌和心路历程大体呈现出来。

我出生于新疆昌吉市。在眺望天山的走向，在每一次日暮降临时放学路上的徘徊中，我开始了书写。同几乎所有少年一样，我最早选择的文体是诗歌。这可能要追溯到初中一年级。但由于遗失了一些笔记本，许多当初稚嫩的诗句就默默消失在大漠的尘埃里。

现存最早的诗作是创作于1984年春的《嫩芽》。从此，我就像嫩芽探出了地平面，张望着寻找自己的水源和阳光。此后经年，我所在的这方热土就成了我展开想象的主要空间。也许它是那样贫瘠，以至于只有黑、红、白三色交织的存在(分别是煤炭、西红柿、棉花)，缺少了盎然的绿意。但这三种极端鲜明和酷烈的色彩浇筑了我最初的精神底色，此后，我开始了野蛮生长。

九十九条龙绞杀在这里，云杉林以挺直的傲然向平原讲述辛酸。这大概是我一个十七岁少年的雄壮和忧伤。后来，我离开新疆，去另一个闹气奔腾的中部城市求学求生，几乎很少再感受粗粝的风沙刮过面庞。直到2009年我再次想起故乡的雪莲，于是，我的关于故土的想念，重新成为当初那一抹春天的嫩芽。而在漫长的二十多年里，我似乎在生活习惯和言说腔调方面，慢慢成为半个武汉人和新的北京人。正如我在《没有"故乡"的人》里所述，我并非否认精神原乡的存在，而是认为,我在何处,何处就是故乡。我带着自己的故土的一部分“理念”成了移动的火把,而我的文学作品就是这支火把在纸上的投影。

感谢新疆人民出版社“年轮里的大家”的总体策划,感谢老友陈漠的邀约。我们曾在近四十年前,互相交换过火把。今天领其命,才使我有了一个回望来时路的机会。

2024年6月29日　星期六